新 潮 文 庫

号　泣

前 川　裕 著

新 潮 社 版

11749

目次

第一章　過去　7
第二章　仮釈放　64
第三章　訪問者　101
第四章　魚眼　149
第五章　錯誤　217
第六章　残虐　289
エピローグ　366
解説　長江俊和

号泣

第一章　過去

1

恐ろしく暑い一日だった。まだ七月の初めなのに、東京の最高気温は三十三・五度で、最低気温でも二十四度を記録していた。

午後三時過ぎ、吉井百合《よしいゆり》は強烈な日差しを正面から浴びながら、池袋の路上をグリーン大通り方面に歩いていた。コメカミに鈍痛さえ感じ始めていた。もともと暑さに弱い上に、この異常な猛暑である。黒のショートパンツに、丈の短い白のタンクトップ姿だったが、それでも噴き出してくる汗が止まらない。

室内の冷房に備えて、上から羽織っていた袖《そで》の長い濃紺のカーディガンは、とっくに背中のショルダーバッグにしまい込まれていた。路面の照り返しも激しく、目を開けて歩くのが困難なほどだった。

それにも増して鬱陶《うっとう》しいのは、百合の横を一緒に歩いている中年男の存在だ。田辺《たなべ》という男だが、本名であるかどうかさえ分からない。実際、百合は田辺のプロフィールなど、詳しいことは何も知らなかった。

田辺は百合が勤務する「クロスの薔薇《バラ》」の客だった。「クロスの薔薇」は新宿歌舞《かぶ》伎町《きちょう》にある男装ホストクラブである。この店のホストは、全員が男装した女性で、客は圧倒的に女性が多い。男性客は二割程度しかいないのだ。

百合の見るところ、女性の客層ははっきりしていた。レズビアンの傾向が著しく、本物の男性をまったく受け付けない者、もしくはそれほど男性嫌いというわけではないが、宝塚的な男装の女性に憧《あこが》れを抱いている者のいずれかだろう。

それに比べて、得体が知れないのは、男性客のほうだ。来店目的はそれぞれ違うにしても、百合の目にはほとんどの客が変態性欲者に映ってしまう。その中では、確かに田辺は比較的普通に見えた。

中肉中背で、眼鏡は掛けていない。年齢は四十代半ばというところか。目には愛《あい》嬌《きょう》があり、外見的には何となく親しみの持てる印象なのだ。

だが、こういう場合の外見ほど当てにならないものはない。一見普通に見える男が、途方もない変態であることを百合は過去において、いやと言うほど思い知らされていた。

アシストウィッグ池袋店。ハニーズ池袋アルタ店。ジーユー池袋東口店。ウルトラスーパーロング。クラシッククレイヤー。ハニーブロンド。ウィッグスプレー。クールアイリス。スキニーパンツ。ピコットサテン。ベッチンリボン。

百合の脳裏をこれから向かおうとしている店の店名と購入しようとしている商品の雑然とした固有名が旋回していた。すべてが、土日のコスプレのための準備だ。ウィッグ、カラコン、衣装類の他に、自分で衣装を作ることもあるため、布地などの材料も必要だった。

百合は田辺と一緒に出かけることになった経緯《いきさつ》を思い出していた。

「へえ、オタクの聖地ってアキバじゃなくて、池袋だったの」

店での会話のとき、田辺が素《す》っ頓狂《とんきょう》な声で言ったのがきっかけだった。そのテーブルには、百合の他にヘルプのホスト二名が着いていた。よくある男性客の反応だった。オタクと言えば、秋葉原だと信じ込んでいるのだ。ただし、「クロスの薔薇」のような店に来る客なら、若い女性にとってはそうでないことは、当然に知っているべき常識でもあった。

「秋葉原は男性オタクの聖地、池袋は女性オタクの聖地なんです」

ヘルプのホストが生あくびをかみ殺したような声で答えた。百合は反応さえしなかった。しかし、田辺が指名していたのは百合だったから、ヘルプのホスト二名が他のテーブルに移動したあとも、百合は一人同じテーブルに留まり続けた。

百合は男性客が苦手だ。女性客とは何回か同伴したことがあったが、男性客とはそれまでは一度もなかった。そうならないように、言動にも気をつけている。男性客には、なるべく無愛想に振る舞うのだ。

「僕、男の人、あまり得意じゃないんです」とはっきり言うことさえある。ホストは全員、自分のことを「僕」と言うことが義務づけられている。実際のところ、百合は性的にはストレートだったが、それは演技として割り切っていた。百合が男性客を苦手としているのは、別の理由があるのだ。

だが、このときは田辺が開けたシャンパンを飲み過ぎたせいか、田辺との会話で妙にはしゃいでしまった。それが店長の竹山《たけやま》には、二人の気が合うように見えたのだろう。竹山に店の蔭《かげ》に呼ばれ、田辺との翌週の同伴を指示されてしまったのだ。

「クロスの薔薇」の同伴システムは変わっている。ホストの経験と格付けによって、店に入らなければならない時間が異なるのだ。百合はまだ勤め始めて間もないため、最下位のランクだった。

指名も同伴もまるっきり、不足している。そのため、午後七時入店と決まっていた。

普通の水商売の世界の同伴時間としては、考えられないほど早い時間帯だ。同伴の入店時間は、午後八時から八時半頃が一般的だろう。だから、そんな早い時間帯の同伴に応じてくれる客も限られているのだ。

だが、池袋で買い物をしてから食事をして、午後七時に店に入ろうと言い出したのは、田辺のほうだった。竹山に半ば強制されるように、百合は田辺に同伴を頼んでみたのだが、田辺の反応は思いの外積極的だったのだ。それにしても形式的には、百合から申し出た同伴だったので、田辺の提案に同意せざるを得なかった。

それに田辺がわざわざ買い物と言い出した以上、その費用は負担してくれるという意味に取れる。そうだとしたら、やはりそれは経済的には魅力的な提案だった。土日のコスプレのイベントに参加するのは、何と言っても物入りなのだ。

セミプロのレイヤーと言っても、公式レイヤーでない限り、会場に入るための料金の支払いが必要だったし、衣装代などすべて自己負担だった。主催者側が出演料を払ってくれるようなイベントはごく限られており、大半は無報酬である。

最初の店は、ビルの一階にある「アシストウィッグ」だった。ここでは、ウィッグとその付随品、それにカラコンを買いたい。百合は、その費用をすべて田辺に負担させる気になっていた。こんなに時間の掛かる、苦痛な同伴をする以上、それなりの見返りが欲しかった。

田辺は、自称IT関係の実業家だったが、どの程度の実業家なのか見当がつかない。実業家と言っても、ピンキリなのだ。ただ、「クロスの薔薇」は歌舞伎町界隈《かいわい》では、けっして安い店ではなかったので、すでに何度か来店している田辺に、ある程度の経済力が備わっているのは確かに思えた。

「へえ、こんな店に入るのは初めてだね」

田辺が、感心したような、いかにも能天気な口調で言った。緊張している様子はまるでない。それ程広くない店舗は、平日の午後三時過ぎという人の移動の少ない時間帯にも拘《かか》わらず、制服の女子高生を含む、若い女性でごった返している。男性客は田辺ただ一人だ。

しかし、こういう店に集まる若い女性オタクたちは、周囲を見ないのが特徴だった。誰も、田辺のことなど気にしているようには見えなかった。

壁に貼《は》られた、『ヒプノシスマイク』のポスター。その真下に置かれているシルバーのウィッグを被《かぶ》るマネキンと、ふと視線が合った。百合はいつもの不安が体内から衝《つ》き上げて来るのを感じた。何か静止したものを見るときに、ときおり生じる自律神経の乱れだ。

鼓動が高まり、全身から、暑さによるものとは異質な、冷や汗が噴き出す。百合はそれをPTSDと呼びたくはなかった。

マネキンの青い瞳《ひとみ》の奥に、あの日の夏の日差しが見える。周囲の音声が一切停止し、過去の時間が蘇《よみがえ》り始めた。

2

十三年前のあの日も、脇《わき》の下に汗が滲《にじ》んでくるような、不快な暑い一日だった。午後三時過ぎの下校時間、小学校四年生だった百合は中野区本町三丁目にある小学校から、帰宅の途についていた。三丁目の交差点近くにある「坂木《さかき》クリニック」までは、仲のいい一人の女子児童と一緒だった。だが、そこで二人は別れて、百合は一人になった。

その日は金曜日だったので、翌日の学校は休みだった。百合としては、一緒に下校した友人と夕方まで遊びたかったのだが、その子は塾がある日だったため、百合は仕方なく一人で帰ることにしたのだ。

クリニック横にある脇道に入った。そこから十分ほど歩けば、自宅に着く。単調な一本道だが、道幅は狭く一方通行だったため、普段からそれほど通行車両は多くなかった。

それに午後三時過ぎという時間帯は、交通の凪《なぎ》のような一瞬がときおり訪れることがある。人通りも通行車両もなく、異様な静寂に支配される一瞬があるのだ。

そのとき、百合は確かにそんな時間の中にいた。怖いような静寂と燦々《さんさん》と降り注ぐ夏の日差しだけが、百合の記憶の片隅に今でも残っている。その静寂は何かとんでもないことが起こりそうな前触れに思えた。霊感のように、不気味な物体の影が百合の背中に貼り付くのを感じていた。

下半身に鈍く、弱い衝撃を感じて、百合は前のめりに倒れた。交通事故というよりは、何かにつまずいて転んだような感覚だ。百合は何事もなかったように、立ち上がった。ただ、短めの赤いスカートから覗《のぞ》く膝頭《ひざがしら》付近をすりむいて、僅《わず》かに血が滲んでいることに気づいた。

背後に停車した白のワゴン車から、若い男が飛び出してきた。

「すみません。大丈夫ですか？」

男は百合の前に回り込み、立ち尽くす百合の頭のてっぺんから爪先《つまさき》までしげしげと見つめた。痩《や》せた、優しげな整った顔立ちの男だ。眼鏡は掛けていない。百合の好きなアニメキャラクターにも似た涼しげな表情に見える。

その容姿が百合に安心感を与えた。百合はにっこりとうなずいた。

「大丈夫です」

「でも、血が出てるね。病院に行こうよ」

男は優しい笑顔を浮かべて言った。

「いいです。たいしたことないから」

百合ははにかむように言った。

「でも、行ってもらわないと、オニイサンが困るんだな。事故を起こして、けが人を救助しないと、法律違反になって、警察に捕まっちゃうよ。病院はすぐそこの『坂木クリニック』でいい。ここは一方通行だから、直進しなくちゃいけないけど、信号で右折すればすぐだから」

こう言っている間、男は笑顔を絶やさなかった。言っていることも理屈には合っている。確かに、あと五十メートルほど進めば、信号のある十字路があり、そこで右折し、さらにもう一度右折すれば、「坂木クリニック」の面する道路に戻れるはずだ。

百合は当時十歳だったが、早熟で人の話を理解する能力も高かった。ただ、その早熟な理解力がこの場合、裏目に出た。普通に考えれば、警察を呼ぶべき状況なのだが、男としてはおそらく事故を起こしたことを知られたくないのだろう。だから、内々に済まそうとしているのだろうと考えてしまったのだ。

怪我《けが》もたいしたことがないから、百合にしてもあまり大袈裟《おおげさ》な騒ぎにはしたくなかった。しかし、いくら早熟と言っても、男が故意に車を百合にぶつけた可能性など、小学校四年生の思考力では思いもよらなかった。

百合は男に促されて、ワゴン車に乗り、運転席の左後方にある窓側の席に座った。車を発進させると、男は不意に寡黙《かもく》になった。

百合が何気なく後ろを見ると、後部座席が倒され、フラットになった荷室《トランク》に、紺色の制服らしい物と帽子があるのが目に入った。ただ、百合はそのことに格別な違和感を覚えたわけでもなかった。

百合が異変に気づいたのは、信号のある十字路で男が右折せず、逆に左に曲がったときである。

「あっ、右――」

百合はつぶやくように言った。男は百合の言葉を無視した。百合の胸の奥に不安の暗雲が広がった。十字路をそのまま直進すれば、百合の自宅に近づく。しかし、男は右折でも、直進でもない左折を選んだのだ。

そのあとは、ワゴン車は複雑な右折左折を繰り返し、百合の知っている道からあっという間に遠ざかった。明らかにおかしい。百合は左扉にロックが掛かっていないことに気づいた。

扉を強引に押し開いて、飛び降りるチャンスを窺《うかが》った。だが、スピードが速すぎて決断できない。やがて、人通りが減り、通行車両が増え始めた。

男が道に迷っているようには見えなかった。あらかじめ知っている道を計画通りに進んでいる印象さえあった。

百合は声が出なかった。全身から血の気が引いていくのを感じていた。何か得体の知れないことが起こり始めているのは、確かだ。だが、この時点でも、百合は男の意図を明瞭《めいりょう》に理解できたわけではない。

「あの――坂木クリニックには行かないんですか？」

百合はようやく震える声で、斜め前でハンドルを握る男の背中から声を掛けた。

「坂木クリニックはやめた。あそこは人目が多い」

人目が多い？　意味が分からない。男の口調も変わっていた。百合の目に映る男の横顔には相変わらず、笑みが浮かんでいるようにも見えるが、その目は笑っていない。

「もっといいお医者さんに、診《み》てもらおうよ。でも、そのお医者さんの治療とってもきついから、百合ちゃんが泣いちゃうんじゃないかと心配してるんだ」

百合の全身から冷や汗が噴き出した。何故《なぜ》、男は百合の名前を知っているのか。それに、たかが膝頭をすりむいた程度の怪我なのに、「きつい治療」など考えられなかった。早熟な百合は男の語彙《ごい》に込められた性的な含みを漠然と感じ取っていたのだ。

百合は胸苦しくなって、窓外に虚《うつ》ろな視線を投げた。外の騒音も消えた。今起こっていることが白昼夢であることを告げるかのように、めくるめく夏の日差しが、細かな塵《ちり》と埃《ほこり》の白い粒子を浮遊させながら、百合の目に差し込んでいた。

3

百合は外階段を上り、二階にあるアパートの自室前の通路に立った。アパートはJR池袋駅東口から徒歩十分くらいの場所にある。午前一時過ぎだ。2SDKの室内の明かりは消えていた。

室内に入って、ダイニング・キッチンの明かりを点《つ》け、ピンクのテーブルの上に、その日の戦利品を置く。ウィッグ二点。カラコン一組。スキニーパンツにニーハイソックス。さらに、「ユザワヤ」に寄って、サテンの生地とベッチンリボンを買った。

費用はすべて田辺が負担した。締めて二万円を少し超えたくらいだった。普通、女性オタクたちがする買い物は、どんなに頑張っても、上限でせいぜいこの程度の金額なのだ。銀座の高級店で、ブランド物を買ってもらうのとはわけが違う。

それでも、潔癖で克己心の強い百合は、軽い罪の意識を覚えていた。寄生虫みたいな生活は嫌だ。百合は、周囲の若い女性たちが水商売に染まった途端、中年の金満家の男と愛人関係になり、見る見る堕落していく姿を目撃していた。

百合にとって、水商売で働くのは、声優として成功するための、あくまでも仮の姿なのだ。成功しなければ、親に高い費用を出してもらって、一年間声優養成の専門学校に通ったことが無駄になってしまう。

しかし、その競争倍率が半端《はんぱ》ではないことは自覚していた。たいがいの若い男女は、それをただの夢のまま、終わらせてしまうのも、百も承知だ。だが、百合は何としても、その夢を実現しなければならないと感じていた。それがあの五年間の地獄のような歳月に対して、少しでも人生の意味を取り戻す唯一《ゆいいつ》の手段に思われていたのだ。

百合はダイニング・キッチンの左横の六畳程度の部屋を開けた。首を振る扇風機の音と寝息が聞こえた。すでに真優《まゆ》が仕事から帰って、疲れ果てて寝ているのだ。百合は明かりを点けず、二人で共有する二段ベッドの片隅に座った。

芦川《あしかわ》真優は百合の二人の同居人のうちの一人だった。声優養成学校時代の同級生で、ともに二十三歳だ。もう一人の同居人も同じ年齢だったので、三人の間に年齢的な遠慮の意識はなかった。

百合の知る限り、真優ほど家庭的に不幸な人間も珍しいだろう。不幸を画に描《か》いたような人間という表現があるが、実際にはそんな不幸な人間には、めったに出会わないものなのだ。

母親はまだ三十九歳と若く、真優の話では恐ろしいほどの美人だという。真優は母親が十六歳のときに産んだ子供だった。相手の男とはとっくに別れていたが、それ以来、母親の男性遍歴は凄《すさ》まじく、まさに男のためにのみ、生きるような人生だった。しかも、母親の交際相手の大半は、ホストクラブで知り合う男で、そのホスト狂いは、当然のように膨大な借金を生み出していた。

真優が成人してからは、真優の名前と身分証明書を利用しての借金も多い。そのため真優自身の借金が真優の知らないところで、膨れあがっていたのだ。

その借金の返済のため、真優は西川口《にしかわぐち》のソープランドで働いていた。容姿も整っている上に、小柄ながらプロポーションも抜群で、そのソープランドでは超売れっ子の稼ぎ頭だ。ただ、虚弱な体質だったから、客は一日、三人が限度だと言う。それでも、一人の客に、二時間近く掛かるため、一日六時間の労働にはなるのだ。

百合は暗闇《くらやみ》の中に溶け込むように映る、真優の惚《ほう》けたような寝顔を見つめた。百合は思わず微笑《ほほえ》んだ。

百合は、普段の真優の母親に対する対応には、心配を通り過ぎて、いらついていた。母親を憎みながらも、結局許してしまうのだ。百合には、その甘い態度が母親を増長させているとしか思えなかった。

真優は現住所を母親には教えていない。ただ、携帯番号やメールアドレスは知られているようで、百合は真優が母親と電話で激しく言い争うのを何度か聞いている。たいていは、金の無心で、真優はほとんど常に大声で母親を怒鳴りつけていた。だが、そのくせ、最終的には母親の要求通りの金額を指定の銀行口座に振り込んでしまうのだ。

こういう真優の人の好《よ》さは、他の対人関係にも表れていて、知人に金を貸して、踏み倒されることもたびたびあった。それは単に人が好いというのは通り過ぎて、百合には一種の発達障害にさえ見えることがある。

それでいながら、真優は借金を着々と返していて、その上でかなり堅実に貯金もしていた。将来、起業したいという希望があるようだが、貯金はできても、起業は無理に思えた。その人の好さは致命的で、すぐに金をだまし取られるのは火を見るより明らかだったのだ。

現に、もう一人の同居人、館林累《たてばやしるい》と真優との関係も、百合には危ういものにしか見えなかった。累も真優も足立区出身の幼なじみで、同じ小・中学校を卒業している。百合と累は真優を通して知り合いになり、結局、三人で共同生活を始めたのだ。

累は三人の中で、唯一の大学出だった。東京に隣接する県にある国立大学の出身だった。だが、累も真優の母親を思わせるようなホスト狂いだった。大学卒業後、一時は普通の金融会社に勤めていたが、推しのホストに入れあげて高級ホストクラブに通い詰めた挙げ句に、その金融会社も辞め、夜の水商売に染まりきっていた。

最初は、キャバクラで勤務していたが、特に目立った容姿というのでもなかったため、あまり稼ぐこともできず、今ではタッチ専門のピンサロで日銭を稼ぐ凋落《ちょうらく》ぶりだった。真優は自分の母親と同じ病を持つ累のことを心配し、ホストクラブ通いをやめるように幼なじみとして忠告することがあった。

しかし、大卒の累は中卒の真優をそもそも馬鹿《ばか》にしていて、そんな忠告にまじめに耳を貸すことはない。「ホストクラブやピンサロだって、ソープよりはましでしょ」と、露骨に言い返すことさえある。そのくせ、稼ぎのいい真優からたびたび小金《こがね》を借りていて、それを返しているとも思えなかった。

　百合は、二人の関係を見ているだけで、やはりいらいらした。累に対する真優の態度は、基本的に母親に対するのと同じだった。しかし、身内の母親はある程度はやむを得ないにしても、累に対しては何とかならないものかと思うのだ。

　本音を言えば、百合は累のことを好きではなかった。大学出であることだけが唯一のプライドで、高卒の百合をも馬鹿にしているのではないかと勘ぐりたくなることもある。しかし、百合にしてみれば、小学校高学年と中学三年間の学習が欠けているハンディーはあまりにも大きく、通信制高校に通っていた三年間は過去の学習の遅れを取り戻すのが精一杯だった。その結果、大学への進学は断念し、声優養成の専門学校に行くことを選んだのだ。

　だが、そんなことは、もちろん、二人の同居人には話していない。累は我が儘《わがまま》で、部屋割りも自分だけが一部屋を占領し、百合と真優が同じ広さの部屋を二人で共有しているのだ。

　それでいながら、家賃は厳密に三等分で負担している。その上、累はときどき三等分の家賃さえ払えず、一時的に真優と百合がその不足分を払い、あとで返してもらうこともあった。

だが、百合は真優ほどには累と親しくなかったため、あまり露骨な批判は控えていた。それは、累も同じだったのだろう。共同生活の中で、累にも百合に対して遠慮している部分があるのは分かっていた。だから、傍目には、互いに相手の立場を立て合う百合と累が共謀して、人の好い真優をいじめているように見える場面さえある。

実際、真優にも人が好いということだけでは片づけられない奇癖があった。頻繁に自殺願望を口にするのだ。いや、それは口だけとは言えず、ときたまふらりとアパートを出て行ったまま、二、三日戻らないことも何度かあった。

そういう際、帰って来ると「死にたかったので、富士の樹海を彷徨《さまよ》っていた」などと真顔で言いわけするのだ。その真偽は百合にも不明だった。

しかし、その極端に不幸な生育環境や真優が現在置かれている状況を考えると、百合には真優の気持ちが理解できなくもなかった。そういう人間は、確かに何もかも投げ捨てて不意に死にたくなる一瞬があってもおかしくはないのだ。

それにも拘わらず、百合は同情心を隠して、そのことで真優を責める累に同調して「この部屋では死なないでちょうだい。迷惑するのは、私たちだからね」などと言ってしまうのだ。

累の本音は分からなかった。だが、百合は真優が自宅アパートから一時的に姿を消すたびに、ひどく不安な気持ちに駆り立てられていた。

玄関の扉が、開く音で目を覚ました。下のベッドでは相変わらず、真優が深い眠りに落ちたままである。薄目を開けて、正面の壁に掛かった電子時計を見つめた。すでに、午前四時を回っている。累が帰ってきたのは、間違いなかった。池袋にあるピンサロは午前零時で終わるはずだから、そのあといつも通り、ホストクラブに行ったのだろう。稼いでは使い、使っては稼ぐ。百合は、他人事《ひとごと》ながら、呪文《じゅもん》のようにその言葉を心の中で繰り返した。

それでも、その日などまだ早い帰宅時間のほうだった。ホストとの果てしないアフターに付き合い、翌日の陽《ひ》がかなり高くなってから、累が帰ってくることも珍しいことではない。

それにしても、ひどい同居人たちだった。不幸と堕落の典型が、何かの運命的偶然でその狭いアパートの空間に身を寄せ合っているとしか思えなかった。だが、だからこそ、百合は心の安定を得られる自分を意識していた。

あの過去の時間から目を逸《そ》らし続けるためには、少なくとも恵まれない人間と一緒に過ごすほうが、ある種の心理的なプラス効果が得られるように思われるのだ。百合はそれを、他人の不幸と堕落の癒《い》やし効果と心の中で呼んでいた。

　蒸し暑かった。明け方になっても、気温が著しく下がっているとは思えなかった。扇風機は、相変わらず回り続けている。エアコンは、三人が共用するダイニング・キッチンに一台しかない。帰ってきたばかりの累は、しばらくの間、エアコンを点けて、涼んでいるはずだった。

　この蒸し暑さでは、この先、眠れそうもない。しかし、それでも、百合は今から起きて、ダイニング・キッチンで累と一緒に涼もうとは思わなかった。

4

「宅配便届いているよ。テーブルの上に置いといたから」

　外通路で、累とすれ違った。夕方の五時半過ぎで、百合は週三回働いているスポーツクラブの受付の仕事から戻ってきたところだった。夜の仕事は土日を除くと毎日だから、昼の仕事と夜の仕事が重なるときは、かなり忙しい一日になるのだ。

　帰宅して、急いで化粧を直し、そのまますぐに出かけて、ようやく七時の入店時間に間に合う。営業中に空腹になるのを避けるために、カップ麵《めん》などを胃に流し込んでから出かけることもある。

「ありがとう」

礼を言いながら、百合は累が少なくとも不機嫌ではないと感じていた。累はもともと言葉数の少ない、愛想のない女だった。真優など累のいないところで「水商売向いていないよね」と百合に言うことがあったが、それはその通りだった。

キャバクラで受けなかったのも、単に容姿だけの問題ではなく、その無口で気が利《き》かない性格のせいもあったのだろう。その累が、荷物が届いたことをきちんと百合に伝えただけでも、異例だった。自分一人で部屋に残っている場合でも、宅配便の配達人がチャイムを鳴らしているのに、無視することもあるくらいなのだ。

部屋に入ると確かに、ダイニング・キッチンのテーブルの上に大きな荷物が置かれていた。ヤマトの宅急便だ。一見して、果物か何かの箱に見えた。手に持って持ち上げてみる。体積の割に、予想外に軽い。果物とは思えなかった。箱の表面に記された貼付票《ちょうふひょう》の依頼主の名前を見た。

不動眞一《ふどうしんいち》。知らない氏名だ。電話番号と住所もきちんと書かれている。百合はすぐに開こうとせず、とりあえず、着替えるために自室に向かった。

部屋では真優が上気した赤い顔をして、ベッドの隅に腰掛けていた。

「今日は無理みたい」

「またなの」

真優が発熱しているのは、顔を見れば分かる。真優は累とは違い、理由もなく店を休むことはしない。その意味では、非常にきまじめなのだ。だが、風邪を引くと、すぐに高熱が出る体質だったから、結果的に店を休む日数が多くなるのだ。

「でも、予約は入ってるんでしょ」

「うん、今日も三本だし。でも、しかたないか。すぐに店に電話入れるわ」

「薬は？」

「持ってないよ。普通の風邪薬でいいと思うんだけど」

「累に頼まなかったの？」

「頼まなかった。あの子、帰り遅いし――」

やはり、真優も累の性格を知っているので、幼なじみでも遠慮しているのだ。累のピンサロは八時に入ればいいらしいから、薬局で風邪薬を買って、真優に渡してから出勤しても十分に間に合うはずなのだ。

その日、早めに出かけたのは、買い物でもする気なのだろう。家賃を払うのも精一杯のくせに、その浪費癖は直らず、百合の目からは不必要な物ばかり、しょっちゅう買い込んでいるように見えるのだ。ピンサロでも、あまり人気がないらしいから、同伴というのは考えられない。

「私、買ってきてもいいけど、今から買いに行って戻ってくると、お店に遅刻しちゃうから――」

「帰りでいいよ」

「我慢できるの？」

「まだ、七度くらいだと思うから、たいしたことないよ」

「計ったの？」

真優は首を横に振った。

「計らなきゃダメ！」

百合は言いながら、ベッドの下部に取り付けられた引き出しから、体温計を取り出して、真優の手に握らせた。真優が熱を出すとき、そんな体温では収まらないことを百合は経験的に知っているのだ。ひどいときには、四十度を超すこともある。

「百合、ありがとう」

真優は、しばらくの間、百合の手を握って放さなかった。その目には早くも薄《うっす》らと涙が滲んでいる。ちょっとしたことに感動しやすく、涙もろいのはいつものことである。特に熱が出ているときは心細くなるのか、真優のそういう傾向は強まるのだ。

「とにかく、私が帰ってくるまで、ちゃんとベッドで寝てなくちゃだめよ。季節外れだから、まさかインフルエンザではないだろうけど」

百合は、優しく真優の手を解《ほど》きながら言った。壁の電子時計に視線を走らせた。すでに午後六時近くになっている。着替えと化粧を直して、すぐに出かけなければならない時間だ。

ダイニング・キッチンのテーブルの上に置かれた宅配便の荷物のことがふっと脳裏を掠めた。しかし、あれを開封するのは、夜の仕事から戻ってきてからになるだろう。

時間がない。百合は自分自身にそう言い聞かせた。だが、単に時間がないだけでなく、あの荷物を開封するのが怖いような意識が働いている。ただ、それが何故なのか、百合にもよく分からなかった。

5

「クロスの薔薇」は、風営法や都条例を遵守《じゅんしゅ》するまともな店であることをアピールするのに腐心していた。店長の竹山は黒縁の眼鏡を掛けた、中背の痩せ型の男で、全体的に印象が薄く、特徴と言えば、若干、吊《つ》り上がった目くらいだった。一見、冷静沈着に見えるが、その実、案外、気の小さな男なのだ。

来店客が誰であろうが、必ず身分証明書の提示を求めて、年齢を確認する。明らかに老齢だと思われる客にまで、免許証などを提示させるのだ。まともな店であることをその客自身に納得させて、安心感を与える効果もあるのだろうが、百合には竹山の顔はやはり新宿警察署のほうに向いているように見える。

歌舞伎町界隈で、どこどこの店が摘発されたなどという話が出るたびに、竹山はびくついていた。自分でも法律を勉強しているらしく、それを得意げに従業員の女性に語って聞かせることもある。

竹山によれば、クラブ、キャバクラ、ホストクラブなどの業種の場合、風営法の第十三条で深夜営業は禁止と決まっているという。深夜の法的な定義は、午前零時から六時だから、「クロスの薔薇」も午前零時前に営業をやめる必要がある。

もっとも、警察も多少のさじ加減は心得ていて、午前零時を過ぎたらすぐに摘発するようなことは普通しない。最初は緩《ゆる》やかな指導があり、それでも常習的に時間を超えて営業しているとみなされた場合に限って、摘発に踏み切るのだ。

実際、この種の店で午前零時を過ぎても営業を続ける店などいくらでもある。そのすべてを警察が取り締まることなど実質的に不可能だった。

しかし、竹山の気の小さな性格はこの営業時間の遵守にも現われていて、午前零時十五分前になると、必ず伝票を客席に配って、会計を求めるのだ。そうしておけば、午前零時を大きく超えることなく、店の営業を終了させることができる。

百合にとって、その日は、竹山のそういうやり方は妙にありがたいものに映っていた。やはり、真優のことが気になってならなかったのだ。

出がけに知らされた、真優の体温は三十七度九分だった。きわめて危険な数値だ。熱の出始めがその体温だと、時間が経《た》てば一気に上がる可能性がある体質だった。

薬局には店に来る前に立ち寄り、薬剤師の勧めに応じて、風邪薬に加えて、熱冷まし用にロキソニンも購入した。その薬を早く、真優に飲ませなくてはならない。念のため、累にもラインして、事情を説明し、早く帰れることがあったら真優の様子をまず看《み》て欲しいと頼んでおいた。

しかし、案の定、返信はない。いや、「既読」の表示さえ付いていない。ただ、いつも通り、店が午前零時に終了すれば、百合は遅くとも午前一時前には、自宅アパートに戻ることができるのだ。

その日、店は比較的空《す》いていた。最初に客が入ってきたのは、午後八時半過ぎだった。店では常に指名の上位ランキングに入っているナツキというホストとの同伴入店だ。

百合は、黒服の指示で他の複数のホストと一緒にそのテーブルにヘルプで着いた。客と同伴したホストが着替えて戻ってくるまでの間、繋《つな》ぐのが役割だが、他の客が入らなければ、そのままそのテーブルに居残ることもある。

百合はその客の顔を何となく記憶していた。確か、二度目の来店のはずである。六十近くに見える男性客で、二ヶ月ほど前には女性も含む複数の人間と一緒に来た記憶が残っている。

おそらく、ナツキがメールで同伴を頼んだのだろう。上位ランキングに入るようなホストは見た目がいいだけでなく、とにかく仕事熱心で、店にいるときは、四六時中、客にメールをし続けているのだ。

ナツキは身長が一七〇センチ以上ある現役モデルで、ときおり著名なファッション雑誌にも載ることがあるらしい。ただ、モデル業だけで生活していくのは難しく、夜のアルバイトで足りない生活費を補っているようなのだ。

目鼻立ちがきりっと整った男性的な美しさで、男性より女性から人気がありそうだった。実際、同伴は女性客とのほうが多い。従って、その日、男性客と同伴してきたのは、やや意外だった。

ナツキが戻ってくると、百合が大嫌いな例の儀式が始まった。ホストの間で、セカンドという隠語で呼ばれる飲み物の注文形式だ。

「クロスの薔薇」は初回の客に対しては、こういう店としては異例なほど安い値段に設定してある。普通は、一人、一万円程度しか取らない。しかし、良心的な店と判断した客が、もう一度やってくると、一気に料金をつり上げるのだ。それがセカンドの意味だった。

しかし、何の根拠もなく料金をつり上げるわけにはいかないので、客の飲み物だけでなく、ホストの飲み物でその料金の帳尻《ちょうじり》を合わせるのだ。そのとき、竹山の指示で、たった一人の客にナツキを含めて十人のホストが付いていた。

こういう場合、ボトルを入れさせるのが一番てっとり早いのだが、良心的な店を売り物にしている「クロスの薔薇」は、それを客に強要することはしない。むしろ、最初は一人一人のホストが遠慮がちに客の許可を取って、グラスで飲み物を注文するというスタイルを取るのだ。

早い時間帯の場合、午後十時頃から始まるショータイムに備えて、アルコール飲料は避けるのが普通だった。ショータイムにはホスト全員が参加し、歌って踊らなければならないのだ。

そのとき、そこにいたホスト全員がグラスのコーラを注文した。一杯千円だから、十人で一万円になる。そのあと、いつも通りの異様な光景がくり広げられた。それぞれが順番にお代わりの許可を客に求めるのだ。

「すみません。僕、もう一杯コーラ飲んでいいですか？」

百合は他のホストが会話の合間でそう言うたびに、胸を錐《きり》で突き抜かれるような疼《とう》痛《つう》を感じた。誰もコーラをそんなに飲みたいはずがないのだ。炭酸飲料を飲み過ぎれば、げっぷが出て、仕事がやりづらくなる。ただ、コーラは安価な飲み物という印象を与えるため、料金に対する客の警戒感を和らげる効果があるのだ。

ただし、何杯も飲めば話は別である。百合自身、これはまともなやり方ではないと常々思っているが、そうしなければあとで竹山に叱責《しっせき》されるのが分かっているので、つい他のホストに従ってしまう。

十人が三杯ずつ飲めば、それだけで基本料金に三万円を上乗せすることができるのだ。そのときは、ナツキがうまくその客に取り入って、さらに梅酒のボトルを入れさせたから、最終的には相当高額な料金になったはずだった。

だが、百合はその客が帰る前に、他のテーブルに移動したため、最終的にいくらになったかは知らない。いや、そういう店では料金に関連する伝票のやり取りは、基本的には黒服と客の間で行われるので、テーブルに着いている間に会計が行われたとしても、ホストがその値段を知ることは難しいのだ。

ただ、何度も同伴している親しい客の場合、そっと指名のホストに料金を教えてくれることがある。従って、それぞれのテーブルでの会計の値段は何となく想像が付くのだ。

ショータイムが終わって、ようやく十一時台に入った。あと一時間足らずで、店は終了になる。やはり、真優のことが心配だ。ショーが終わったあとで、着替えに入った更衣室で「大丈夫？」という一行だけをラインで送った。

だが、テーブルでスマホを操作するのは禁止なので、返信があったかどうかは確認できない。その上、終了三十分前になって、困ったことが起こった。

田辺が入ってきたのだ。終了間際《まぎわ》に入ってくる客の多くが、アフター狙《ねら》いであることは百合も分かっている。単に、飲食の付き合いをさせたがる者もいれば、露骨にホテルに誘う者もいるかも知れない。ただ、「クロスの薔薇」のような特殊なホストクラブの場合、後者のタイプはそんなに多くはなかった。

だいいち、百合は相手がすぐにホテルに連れ込もうとするほど、自分に魅力が備わっているとは思っていない。レイヤーとしての高度なメイク・アップ技術で、それなりの顔を作っているが、素顔はとてももてる顔ではないのは自分で分かっていた。

店でのホストの服装はスカートが禁止で、許されるのはズボンとショートパンツだけだったが、百合は竹山の指示でショートパンツを常時穿《は》かされていた。それに丈の短いTシャツを合わせると、太股《ふともも》も露《あらわ》で、臍《へそ》も見える露出の多い格好になるのだ。竹山が、百合にそういう格好をさせたがるのは、これと言った売りに乏しい百合に、多少とも色気を出させようという目算によるものだった。

それは男性客を意識しての演出とも言え、その意味では百合には不快だった。だが、この店での顧客獲得には、そういう演出もやむを得ないという意識が百合にも働いているのは否定できないのだ。

「いらっしゃいませ。先週はありがとうございました」

指名されてテーブルに着くと、百合は礼儀正しく挨拶《あいさつ》した。

「いや、こっちも珍しい経験ができて、楽しかったよ」

田辺も屈託のない声で答えた。「珍しい経験」とは例の買い物のことを言っているのだろう。多少アルコールが入っているようだったが、酩酊《めいてい》状態とはほど遠い。

「今日は、遅いんですね」

百合は田辺のウイスキーのボトルから、水割りを作りながら、言った。

「ああ、銀座のクラブに行った帰りなんだ。もう帰ろうと思ったんだけど、ふと君のことを思い出してね」

田辺はそう言うと愛嬌《あいきょう》のある目で、百合を見つめた。特に、反発心は感じさせない、自然な視線だった。

「ありがとうございます」

百合は微笑んだ。ヘルプのホストは付いておらず、百合と田辺だけだったので、何となくリラックスできた。

「ところで、君はこのあとなんかあるの。俺、晩飯まだだから、一緒に飯でも食おうと思ってね」

百合はぎょっとして、ざらついた含羞《はじらい》に似た感情が立ち上がるのを感じた。底意のあるなしに拘わらず、やはりアフターが狙いだったのは確かだ。ただ、普通だったら、百合はこの田辺の誘いに応じたかも知れない。

百合自身も、ひどい空腹状態だった。出がけには、真優の発熱騒ぎに紛れて、結局、何も食べていなかったのだ。店では、飲み物を飲んだだけで、固形物は一切口にしていない。しかし、真優のことを考えると、断らざるを得なかった。

「すみません。同居人の友達が、熱を出して寝ているので、店が終わったら、薬を届けにすぐに戻らなければならないんです」

「あっ、そうなの。それじゃあ、すぐに帰ってあげたほうがいいね」

百合は、自分の言い方が言いわけめいた口実のように響くのを恐れた。しかし、田辺は大人の対応だった。ややがっかりした表情ながら、こだわっているようには見えない。こういう場合、同居人の性別を訊《き》く男性客も多いが、田辺はそれも訊かなかった。

「また、この次、よろしくお願いします」

単なる社交辞令ではない。かなり本気で言ったつもりだった。最初は渋々付き合った先週の同伴だったが、長時間一緒にいたことにはそれなりの意味があったように思えた。田辺の自然な態度を見て、それ程危険な相手には見えなくなっていたのだ。

それに、「クロスの薔薇」のような店で生き抜くためには、特定の顧客が付くことが絶対条件であるのは、百合も自覚していた。そういう顧客は、今のところ、百合には一人もいない。そして、田辺はそういう顧客としてのすぐれた条件を備えている格好の人物に思え始めていたのだ。

給料面で言うと、「クロスの薔薇」はその業界で飛び抜けていいというわけではないが、それでも昼間の事務仕事に比べれば、格段に高額なのだ。百合は生活の都合上も、この仕事を辞めたくなかった。

「そうだね。また、同伴でもアフターでもいいから、付き合ってよ」

田辺はごくあっさりした口調で言った。百合が断ったことに、特に気を悪くしているようにも見えなかった。百合は、軽い安堵《あんど》を覚えた。

6

百合は自宅アパートに戻ると、ダイニング・キッチンの明かりも点けずに、真優の寝ている部屋に直行した。新宿から池袋に向かう電車の中で、ラインを確認したが、真優に宛《あ》てて百合が書いたメッセージは、返信がないどころか「既読」にもなっていない。

嫌な予感が募っていた。そして、百合の場合、嫌な予感に限って的中するのだ。

部屋の扉を開けると、壁のスイッチを押して、明かりを点灯させた。ショートパンツにTシャツという姿で仰向けに寝ている真優の姿が目に飛び込んできた。掛布団《かけぶとん》をはねのけ、全身が無防備な状態で晒《さら》されている。

百合はすぐにベッドのそばに駆け寄った。

「真優、大丈夫？」

真優は薄目を開けた。寝ているのか起きているのか分からない。意識のはっきりしない表情だ。顔は真っ赤だったから、相当に発熱しているに違いない。百合は、真優の額に手を当てた。その一瞬、真優が不意に覚醒《かくせい》したかのように、激しく反応した。

「ああ、百合、心細かった。帰ってくるの、遅いんだもん」

上半身を起こして、百合の胸の中に飛び込んで来て、子供のように泣き出したのだ。湯たんぽを抱えているように、真優の全身が熱いのを感じた。

「ごめん、ごめん。ちょっと遅くなっちゃったね。でも、薬買ってきたから、ちゃんと飲んでよ」

百合は真優を抱きしめながら、子供をあやすように言った。百合にしてみれば、いつもより少し早い帰宅時間だったが、発熱に苦しんでいた真優がそれを遅いと感じる気持ちは理解できた。

「あれ、ここすごく濡《ぬ》れてるじゃん。どうしたの？」

いつまでも抱きついていて離れようとしない真優の体を、両手で支えながら、百合が言った。真優の臀部《でんぶ》付近のシーツが何かの液体をこぼしたかのように、かなり広範囲に濡れているのだ。

「ごめんなさい。おしっこ間に合わなくて、漏らしちゃった」

真優は一層大声で泣きながら、もう一度百合の胸に顔を埋めた。百合は、呆《あき》れたように苦笑した。

「仕方がないよ。きっと意識が朦朧《もうろう》としてたんでしょ」

「累には言わないで。いじめられるから」

「分かった。分かった。言うわけないでしょ。シーツ、新しいのに取り替えてあげるから。それより、薬が先ね。そのあとで、パンツ替えなさい」

百合は室内にあったペットボトルの水で、風邪薬とロキソニンを真優に飲ませた。体温計で真優の体温を計ることはしなかった。計るまでもなく、高熱があるのは明らかだったからだ。

それから、ベッド下の収納棚から、新しい白のシーツを引っ張りだし、真優が汚したシーツと取り替えた。百合自身が疲れ切っていた。自分でも、重い体を引き摺《ず》っているような感覚があった。やはり、空腹も無関係ではなかったのだろう。何しろ、前日の昼ご飯以来、何も食べていないのだ。

真優を寝かしつけると、ダイニング・キッチンに行き、冷蔵庫に鍋《なべ》のまま入っていたカレーのルーと洋皿に入った冷やご飯を取り出した。二日前に、百合と真優で作ったものだ。料理に関しても、累はほとんど協力しなかった。そのくせ、百合と真優が作ったものをしっかりと食べるのだ。

その累は、予想通りまだ帰宅していない。その日も、朝帰りになるのは間違いないと百合は思っていた。

洋皿の冷やご飯にルーを掛けて、電子レンジで温める。その遅い夕食を食べ終わって、百合が一息ついたとき、時刻はすでに午前三時近くになっていた。

思い出したように、百合はテーブルの上に長い時間置いたままにされていた宅配便の荷物に視線を向けた。ようやく、その包みに手を伸ばし、包装を解き始める。あまり高級そうでない白い無地の紙箱が現われた。蓋《ふた》を取る。

百合は小さな悲鳴を上げた。蛍光灯の鈍い光に照らされたテディベアの黒い瞳《ひとみ》が、じっと百合を見つめている。過去の凝縮された時間が黒い閃光《せんこう》のように、百合の脳裏を走り抜けた。よく見ると、首と胴体を繋ぐ部分が、太い茶色の糸で縫合されている。修復されているものの、いったん首が切断されたのは、明らかだった。

さらに、百合は縫いぐるみの喉元《のどもと》に、メッセージらしい紙切れが透明のセロハンテープで貼《は》り付けられていることに気づいた。汚らしく、いかにも不器用な貼り方だった。

震える手で、箱からテディベアを取り出す。縫いぐるみながら、二十センチくらいに亘《わた》る、首筋の縫合痕《こん》が痛々しい。印字されたメッセージの文言が目に飛び込んで来た。

愛《いと》しのシャロンへ　長い間、待たせてしまって、ゴメン。近いうちに迎えに行くからね。

目がくらみ、意識が遠のいた。百合の耳奥では、空調の音だけが、脳髄を刺激する電磁波のような不規則な反復音を奏《かな》でている。

あの男からのメッセージとしか思えなかった。シャロン。その言葉が百合をもっとも脅えさせた。それは、百合とあの男の間でのみ成立する符丁のようなものだったのだ。百合自身が成人してから調べたところでは、シャロンとは、ヘブライ語で「森」を意味し、地名としては現在のイスラエルにある平原を指し、人名にも使われている。しかし、監禁されていた頃、いや、今でさえも、男が何故《なぜ》自分をシャロンと呼んでいたのか、本当のところは分からず、ただひたすら不気味でしかなかった。明示された恐怖よりも、意味不明な恐怖に、百合は殊更《ことさら》怯《おび》えた。

不意に外階段を上る、しのび足のような足音が聞こえた。外通路に面する窓の外に広がる夜の闇がひっそりと息を凝らして、室内の気配を窺《うかが》っているように思えた。掌《てのひら》の冷や汗に加えて、激しい動悸《どうき》が始まる。百合は椅子《いす》から立ち上がり、身構えるようにして、玄関の扉を凝視した。

足音が玄関の外通路で止まった。百合の全身が痙攣《けいれん》した。あの男が現われる。そう思った瞬間、鍵《かぎ》の回る音と共に扉が開き、黒い影が見えた。鈍重そうな肥満した体を引き摺るようにして、三和土《たたき》に立つ女の顔が百合の視界に映る。

累だ。百合の全身が急速に弛緩《しかん》した。

「早かったじゃない」

百合は咄嗟《とっさ》に動揺を取り繕うように言った。

「嫌み?」

累は表情を変えずに訊いた。確かに、嫌みに聞こえてもおかしくはない。普段の帰宅時間に比べれば早いのだが、世間的には十分に遅い時間なのだ。

百合は無言でやり過ごした。どうやら、機嫌は良くないようだ。アフターで推しのホストに冷たくあしらわれたのかも知れない。

「真優、起きてる？」

「ダメ。熱出して寝ているんだから、起こさないでよ」

「誰も起こすなんて、言ってないじゃん。まるで真優の母親みたい。真優もあんたみたいな母親だったら、もっと幸福だったのにね」

累は捨て台詞《ぜりふ》のように言い放った。それから、百合のいるダイニング・キッチンに残る気配も見せず、右奥の自室に直行した。テーブルの上に、紙箱と包装紙と一緒に置かれたテディベアには目もくれなかった。基本的に他人のことに興味がない女なのだ。

いや、それも正確な言い方ではない。他人の幸福を見るのが嫌で、それが見える可能性のある空間に対しては、常に警戒して目を閉ざしているのかも知れない。実際、テーブルの上に置かれたテディベアは、一見、誰かが愛情を込めて百合に贈ってくれたプレゼントにも見えるのだ。

勘違いしないでよ。百合は心の中でつぶやいた。しかし、累のことはすぐに頭を離れ、百合は再び、得体の知れない別種の恐怖が全身に取り憑《つ》いてくるのを感じていた。テディベアが、まるで生きていて呼吸しているかのように、じっと百合を見つめていた。

7

児童とは、学校教育法で言う「保護者が就学させなければならない子女」のことであり、具体的には小学校などで初等教育を受けている者を指す。

一人っ子の僕は、中学校の頃から、その「児童」の女児にしか関心が持てず、それは成人してからも変わることがなかった。大人の女性は、そばにいられるだけで息苦しくなるのだ。それは善悪を超越した生理現象だから、誰も僕を非難することはできないだろう。要するに、オール・シーズンの花粉アレルギーみたいなものなのだ。

僕の父は不動産関係の会社を経営していた。中小企業だが、経営自体はうまく行っていて、父は都内に自分の家だけでなく、資産的にも優れたいくつかのマンションを所有していた。僕が言うのもなんだが、僕たち一家がいわゆる富裕層に属しているのは間違いなかった。

だが、僕は父が大嫌いだった。これも一種の生理現象で、理由を言えと言われても、困ってしまう。ただ、まず客観的なことを言えば、母との異常な年齢差が気に入らなかった。僕が小学生の頃、父はすでに還暦を過ぎていたから、三十代前半の母とは三十歳くらい歳《とし》が離れていた。

授業参観や運動会で父が学校に姿を現すと、ほとんどの人々が父のことを僕の祖父と思っていたほどだ。父は、実際に歳を取っていただけでなく、年齢以上に老《ふ》けて見えたため、美しく、年齢より遥《はる》かに若く見える母とは、あまりにも対照的だった。

父は母と同様、僕には優しかった。だが、父に優しくされるのが嬉《うれ》しかったのは、小学校の低学年までで、僕が成長すればするほど、父の優しさは疎《うと》ましいものに思われ始めた。その結果、僕は中学生の頃には、父とほとんど口を利かなくなっていた。

しかし、父に対する僕の嫌悪《けんお》感に父が気づいていたとも思えない。

中学生になった頃の僕は、小学校でいじめを受けた結果、人間関係に関してはそれなりの戦略家に成長していた。自分の感情を表に出さない狡猾《こうかつ》さを身につけていたのだ。

父に対する嫌悪感は心の中に隠蔽《いんぺい》し、無用な争いを避けたのは、確かである。しかし、小学校のときほどひどくはなかったとは言え、僕に対するいじめは散発的に続いていた。

その基本的な理由は、僕に対する嫉妬《しっと》だった。僕は中学校では勉強もでき、見た目でもかなりイケメンの部類に入るほうだった。だが、気の弱そうな優しい顔立ちだったので、弱者の発見には嗅覚《きゅうかく》の鋭いいじめっ子の馬鹿たちには、格好のいじめのターゲットに見えたのだろう。

だが、高校からは都内でも有数の進学校に入学したため、いじめはぴたりと止まった。みんな勉強に忙しく、そんなことをしている暇などなかったのだ。さすがに、その高校ではトップクラスの成績というわけにはいかなかったけれど、それでも僕は都内の有名私立大学に現役で合格できた。

僕が後にしたことを考えれば、母校の名誉のために実名は出さないほうがいいのは心得ている。でも、名前を聞けば、大方の受験生が憧《あこが》れている大学であることが分かるはずだ。

大学に入ってから、僕は第三者からは性格が一変したように見えたことだろう。奇妙なほど快活に健康的に振る舞い始めたのだ。だが、小児性愛の傾向は相変わらず消えることなく、僕の体内でくすぶり続けていた。

僕は大学二年生になると、大学近くの学習塾で講師のアルバイトを始めた。教える対象は、小学生と中学生だ。このことが僕の小児性愛の傾向に、再び、スイッチを入れた。

僕は主に小学生を担当した。さりげなく、出講の希望曜日と時間を小学生の授業が多い時間帯に集中させたからだ。経営者である中年の女性塾長が、僕の意図に気づいていたとは思えない。「先生には、中学生ももう少したくさん教えていただきたいんですが」とは言ったが、それは単なる社交辞令に過ぎないように思われた。講師の大半は、アルバイトの大学生だったが、実際、学力に自信のある者は、どちらかというと中学生を教えたがったのだ。

特に、小学校の低学年を教えることを嫌がる講師は多かった。そういう学年の場合、極端にうるさく授業にならないクラスか、逆に極端におとなしく、何を言っても反応のないクラスかのいずれかだった。従って、塾長にしてみれば、そういうクラスをさほど苦にしているようには見えない僕は、ある意味ではありがたい存在だったのだろう。

確かに、苦にしないどころか、そういうクラスこそまさに僕の好みだったのだ。しかし、同時に僕は、自分の性的傾向が多少変わってきたことにも気づいていた。それは僕も年齢的に成長したことと無関係ではなかったのだろう。

どちらかというと、児童というよりは、すでに中学生に近い六年生の女子児童と接することにも、それほど抵抗がなくなってきたのだ。むしろ、僕は肉体的にも精神的にもそういうすれすれの領域にいる少女に対する関心が高まり、性的にも惹《ひ》かれ始めていた。

篠原綺羅《しのはらきら》。彼女に会ったのは、僕が塾の講師を始めてから一年くらいが経った四月の頃である。僕はすでに大学の三年生になっていた。そのとき、綺羅は小学校六年生の難関中学受験コースに入塾してきたのだ。クラスは綺羅を入れて、六人の少数精鋭クラスだった。そして、僕はそのクラスで国語を担当していた。

綺羅は、小学生にしては背の高い、落ち着いた雰囲気の少女だった。だが、その瞳はまさに名前通りにきらきらしていて、いかにも聡明《そうめい》な雰囲気を醸《かも》し出していた。塾長は綺羅だけが六年生から入ってきて、他はすべて低学年の頃から通っている児童だったので、難度の高い授業について行けるか心配していた。

だが、教えてみて、そんな心配はまったく杞憂《きゆう》であることが判明した。綺羅の学力は、かなり優秀な児童たちの中でも一、二位を争うほどだったのだ。

訊いてみると、前年は神戸に住んでおり、そこでも塾に通っていたらしい。しかし、父親の転勤で東京に住むようになったという。そう言えば、標準語でしゃべっていたものの、綺羅の語尾にはかなり明瞭《めいりょう》な関西なまりが感じられた。

綺羅は特に国語の文章題の解答にはこだわり、授業が終わったあとも、自分の解答がどの程度正解の範囲に入っているか、かなり執拗《しつよう》に知りたがった。僕はそれを物怪《もっけ》の幸いに、綺羅を長々と個人指導したのだ。

最初から綺羅を気に入っていた。僕が綺羅の解答を赤ペンで添削するとき、横に座っている綺羅は、その文字を覗《のぞ》き込むようにして体を寄せて来る。そのとき、綺羅の体から発散される甘い体臭がたまらなく好きだった。

そんな風に、平気で体を寄せて来るところは、まだ子供という印象だったが、シャツの合間から覗く予想外に大きな胸の膨らみは、綺羅が体の上ではすでに成熟した女になりかかっていることを裏書きしているように思えた。

僕はやがてさまざまな口実を設《もう》けて、教室の外で綺羅を「指導」するようになった。近くの喫茶店を利用したことも何度もある。少し時間的に遅くなるときは、綺羅に携帯で母親に連絡させた。

受験を控えている子供の親など甘いものである。特別な補習を受けていると子供に言わせればいいのだ。一度など、綺羅の母親のリクエストで、僕が綺羅の携帯に出たこともあった。そのとき、丁重極まりない言葉遣いで礼を言われた。

母親を騙《だま》しているつもりもなかった。実際、僕は喫茶店などで無駄話を交えながらも、綺羅に無償の補習を行っていたのだ。

そのうちに、綺羅の態度の変化に気づくようになった。僕を男として意識しているように見え始めたのだ。もともと、早熟な印象の子供である。それに、僕は容姿には自信があった。性格というものをまったく度外視して考えれば、女の子は僕みたいな顔を好むものであることを、僕は経験的に知っていたのだ。

夏休みに入った。だが、受験を控えた子供に夏休みなどほとんどなかった。綺羅も連日、夏期講習に参加していた。僕は相変わらず、補習と称して、夏期講習期間中も、綺羅を教室の外に連れ出していた。

しかし、無駄話が占める割合が、勉強の時間を大きく上回り始めていた。僕も綺羅ももちろん、そのことには気がついていた。だが、二人ともほとんどデートのような気持ちになっていて、それを隠そうともしなかったのだ。

綺羅は僕との「課外授業」の約束があるときは、明らかに服装を意識していた。特に夏だったから、太股も露に見える極端なミニスカートでやって来たのだ。小学生としては落ち着いた大人びた印象の子供だったので、そういう服装は、ある種、不均衡な印象を与え、妙に刺激的だった。

だが、綺羅も他の子供たちと同じように、やはり受験のプレッシャーは感じていたのだろう。僕は、ある日、喫茶店の中で、綺羅が繰り返し間違う漢字について、かなりきつい口調で注意した。

綺羅との関係について、後ろめたさがあったから、僕は逆に何としても綺羅を志望の中学校に合格させたいという気持ちになっていたのだ。そういう焦《あせ》りが、僕の厳しい口調に表れていたことは否定できない。

「文章題では漢字の間違いは致命的なんだ。漢字を間違えているだけで、採点官に悪い先入観を与えてしまう。こんな漢字も書けないヤツがいい解答を書いているはずがないという——。何度も同じ漢字を間違えるようじゃ、志望校の合格なんて無理だね」

「だって、間違えちゃうんだから、しょうがないでしょ」

綺羅は口を尖《とが》らせて言った。反抗的にも見えたが、半分僕に甘えているようでもあった。

「じゃあ、もう志望校を下げなさい。二ランクも三ランクも、下の中学に行くんだったら、塾に通ってくる必要はないよ」

僕は顔の印象とは違って、本当はひどく短気な性格だった。普段は、それを気取られないように注意していたが、そのときは何故かそれが爆発したのだ。

綺羅は悔しそうに唇を噛《か》み、目に浮かべた涙が表面張力の限界を超える寸前のように見えた。綺羅は、やがて大粒の涙を流して、泣き始めた。僕はその大人びた顔が泣き顔で大きく崩れたとき、言葉では言い表せないような、歪《ゆが》んだ性的刺激を感じた。

その頃には、綺羅が実はかなり気の強い性格であるのは分かっていた。その綺羅が、泣き顔を僕の前に晒して、子供本来の姿に立ち返ったように幼く見えたことが、僕を妙に興奮させたのだ。

店内の従業員たちが僕たちのほうを見ているように感じた。僕は、慌《あわ》てて綺羅をなだめにかかった。だが、いったん泣き出した綺羅はなかなか泣き止《や》まなかった。

ドライブに行く約束をしたのは、そのあとのことだ。僕はその頃、運転免許を取ったばかりで、綺羅との悪くなった雰囲気を変えるために、やや唐突に毎日ドライブに出かけている話を持ち出したのだ。

「先生の車ってどんな車？　かっこいいの？」

綺羅はやはり聡明な子供だった。その話題にすぐに乗ってきて、自らも僕との関係を修復しようとしているように見えた。

「特にかっこう良くはないよ。ＢＭＷだけど、僕のじゃなくて、父親のだから」

「色は？」

「黒だよ」

「いいな。私も乗ってみたい」

「じゃあ、来週にでもドライブに行こうか」

僕がそう言ったタイミングが絶妙だったのだろう。綺羅はほとんど反射的にうなずいた。

翌週の、同じ曜日に僕はそのドライブを実行した。八月の終わりを一週間ほど残していたが、その日で綺羅の夏期講習は終わりになる。授業が終わったあと、僕と綺羅は、塾から少し離れた有料駐車場で待ち合わせ、僕の車に乗り込んだ。さすがに、二人で車に乗るところを塾の関係者に見られたくなかった。

僕は綺羅を助手席に乗せて、出発した。午後三時過ぎだ。快晴で、午後の気温は三十度を優に超えていた。僕はあらかじめ、ルートを決めていた。都内を少し走ったら、関越《かんえつ》自動車道に入ろうと思っていたのだ。

僕はまだドライバーとしては初心者だから、首都高や中央高速に比べると、比較的空いていて、運転が楽な関越がいいと思っていた。綺羅を乗せたまま、事故でも起こせば最悪だろう。

関越に入って、一時間ほど走ると、サービスエリアに入った。そのまま、走り続けると、新潟《にいがた》方面に行ってしまうため、さすがにその辺りのサービスエリアでお茶でも飲んだあと、引き返そうと思っていたのだ。

レストランで、僕はアイスコーヒーを飲み、綺羅はフルーツパフェを食べた。僕の目にも、綺羅は緊張しているように見えた。思わぬ遠出だったこともあるが、それだけではないだろう。

僕はやがて、綺羅が薄く化粧していることに気づいた。

「綺羅ちゃん、化粧してるの？」

優しく微笑《ほほえ》みながら訊いた。授業のときも、車に乗り込んだときも、素顔だったから、レストランの前に入ったトイレの中で、持参した化粧道具で化粧を施したのかも知れない。

僕はそのとき、綺羅のことを初めて「綺羅ちゃん」という名前で呼んだ。それまでは、「篠原さん」と呼んでいたのだ。

「うん、ちょっとルージュを付けただけ」

綺羅が、僕の質問に動揺しているのは分かった。それに、綺羅の言ったことは明らかに嘘《うそ》だった。薄い紫色のシャドーが目元に入っていることにも、僕は気づいていたのだ。

お世辞にもうまい化粧とは言えなかった。素顔の綺羅のほうがきれいだ。だが、綺羅が僕のために化粧をしてくれたと思うだけで、満足していた。

小学生の女子児童の化粧。それは僕には、かけがえのない、崇高なものに思われたのだ。

しかし、そのあとの会話は弾まなかった。僕は綺羅の緊張感を解くために何度か冗談を言ったが、綺羅は微《かす》かに微笑むだけで、いずれも不発に終わった。

帰りの駐車場の中で、大胆な勝負に出た。綺羅の化粧や、その異常な緊張状態を、肯定的に捉《とら》えることにした。つまり、綺羅がそういう状態にあるのは、そのあと何かが起こるのを予想して、期待しているからでもあると解釈することにしたのだ。

行きと違って、綺羅を後部座席に座らせ、僕も綺羅の横にぴたりと寄り添うように座った。それで、僕がすぐに車を発進させる気がないのは、綺羅にも分かったはずだ。

午後の五時近くになっていたが、ぐずぐず居残る夏の日差しは、まだ十分にまぶしかった。しかし、車の窓には遮光フィルムが貼ってあったから、外からは室内の様子は分からないはずだ。それに平日のその時間帯は空いていて、車の数も少なく、駐車場内に人影はほとんど見えなかった。

すぐに綺羅の肩を抱き寄せた。強い甘い香りを感じた。同時に、綺羅の全身に硬直したように力が入っていることにも気づいていた。しかし、それは拒否というのではなく、これから起ころうとしていることに何とか対応しようとする健気《けなげ》な決意表明にも思えた。

「実は先生、綺羅ちゃんのことが好きなんだ。綺羅ちゃんも、先生のことが好き？」

僕は声を上ずらせて言った。綺羅は視線を落とし、ほとんど泣き出しそうな表情で小さくうなずいた。

綺羅を抱き寄せてキスをした。柔らかく、繊細な唇の感触だ。やはり、甘い香りを感じた。実は、それが僕の人生で初めてするキスだったのだ。ファースト・キスの相手が、小学校六年生であるという思いが僕を有頂天にした。

そのあと、綺羅は豹変《ひょうへん》した。舌を深く、僕の口の奥に差し込んできたのだ。綺羅の唾液《だえき》を感じた。僕も綺羅の舌を強く吸った。それから、いったん唇を離して、綺羅の肩を両手で支えながら、その目を覗き込んだ。

「綺羅も先生が好き！」

綺羅は目に涙を浮かべて言った。僕は綺羅の全身を抱き寄せた。僕の太股と綺羅の太股が密着する。紺色のミニスカートが捲《めく》れて、中の下着が覗いた。小さなピンク色のパンツだった。その幼い色と、恍惚《こうこつ》とした大人の表情の不均衡が僕を興奮させた。

僕は綺羅の太股からさらに奥の股間《こかん》に右手をそっと伸ばした。

それから、二週間ほどは何も起きなかった。そもそも塾はなかったので、僕が綺羅に会うこともなかったのだ。しかし、二学期の初回授業の日、僕は塾長室に呼び出された。授業が始まる三十分ほど前だ。

塾長の深刻極まりない表情から、僕は決定的に良くないことが起こったことを直感していた。

「先生、篠原綺羅さんと、夏期講習の最終日にドライブしませんでしたか？」

塾長は思ったより、さりげない口調で訊いた。だが、僕は心臓に焼きごてを当てられたように動揺していた。あのあと、綺羅にはくどいほど口止めをしておいた。相思相愛であるのだから、僕はその口止めを有効だと判断していた。小学生と言っても、高学年で、しかも聡明な綺羅なら、僕との関係を続けたければ、その口止めがいかに重要かは分かっているはずだった。

「ええ、しました。ですが、それは一種のご褒美《ほうび》みたいなもので——」

「ご褒美？」

「ええ、彼女、夏期講習で一生懸命勉強しましたし、僕も彼女の個人指導にも力を入れて、いろいろと宿題も出し、厳しい指導もしていました。だから、頑張ったなという意味で、ドライブくらいいいだろうと思って——」

「それは分かります」

塾長は、僕の言葉を遮るように口を挟んだ。それから、かなりの早口で言葉を繋《つな》いだ。

「先生が彼女の指導を授業だけでなく、個人的にも大変よくなさっているのは存じ上げています。一人の生徒にそんなに肩入れするのは、公平の観点からいかがなものかという意見はあるにしても、塾という場所は教室における指導だけしていればそれでいいというわけではありません。従って、ときにはあなたのような指導が必要なことは認めます。しかし、実は、篠原さんのご両親から厳しい抗議が来ているものですから」

ここで、塾長はいったん言葉を切って、躊躇《ちゅうちょ》するようにうつむいた。

「彼女のご両親は、僕の個人指導を快く思っていないということですか？」

僕は乾いた声で訊いた。

「いいえ、そういう問題じゃありませんわ」

塾長は再び、顔を上げて、毅然《きぜん》として言い放った。

「ご両親の抗議はもっと深刻です。あなたがドライブの途中で立ち寄ったサービスエリアの駐車場で、篠原さんにキスをし、スカートの中に手を入れたと抗議されているんです。篠原さんは泣いて抵抗したけど、あなたに無理矢理にそうされてしまったと――」

嘘だろ。声が出なかった。あの行為は、僕と綺羅の間の合意の下に行なわれたのだ。

「篠原さん自身がそんなことを言っているんですか？」

僕はようやく痰《たん》を喉に詰まらせたような声で訊いた。

「そうです。少なくとも、お母様はそう仰《おっしゃ》っています。私自身が篠原さんから、直接話を聞いたわけではありませんけど」

「馬鹿《ばか》な。あれは僕と彼女の合意の下に――」

そこまで言って、僕はようやく自分の言葉の不適切さに気づいたかのように、言葉を呑《の》み込んだ。

「合意？　先生、彼女は未成年の、それも小学生なんですよ！　合意があったか、なかったかなんか、まったく問題になりませんよ。そういう事実自体がなかったと言うなら、話は別ですが」

僕はとどめを刺されたように黙りこくった。目まいがしていた。当然、このことが表沙汰《おもてざた》になれば、大変なことになるのは分かっていた。

「とにかく、先生、本日の授業は降りていただきます。私が代講しますので、授業に空きは出ませんが、今日は篠原さんもお休みするそうです。今後、私どもの塾に通っていただけるかどうかは不明です。先生につきましては、もう少し考えさせていただきます。それから、先生、これは余計なお節介かも知れませんが、先生にも大事な将来があると思うので、申し上げるんです。彼女のご両親は、警察に訴えると、息巻いておられます。従って、刑事事件になる前に、早く対処されたほうがいいと思いますよ」

刑事事件。その刺々《とげとげ》しい響きが、僕の心臓を貫いた。この女塾長の言おうとしていることはすぐに分かった。弁護士でも使って、早く示談に持ち込めと言っているのだ。

このことが表沙汰になって困るのは、僕だけでなく、この塾の経営者である塾長自身なのだ。そんな不届きな教師がいる塾に、どの親も自分の子供を通わせたいとは思わないだろう。

ついでに言えば、僕のことを「もう少し考えさせていただきます」というのは、解雇と同義語だった。しかし、僕は解雇のことなどどうでもいいと感じていた。それよりも、僕が確かめたいのは、綺羅の本当の気持ちだった。

果たして綺羅が僕を裏切ったのかどうか、それが僕には最大の問題だったのだ。

第二章　仮釈放

1

チャイムの音が百合の耳奥で微《かす》かに聞こえていた。かろうじて薄目を開けて、壁の電子時計を見つめた。午前十時過ぎだ。けっして早い時間ではない。現に東側の窓のカーテンの隙間《すきま》からは、すでに高くなった太陽の日差しが差し込み、床上に長く曖昧《あいまい》な光の帯を描き出していた。しかし、水商売に従事している百合たち三人にとっては、まだまだ十分に早い時間である。

百合は下のベッドで深い眠りに就く真優を尻目《しりめ》に、重い腰を上げた。三人の中では、何と言っても、一番寝起きがいいのは百合だ。真優も累もこんな時間帯では、チャイムの音程度では起きるはずがない。

百合は部屋の扉を開け、隣りのダイニング・キッチンと接する玄関の上がり口に出た。扉の窓ガラスの向こうに人影が見える。インターホンではない、ただのチャイムだから、直接、訪問者とやり取りするしかない。

こういう場合、予想されるのは、普通は宅配便か、訪問販売の類《たぐ》いだろう。ただ、もう一つ、百合の頭を掠《かす》めたのは、例のテディベアの送り主のことだ。しかし、午前中の明るい時間だったし、窓ガラス越しに見える人影の輪郭は、頭の格好からして、女性のように見えた。

「どなたですか？」

百合は若干の緊張の籠《こ》もった声で訊《き》いた。

「カスガと申します。吉井百合さんはご在宅でしょうか？」

やはり、女性の声だった。きちんとしたしゃべり方で、怪しげなところはない。ただ、「カスガ」という苗字《みょうじ》の知り合いなど、百合にはいなかった。

「私が吉井ですが――」

百合は警戒心を崩さず答えた。

「あの――、少しお話しさせていただきたいことがあるのですが――」

扉越しにも用件を言わないのが、不安だった。よくあるのは、新聞の勧誘や訪問販売の場合、扉を開けないままに断られるのを防ぐために、わざと郵便受けの名前を使って、知り合いのように話し掛けてくる手口だ。

だが、百合たちの郵便受けには部屋番号が書かれているだけで、三人の苗字さえ書かれていない。以前は苗字は書かれていたのだが、しつこい訪問販売に遭ったとき、三人で話し合って、そうすることに決めたのだ。

それなのに、外通路に立つ訪問者は百合の氏名を正確に言い当てていた。それでも、用件が分からない以上、百合はすぐに扉を開ける気にはならなかった。

「どちらのカスガさんでしょうか?」

一瞬の沈黙があった。

「警視庁の者です」

小声だったが、同時に強い圧力を感じた。胸を締め付けられるような緊張感が立ち上がった。警視庁と言う以上、警察官だろうが、百合は警察官には途方もないアレルギーがあった。

扉を開けると、女性にしては長身の二十代後半に見える女性が立っている。夏用の薄い黒のパンツスーツに白いブラウスというフォーマルな服装だ。その端整な顔の造《ぞう》作《さく》は、胡乱《うろん》さとはまったく無縁に見えた。

女は素早い動作で上着の内ポケットから警察手帳を取り出し、百合の目の前にかざした。警察手帳を見るまでもなく、女の醸《かも》し出す雰囲気全体は、警察のかなり高い地位にある人間に見えた。ただ、それにしては年齢が若いため、百合はカスガが警視庁のどんな立場の人間か、判断に迷った。

いずれにしても、予想外な訪問者だった。百合の動揺は種類の違うものに変わり始めた。

「大切なお話があるんです。中に入ってもよろしいでしょうか？」

言葉遣いは丁寧だが、やはりその口調には有無を言わせぬ威圧感があった。百合がうなずくと、カスガは無言のまま、玄関の三和土《たたき》に足を踏み入れて、扉を閉めた。扉を開けたまま、外通路で話せるような話ではないのは、百合にも容易に察しが付いた。

「警視庁の刑事さんですか？」

百合は声を潜めて、もう一度確認した。

「そうです。谷藤力《たにふじちから》のことで、少しご報告しなければならないことができたものですから」

百合は脳天をハンマーで打たれたような衝撃を受けた。それは百合が他人の口から、もっとも聞きたくない氏名だった。百合は呆然《ぼうぜん》としたまま、しばらく言葉が出てこなかった。

「同居の方がいらっしゃるようですね。でしたら、外の喫茶店ででも話しましょうか?」

百合の立場を配慮した発言なのだろうが、それにしてはこの言葉も百合には若干、切り口上に響いた。

「いえ、ここで構いません。同居人は二人とも、夜が遅いので、お昼過ぎまで起きてくることはありませんから」

百合もカスガの口調に合わせるように、思い切りよそ行きの言葉で答えた。百合は、自分が過去に犯罪被害者であったという事実を、真優にも累にも話していない。そのことを知る者は、中野に住む家族だけだ。

百合はカスガが部屋の中に上がって話したいと言えば、同意するつもりだった。しかし、そうは言わず、一層声を落として、立ったまましゃべり始めた。

「それでは、手短にお話しさせていただきます。実は、谷藤が二週間後に仮釈放されることになったんです」

百合をもう一度、底の知れぬ衝撃が襲った。あの谷藤が再び、百合と同じ世界に戻ってくるのだ。テディベアはその先触れだったのか。

その日は八月十日だった。ということは、八月二十四日には、谷藤は百合とまったく同じ地平に立つことになるのだ。

「地方更生保護委員会は、谷藤の反省の態度が著しいことや、かなり重篤《じゅうとく》な内臓疾患を患《わずら》っていることを考慮して、本来、十年と七ヶ月だった刑期を二年ほど残して、谷藤の仮釈放を決定したのです。仮釈放の条件として、彼は練馬区に住む身元引受人の母親と同居することが義務づけられています。さらに、月に一度、保護司のところに出頭して、近況を報告しなければなりません。もちろん、あなたに近づくことも、電話などで連絡を取ることも禁止されており、それを破れば、仮釈放違反ですぐに身柄を拘束されます。従って、あなたにもう一度危害を加えようとする可能性はきわめて低いと思いますが、もし万一、あなたの周辺で何か不審なことが起こり始めたら迷わず、私に連絡してください」

百合はカスガの言葉を聞きながら、不安は払拭《ふっしょく》されないどころか、かえって増幅されたように思えた。だいいち、不審なことはもう起こっているのだ。百合の網膜の奥で、あのテディベアの画像が浮沈を繰り返していた。

「あの――、谷藤は本当に反省しているのでしょうか？　警察官の立場でありながら、あんなにひどい罪を犯した人間が、反省するとは、私には思えないんです」

百合は、思わず本音を言った。谷藤と五年間、一緒に暮らした百合は、谷藤がいかに反省とは無縁な男であるかを知っていたのだ。

ワゴン車の荷室に打ち捨てられたように置かれていた警察官の制服と帽子が、百合の瞼《まぶた》に瞬時の残像を刻む。続いて、五年間の監禁生活のあと、救出された百合に向かって、母親が涙ながらに言った言葉が蘇《よみがえ》った。

「警察官が犯人だなんて、本当に私たちは何を信じればいいのかね」

カスガは若干、当惑したような表情を浮かべていた。そんな百合の反応を予想していなかったように見えた。あるいは、百合の言葉を警察批判と受け止めたのかも知れない。実際、当時のマスコミは、現職の警察官の凶悪犯罪と騒ぎ立てたのだ。

「お気持ちは分かります。しかし、長い歳月の中で、人間は変わります。谷藤は十分に反省しているというのが、地方更生保護委員会の判断なんです」

カスガは、落ち着いた口調で応《こた》えた。あくまでも客観的な口調で、百合には血が通った言葉には思えなかった。しかし、これ以上、この女性警察官に反論する気にもなれない。百合は曖昧にうなずくしかなかった。

「他に何かご質問でも、気になることでもありますか?」

カスガは丁寧な口調を崩さず、話題を変えるように訊いた。やはり、谷藤の反省というのは、この女性警察官にとって、あまり踏み込みたくない話題なのだろう。そのしゃべり口調も語彙《ごい》も硬質で、全体の雰囲気もどこか鎧《よろい》を着ているような、冷たい近寄りがたさがあった。

少なくとも、そう訊かれたからと言って、すぐに自分の抱えている不安について相談する気持ちになれるような相手ではない。カスガは百合にとって、これまでに一度も会ったことがない、まったく住む世界の違う人間に見えた。こういう人間が百合の周囲にいるはずもなかったが、仮にいたとしても、けっして付き合いたい人間には思われなかった。

百合はテディベアのことを話そうかどうか迷った。しかし、やはり、カスガの醸し出す雰囲気が、影響していたのだろう。百合はまずは用心深く核心を話すのは避け、一般的で周縁的な質問から始めた。

「あの——刑務所の中からでも、受刑者は宅配便などの郵便物を送ることができるのでしょうか?」

「それはできます。しかし、検閲がありますから、何でも送れるというわけではありません」

鞭《むち》のようにしなる回答が、ピンポイントで返ってくる。百合は、一層の気後れを感じながら、おずおずと言葉を繋《つな》いだ。

「では、谷藤が私に手紙か何かを送ろうとしたら——」

「それは絶対に不可能です。あなたが被害に遭われた事件は、未成年者に対する悪質極まりないものですから、彼が収監されている刑務所も、警察や裁判所から詳細な情報を得ていて、彼が被害者の元に何かを送ろうとすれば、すぐに分かります。当然、手紙の検閲もありますから」

カスガはどうやら、谷藤がこれから百合のところに何かを送ろうとすることを百合が不安がっていると解釈しているようだった。確かに、谷藤の反省にこだわる百合の態度を考えれば、そう取られるのも当然だろう。

それに、谷藤はまだ釈放されていないのだから、カスガの言う通りであるとすれば、彼がテディベアを送るのは不可能ということになる。それでも百合は、谷藤が、思わぬ方法であれを百合に送りつけた可能性を排除できなかった。

谷藤が百合の住所を知っているはずがない。しかし、事件当時現職の警察官だった谷藤が、法の抜け道に通じていてもおかしくないように百合には思えるのだ。ただ、カスガの話で谷藤以外の誰かがあれを送りつけてきたことも考えざるを得なくなった。だとすれば、他に誰が考えられるのか。

ふと累の顔が浮かんだ。累に対する百合の嫌悪《けんお》感が累に伝わっていてもおかしくはない。従って、百合と同じように、累も百合に対して嫌悪感を持っていることは大いにあり得るのだ。

あのとき、宅配便があったことをすれ違いざま百合に告げたのも累だった。百合は後に宅急便の貼付票《ちょうふ》に書かれていた不動眞一という氏名の電話番号に電話してみたが、高齢らしい女性が出て、話はまったく通じなかった。その家は不動という苗字ですらなかった。つまり、住所と電話番号は実在したが、不動眞一という人物は架空だったのだ。

ただ、直感的に言って、不動眞一という氏名は、知的水準が高いことを常々自慢している累が何となく使いそうな偽名に思われた。特に、「眞一」の「眞」の字が普通の「真」でないことが百合には気に掛かった。

「とにかく、これは念のための用心として申し上げているだけですから、あまり深刻に考えないでください。ただ、少しでも気掛かりなことがあれば、私に電話してくださ い。名刺を差し上げておきます。ここに書いてある固定電話の番号でも構いませんが、急ぐときは私の携帯でも大丈夫です。携帯の番号を書いておきましょうね」

カスガはあらかじめ用意していたかのように、上着のサイドポケットから名刺を一枚取り出すと、そこにペンで携帯番号を丁寧に書き、百合に手渡した。その対応だけは、百合には奇妙に優しく感じられた。「生活安全総務課管理官」という肩書きが、百合の目に入った。氏名は春日紀里《きり》だ。

管理官という肩書きがよく分からない。ただ、警察のかなり高い地位にある人間という百合の直感と、その肩書きはそれほど矛盾するわけではないように思われた。

「それと、これが現在のあなたの携帯番号で、間違いないですね」

春日は上着のサイドポケットからスマホを取り出すと、簡単な操作をして、百合のほうに向けた。

「あなたのお母様に教えていただいたんです。いざと言うときには、こちらからも連絡できる態勢を整えておきたいものですから」

不審顔でディスプレーを覗《のぞ》き込む百合に向かって、春日はかぶせるように言った。

そういうことか。百合は小さくうなずいた。

「それと、谷藤が仮釈放されることについては、ご内聞にお願いします。まだ、正式には発表されていませんので」

春日は一段と声を落として言った。百合は条件反射のようにうなずいた。その実、「いったい誰に話すの？」と心の中でつぶやいていた。そんなことを話題にできる相手は、中野に住む両親くらいしかいないのだ。

「それでは、これで失礼します。突然、すみませんでした」

春日は礼儀正しく一礼すると、扉を開けた。やはり、長居をし過ぎて、他の同居人に不審に思われることを用心している素振りだった。百合の立場をそれなりに考えているのだろう。百合も慌《あわ》てて頭を下げた。

百合は外の通路を遠ざかっていく春日の足音を聞きながら、複雑な不安に駆り立てられていた。あのテディベアの送り主が谷藤であろうが、累であろうが、いずれの場合でも事態はきわめて深刻に思われたのだ。

2

百合は午後九時過ぎに入ってきた二人の客を見て、驚愕《きょうがく》した。真優と累だったのだ。そう言えば、真優はその日は店がすでに盆休みに入っていたため、仕事がなかった。累からは盆休みの日程は特に何も聞いていなかったが、累が気まぐれで店を休むことなど日常茶飯事である。「クロスの薔薇《バラ》」は、その日が盆休み前の最後の営業日だった。

二人は店内を見渡し、百合の姿を探しているように見えた。二人ともニコニコしていて、仲が良い友人か姉妹という雰囲気だ。

真優はジーンズのショートパンツにオレンジのTシャツで、累もロングのジーンズに白地に赤の格子《こうし》模様の入ったTシャツという普段着だった。体型的には、小柄だが均整のとれた体つきの真優と、大柄で肥満が目に付く累とではいかにも対照的に映る。

百合は少しも嬉《うれ》しくなかった。それどころか、静かな怒りが体内に沈潜するのを感じていた。そもそも三人の共同生活が可能なのは、互いに干渉しないという前提が成り立っているからだろう。だからこそ、累が極端に遅い時間に帰宅することも、炊事洗濯を一切しないことにも文句を言わないで来たのだ。

百合は真優にも腹が立っていた。普段は、累のいないところで、けっこう批判しているくせに、いざとなると百合に対してさえも、その仲の良さを見せつけるのだ。やはり、幼なじみという絆《きずな》は百合が想像する以上に強いのかも知れない。

だが、百合が二人の姿を店内に見出《みいだ》したとき、一番心配したのはもう少し現実的な料金のことだった。もちろん、累はともかく真優であれば、一回限りなら、それを支払えるだけの経済力はあるだろう。借金を抱えているとは言え、ソープランドで、一日平均、七万程度の金を稼いでいるのだ。

ただ、真優も累も社会常識には著しく欠けるという意味では同じだった。百合が気にしていたのは、店に入るとき、二人が黒服たちに百合の知り合いであることを告げたかどうかだった。それを根拠に、会計の際、料金の値引きでも要求すれば最悪だ。店側は、ホストの友人や知人が来た場合でも、料金を安くしないというのを、原則としている。

二人のテーブルには、別のホストが三人着いた。比較的店は混んでいて、十テーブルのうち、八つが埋まり、それほど大人数のホストが着いているテーブルはなかった。しばらく、落ち着かない時間が続いた。真優が立ち上がって、トイレのほうに向かうのが見えた。百合も咄嗟《とっさ》に立ち上がる。他に二人のホストが百合のテーブルにはいるから、百合がトイレに立っても問題はない。

真優の背中を追うようにして、女子トイレに入った。

「あっ、百合」

真優が振り向きざま、嬉しそうに笑いかけてきた。幸い他の客はいない。

「ふざけないでよ！　どうして来たの？」

思わず、強い口調になった。だが、その程度の口調では、真優には通じなかったようだ。

「だって、百合が働いているところを見たかったんだもん。指名するほうが良ければするよ」

真優は悪びれた様子もなく、相変わらず笑顔で言った。百合は、一層いらついた。

「やめて！　まさか、黒服に知り合いだってこと言ったんじゃないでしょうね」

「まだ、言ってないよ。でも、言っちゃいけない？」

「そういうわけじゃないけど。でも、けじめは付けたいから」

真優は曖昧な表情でうなずいた。所詮《しょせん》、真優には、百合の言っていることは理解できないのだ。そもそも、真優の頭の中には、仕組とか制度という概念は存在しないし、公私の区別と言っても、意味さえ分からないだろう。

「お金、大丈夫なんでしょうね。この店、けっして安くないのよ」

「うん、十万円持ってきた。二人分で足りるかしら？」

「そんなにはしないと思うけど――」

やはり、真優は初めから累の分も払うつもりなのだろう。そんな風に甘やかすから、累は金銭的に真優に頼り切っているのだ。そのうちに、家賃まで真優に負担させるようになってもおかしくない。

「ねえ百合、私たちのテーブルに来てくれない？　他のホストより、百合と話したいから」

「話なんか、家でいくらでもできるじゃない。それに、ホストはどこのテーブルに着くか自分では決められないの。黒服の指示に従うだけ」

言いながら、百合は左手に付けていた男物の腕時計を見た。普段はスマホを時計代わりにしているが、店内ではスマホは禁止なので、営業中だけ腕時計を利用している。

そろそろ、ショータイムの時間が近づいていた。テーブルに戻って、少し客と話したら、すぐにショーに出るための着替えをしなければならない。時間がない。

「じゃあね、真優。家に帰ってから、ゆっくり話そう」

百合は言い捨てて、踵《きびす》を返し、戸口に向かった。

「ねえ、百合。おしっこしないの？」

真優の声が背中越しに聞こえた。

3

「残酷な天使のテーゼ」。それがその日のオープニング曲だった。アニソンの定番かつ王道だが、すでにあまりに古いことは否《いな》めなかった。

ショーの練習は、毎週月曜日の午後三時から六時まで行われる。水谷《みずたに》という外部の演出家兼振り付け師が指導に当たるが、水谷は三十代半ばの年齢だったので、やはり自分が若い頃流行《はや》っていた歌に思い入れがあるのだろう。

ただ、出演するホストたちはほとんどが、二十代前半だったから、内心では水谷の選曲に不満を持っている者もいる。しかし、水谷は思い込みの強い、自己中《じこちゅう》の男で、ホストの要望など一切受け付けなかった。

百合は歌には自信がある。これは百合だけでなく、声優志望者の多くに当てはまることだった。声優養成所などで本格的なボイストレーニングを受けている上に、オーディションなどでも歌うことを要求されるため、歌唱力ではプロに近い者が多い。だが、プロの声優になれるかどうかの基準は、歌唱力よりも個性の問題だった。誰にもないような個性的な声こそが、声優になるための絶対的な要件なのだ。

「君は歌がうま過ぎるよ。もう少し下手に歌うことを覚えなければ、声優にはなれないね」

あるオーディションで、百合は審査員からこう言われたことがある。個性のことを言われているのは、何となく理解できた。実際、百合はそのオーディションで不合格になっていた。

しかし、ホストクラブのショータイムとなれば、そんな難しいことは言っていられない。とにかく、歌って踊って、格好をつけるしかないのだ。

百合は、どちらかというと、ダンスが不得手だった。リズム感はそこそこだが、それに付いていく運動神経がないのだ。だが、声優にダンスはいらない。百合は心の中で、自分自身にそう言い聞かせていた。

ショーは中盤に差し掛かっていた。不得手なダンスを売れっ子のホストたちの後方で踊りながら、百合は客席のほうにちらちらと視線を投げていた。途中で、田辺が入ってくるのが見えた。アフターという言葉が浮かぶ。

前回は真優の病気のため断ったが、今日、誘われたら受け入れざるを得ないだろう。面倒な同伴やアフターを拒否し続けているうちに、客が付かなくなり、解雇されるホストも少なくないのだ。

真優と累の様子も、断片的に目に映っていた。気になったのは、二人が隣席の男性客一人としゃべっていたことだ。ショーの時間帯は、ホスト全員が客席から引き上げるため、そういうことがまったく起こらないわけではない。しかし、「クロスの薔薇」に来るような女性客は、男性を嫌う者も多いので、店側としては、店内で男性客が女性客に話し掛けることには、それなりの警戒感を抱いているのだ。

しかし、真優も累もけっして男嫌いではない。そもそも百合が知人であるという以外には、二人ともこういう特殊なホストクラブに来る動機がないのだ。誰に対しても無愛想な累はともかく、逆に誰に対しても愛想のいい真優は、男性客から話し掛けられれば、それなりに応じてしまうだろう。百合は、アップテンポの曲に合わせて、激しく体を上下させて踊りながら、そんな漠然とした不安に取り憑《つ》かれていた。

4

「こんな遅い時間にラーメンを食べるなんて、ライザップのCMに出るしかないね」

田辺の言葉に百合は思わず噴き出した。

「大丈夫ですよ。田辺さん、そんなに太ってないでしょ」

「いや、腹回りは、そろそろ限界値に達しているよ」

二人は、一緒に店を出たあと、新宿三丁目のバーで少しだけ飲み、そのあと駅近くのラーメン店に入っていたのだ。田辺はけっこうせっかちな性格のようで、同じ所にあまり長く留まることはしない。しかし、それは帰宅時間を気にする百合に対する配慮にも見えた。そういう点では、妙に常識的な男なのだ。

午前一時過ぎだったが、カウンターだけの店内はかなり混んでいる。クラブやキャバクラで遊んだ客が、ちょうど引き上げる時刻なのだ。

狭いカウンターに横並びに座っていると、ほとんど肘《ひじ》と肘がくっつきそうだった。しかし、百合も田辺に慣れ始めていて、そういう至近距離で話すことに、それほど抵抗感もなくなっていた。

「今日、君の知り合いらしい人たちがお店に来てたでしょ」

「えっ、どうして分かったんですか?」

「だって、君の本名を言ってたから。ユリ、頑張って踊ってるじゃんとか——」

そう言えば、同伴したとき、一度だけ本名は「ユリ」だと言ったことがある。店では、「黛《まゆずみ》マコト」という源氏名を使っていたため、田辺も普通は「マコトちゃん」と呼んでいた。だが、もちろん、苗字は教えていないから、田辺も知っているはずがないだろう。

「じゃあ、席が近かったんですか?」

「そうでもないよ。十メートルくらいは離れていたかな」

「本当に困るんですよね、あの子たち。勝手に来るんだから」

「君のファンなんじゃないの?」

「ただの同居人ですよ」

「じゃあ、この前病気だったという――」

「ええ、小柄なほうがそうです。真優って言うんですけど。もう一人は累で、私たち、三人で一緒に住んでいるんです」

「へえ、あの娘《こ》たちがね。真優っていう娘はかわいいねえ」

「嫌だ、田辺さん、真優に興味があるんですか？」

百合はそう言って、睨《にら》んでみたものの、田辺が累より真優に興味を持つのは、男としてはやむを得ないと思っていた。外見的には、明瞭《めいりょう》な差があるのだ。

「そういうわけじゃないけどさ。やっぱり、あの娘も水商売してるの？」

田辺の口調はあっさりしていて、特に深い関心があるようには見えなかった。

「ええ、あの娘、可哀想《かわいそう》なんですよ。お母さんのひどい借金を押しつけられちゃって、ソープで働いているんです」

「ソープ」と言うとき、百合は思わず、声を落とした。ただ、店内はざわついていて、誰も二人の会話を聞いているようには思えなかった。

「へえ、今時そんな話があるんだ？　それにしても可哀想だよな。本人の責任でもないのにね。それはそうと、あそこの店長は経営者とは別人なんだろ？」

田辺は不意に話題を変えた。まるで真優より、店長のほうに興味があるかのようだった。だが、百合はそれでかえって安堵《あんど》を覚えた。思わず、真優のプライバシーをばらしてしまったことを微かに後悔していたのだ。ただ、田辺と真優が今後、顔を合わせることはないだろうという安心感から、口が滑ったことも確かだった。

「ああ、店長ですか。たぶん、雇われ店長だと思いますよ」

「何歳くらいなんだ？」

「さあ、三十の半ばくらいじゃないですか。正直、よく知らないです。あまり興味ないし。田辺さん、興味あるんですか？」

百合は笑いながら訊いた。

「馬鹿言え。男なんかに興味あるわけないだろ」

そのとき、ちょうど二人のラーメンが出た。百合は普通のラーメン、田辺はゆで卵入りだ。その日も、百合は昼に菓子パン一個を食べた以外は何も食べていなかったので、初めての食事らしい食事だった。

「まったくこんな時間にこんな高カロリーなもの食って、体にいいはずねえよな」

割り箸《ばし》を割りながら、田辺が妙に甲高い声で言った。その能天気な声を聞きながら、百合は、この男は案外善人かも知れないと思った。少なくとも、百合がまったく波長が合わない男でもないと思えてきたのだ。

5

八月二十四日になった。百合は朝、目を覚ました瞬間から体が緊張しているのを感じていた。谷藤が刑務所から出てくる日なのだ。

午後になって、実際に谷藤が出所したか、春日に電話して確かめてみようかと思った。だが、すぐに思い留まった。やはり、あのエリート然とした、どことなく近寄りがたい雰囲気を思い出したのだ。

それに、仮釈放とは、まさに法律に基づいた正式な決定なのだから、谷藤が釈放されないことなどあり得ない。何時何分に、どこの刑務所から出てきたかを知ってもほとんど意味がないだろう。

百合もその日、いつも通りに暮すしかないのは分かっていた。昼の仕事はなかったので、自宅アパートを出るのは、夕方でいい。ただ、真優と累が起きてくるのは相変わらず遅く、その日も午後二時近くになっても、二人は自分の部屋の外には出て来なかった。

百合は、自分と真優の部屋と、累の部屋の間にある、三畳程度のサービスルームに入った。そこには三人の所有物が雑然と並べられているのだが、真優は案外無駄な買い物はしないタイプで、真優の物は数えられるほどしかなかった。ここでも、三分の二くらいの空間が、累の所有物によって占められていて、残りの大半は百合が使っていた。

百合は、累の無駄な買い物に対しては批判の目で見ているものの、その割に自分の買い物にも無駄が多いという自覚はあった。ただ、累が高級なブランド物に関心があるのに対して、百合が買い込む物は値の張らない庶民的な小物ばかりなのだ。

百合が持っているブランド物と言えば、三年前に二十歳になった記念に買ったコーチのバッグぐらいだった。しかし、そのバッグも二、三度使っただけで、そのあとはこのサービスルームにしまい込まれ、ほとんど無用の長物となりかかっている。

その日、百合がそこに入ったのも、このバッグを取り出すためではなかった。そのバッグが入っている箱の横に、例のテディベアが収まっている白い紙箱が置かれていたからである。百合は不意にあの証拠品をもう一度確認してみたくなったのだ。

もちろん、忌《い》まわしい過去をフラッシュバックさせる物を、百合が好んで見たいわけではない。しかし、谷藤が刑務所の外に出てきた以上、やはり現実を直視して、それに備える必要があった。春日が言うように、谷藤が百合に危害を加える可能性は

「きわめて低い」とは思えなかった。

春日がそう言っているのは、もちろん、百合に対して過剰な恐怖心を与えないようにする配慮であるのは分かる。しかし、おそらく直接谷藤と接したわけではない春日は、谷藤の病的としか言いようのない粘着癖を理解していないのだろう。あの優しげで整った容姿とその異常性格の落差を理解するためには、相当長い時間、谷藤と接する必要があるのだ。

百合は再び、白い紙箱からテディベアを取り出した。透明のビニールテープで貼《は》り付けてあったメッセージの紙片は本体から取り外され、箱の底にしまい込まれている。

百合の全身が再び小刻みに震え出した。やはり、見ないほうがよかったのか。そういう自律神経の乱れを予想していながら、あえてもう一度それを見ようとしたのは、やはり百合がかつて谷藤から与えられたテディベアと、今ここにあるテディベアが同一物であるかどうかを確かめたい気持ちがあったからだろう。

いや、冷静に考えれば、同一物でないことくらい推測は付いている。谷藤は誕生日プレゼントとして、それを百合に渡すとき、通販で購入したドイツのシュタイフ社製の高級縫いぐるみであることを自慢げに語っていた。百合は数日前、ネット検索でシュタイフ公式オンラインショップの商品を調べてみたのだが、それは現在でも日本で販売されており、似たようなものを誰でも購入できた。

それにあのテディベアについては警察の事情聴取でも詳細に訊かれ、裁判でも証拠品として提出された物だから、谷藤の元に戻されることなど、常識的には考えられないのだ。しかし、問題は、いったん刎《は》ねられた首が、太い茶色の糸で縫合され、もう一度胴体と繋がれたように見えることだった。

百合の事件では、マスコミが大騒ぎし、事件後、いくつかの出版物も出ていた。百合はそういう類いの出版物は一切見ないようにしていたので、テディベアの縫いぐるみや、シャロンという言葉が知られているかどうかは分からない。しかし、仮に知られているとしても、そういうものを読んでいるのは、事件について相当に深い関心と知識を持っている人間のはずなのだ。

百合には、累がそんなものを読んでいるとはとうてい思えなかった。だいいち、百合が事件の被害者であることを累がどうして知り得たのかも分からなかった。

テディベアの首が切り落とされたときの状況が蘇る。百合があることで発した言葉に怒り狂った谷藤は、テディベアを百合の前でめちゃくちゃに虐待《ぎゃくたい》したのだ。

百合はその頃、縫いぐるみに愛着を持ち始めていた。最初は谷藤のプレゼントだと思うだけで嫌悪感が起こった。だが、長い監禁生活の中で、谷藤以外には話し相手がいないとなれば、縫いぐるみだと言っても、孤独を慰めてくれる唯一《ゆいいつ》の友達のように思われ、本物の動物に見立てて可愛《かわい》がっていたのだ。

百合は谷藤が怒りにまかせて、カッターナイフでテディベアの首を切り落とし、それを床上に叩《たた》きつけたときの、異様な形相を未《いま》だに鮮明に覚えている。あの整った顔の輪郭が、別人のように歪《ゆが》むのを見た戦慄《せんりつ》の一瞬は、長い間、記憶の残滓《ざんし》となって、百合の脳裏から離れなかった。

同じ思考がメビウスの輪のように循環していた。結局、結論など出るはずがないのだ。百合に送りつけられてきたテディベアがあのときのテディベアと違っているのは、首と胴体が再び繋がれ、かつての傷が修復されているように見えることだった。

そこに、谷藤のメッセージが込められているのは、明らかだろう。シャロン、やり直そうよ。そう思うと、背筋が寒くなり、全身が不安の渦で絡《から》め取られるように感じた。

だが、今のところ客観的にはっきりしているのは、誰かがドイツのシュタイフ社のテディベアの縫いぐるみを、悪意を以《もっ》て百合に送りつけてきたことだけだった。

結局、その日は何も起きない平穏な一日となった。部屋のチャイムも携帯電話も一度も鳴らなかった。何事も起きない。今後も。

百合は一日の終わりに、心の中で祈りを込めてつぶやいていた。

6

百合は三人の共同生活に徐々にいらだちを覚え始めていた。きっかけはやはり真優と累が「クロスの薔薇」に来たことだったのだろう。

百合はあのあと帰宅してから、遠回しながらも、もう店には来て欲しくないことを匂《にお》わせたつもりだ。だが、真優も累も事態を深刻に受け止めているとはとうてい思えなかった。

真優など人の好《よ》い笑顔を浮かべて、「気にすることないよ」と言う始末なのだ。呆《あき》れるしかなかった。まったく百合の言っていることを理解しておらず、二人が店に来てくれたことを百合が感謝しながら、申し訳なく思っていると解釈しているようだった。累のほうは例のごとく、百合の発言に対して無視を決め込んでいた。

ただ、真優が払った料金も、思ったほど高くはないようだった。二人で二万円を少し超える程度だというのだ。

そもそも、初回はその程度の値段であることも多いが、「クロスの薔薇」の料金体系は一貫性に乏しく、初回は絶対にそうすると決まっているわけではない。二人ともアルコールには強いので、ボトルは入れなかったものの、グラスのアルコール飲料はかなり飲んでいたし、テーブルに着いたホストにも自由にグラスの飲み物を飲ませていたようだった。

推しのホストにしか金をつぎ込まない累は、初めから自分で払う意思はないから、そんなことを気にするはずもなかった。真優はそういう際、格好を付けたがる性格なので、飲み物についてはホストの言いなりだっただろう。

しかし、それにしては料金が安過ぎるのだ。百合は漠然とした疑惑を抱いていた。ひょっとしたら、二人は会計の際に百合の同居人であることを店長の竹山に告げたのかも知れない。そこで、竹山もある程度百合に配慮した料金を請求した可能性も否定できなかった。

そうだとすれば、百合には不愉快極まりなかった。そもそも百合は竹山のことが苦手だった。竹山が百合に特に厳しかったからではない。むしろ逆で、地味で融通が利《き》かなそうに見える竹山が、百合には妙に優しい一面を見せるのだ。しかし、それは下心の裏返しのように見えて、百合は日頃から警戒していた。

だから、真優と累の行為は、そんな竹山につけ込まれる口実を与えたことになり、そのことが潔癖な百合を一層いらだたせていたのである。そして、そういういらだちが爆発する瞬間を百合自身が恐れていた。

三人は午後一時過ぎからダイニング・キッチンで、宅配ピザを食べながら、近くのコンビニで買った赤ワインを飲み始めていた。百合が日曜日の午後になっても、自宅に残っているのも珍しい。

普通は、午前中からレイヤーのイベントに出かけているのだ。だが、その日に限って、百合が参加すべきイベントはなかった。もっとも、夕方からレイヤー仲間たちと次週のイベントの打ち合わせをすることになっていたのだが、それまでの時間は空《あ》いていた。

堅い性格の百合は休日と雖《いえど》も、昼から飲酒するのは好きではない。だが、真優や累は、飲酒に場所と時間を選ばなかったから、かなりのハイピッチで飲み進んでいた。赤のワインを二本買ってあるため、百合が付き合い程度にしか飲まないとすれば、二人の酒量が相当進むのが予想された。

真優が休日の昼間から相当量のアルコール飲料を口にするのは、ストレスの発散という意味ではある程度やむを得ないと百合は考えていた。その肉体労働のきつさは、傍で見ているだけで、よく分かるのだ。

気掛かりなのは、累のほうだった。ここ一週間ほど仕事に行っていないのは明らかだった。にも拘《かか》わらず、土日を除く、ほぼ毎日、ホストクラブにだけは出かけているのだ。

百合と真優は陰で「きっとピンサロ馘《クビ》になったのね」と話し合っていた。実際、あの休みの多い勤務ぶりで、しかも客から不人気となれば、解雇されないほうがおかしいのだ。別に累がその仕事を辞めるのは勝手だが、問題は家賃の支払いだった。

家賃は月額十二万三千円だから、三人がそれぞれ一人四万一千円ずつを負担していた。稼ぎの多い真優でも借金を抱えている上に、起業を目指して貯金もしているのだから、人の分まで払える余裕があるわけではない。

百合はもっと余裕がなかった。昼間の仕事で入る収入はごく僅《わず》かで、夜の仕事はまだ始めたばかりだから、時間給がいい割には、現在のところ、それほどの実入りにもなっていない。

百合には、累がこの先、家賃を入れなくなるのは目に見えているように思われた。真優の話では消費者金融からも限度額まで借りているらしいので、累が切羽詰まった場合、まず払わなくなるのは家賃だろうと予想された。

だから、百合と真優は、一度、累に現状を尋ね、将来、累がどうするつもりなのか訊《き》いてみようと話し合っていた。二人にしてみれば、どんな仕事であれ、とにかく累に働いてもらわなければ困るのだ。

従って、その日曜日の昼食タイムは、それを累から訊き出す絶好の機会に百合には思われたのだ。しかし、実際にはアルコールが入ったせいか、話題はいっこうそんな方向には向かわず、ただの無駄話を重ねているようにしか見えなかった。そもそも肝心の真優が、そんな百合との打ち合わせをすっかり忘れてしまったかのように、累にとって耳触りのいいことしか言わないのだ。

そういう話題になり掛かっても「累は頭がいいから、その気になれば仕事なんかすぐに見つけられちゃうもんね」などと言うため、話題はそれ以上、前に進まない。百合はついに我慢できなくなって、畳に向かって具体的な質問をした。

「累、仕事はもう辞めたの?」

「辞めた。客はみんな馬鹿《ばか》っぽいし、下品だし。私には合わない」

馬鹿っぽいはともかく、ピンサロに来る客を下品だと言うのも、そもそもそういう種類の店なのだから、百合には違和感があった。それに直感的に「辞めた」というのは嘘《うそ》で、「辞めさせられた」のだと思った。だが、そこまで言って、累を追い詰めるつもりもなかった。

「じゃあ、今、他の仕事を探しているの?」

百合はあくまでも客観的な質問に徹するつもりだった。しかし、累が返事をする前に、再び、真優がトンチンカンな言葉を挟んで、状況を混乱させた。

「百合の店で働いたら。累ならきっと人気出るよ。この前、下見したし」

ふざけるな！　百合はそう叫びたくなるのをぐっと抑えた。累に人気が出るわけがない。いや、その前に面接で撥《は》ねられるだろう。累みたいな肥満型の女性を「クロスの薔薇」のような店が採用することはあり得ないのだ。それに、「下見」という言葉が、百合を一層いらつかせた。

「私、百合には悪いけど、ああいう店も好きじゃない。女性から見ても、あそこのホストたち、全然魅力的じゃないもん」

あんたに言われたくない！　そう思ったものの、百合はここでもかろうじて爆発を思い留まった。それに、累が劣等感から、無理に強気の発言をしているのが分かったから、いささか哀れにも思ったのだ。

だが、ここでまた、真優の信じられない発言が起こった。

「だったら、累が入店して、お店を元気にしてあげればいいじゃん。それに、一回行っただけじゃ分からないし。そうだ、もう一回百合の店に行ってみようよ。お金は私が出してもいい」

「真優、いい加減にして！ そういうの私、すごく嫌なの！ 何度言ったら、分かるの？」

百合は押し殺したような低い声で言った。しかし、その口調は、百合自身の予想を超えて、遥《はる》かに辛辣《しんらつ》に響いた。さすがに、真優の顔にもあからさまな動揺と傷心が滲《にじ》んだ。だが、百合は容赦なく被《かぶ》せるように、言葉を繋いだ。

「私たちの共同生活って、お互いに干渉しないことで成り立ってるんじゃないの？ あなたがそういうことを平気でして、何とも思わないんだったら、私はもうあなたと一緒に暮らしたくなんかない！」

さすがに異様な沈黙が室内に浸潤していた。

百合は自分が微妙な言葉の置き換えをしていることに気づいていた。百合が一緒に暮らしたくないのは、本当は真優ではなく、累のほうなのだ。しかし、だからこそ、累との関係を決定的には悪化させたくないという意識が働いて、累ではなく、真優を攻撃の対象に選んでいるのだ。

百合は真優の顔を見た。真優はうつむき、その目から大粒の涙がこぼれ落ちた。だが、意外だったのは、ここで累が百合の発言に同調して来たことだ。

「それは百合の言う通りだと思う。真優はそういうことにまったく頭が回らないからダメなのよ。この前、百合のお店に行ったのだって、私は『百合に迷惑が掛かるよ』と言ったんだけど、真優が『どうしても』と言って聞かなかったんだから」

百合は累の狡猾《こうかつ》さを感じた。累が真優の言うような意味で頭がいいとは必ずしも思わなかったが、こういう意外なほどの変わり身の早さに、多少の頭の回転の早さを感じさせるのは、百合も否定できなかった。

「みんな私が悪いの？　私はみんなのことを考えて、言ってるだけなのに」

真優は涙声でつぶやくように言った。

「そういう思い込みが私たちの人間関係を悪くさせるのよ。あなたが考えても、ろくなことにならないの。あなたは考えちゃダメな人間なの！」

百合はほとんどヒステリックに叫んでいた。一度外れたタガは、それまでの忍耐が長かっただけに、なかなか元に戻らなかった。

よくよく考えてみれば、この発言は真優のことを馬鹿と言っているようなものなのだ。しかし、そこまで深く考えて、そう言ったわけではない。ただ、百合にとって、真優の度外れた人の好さは、明らかに愛憎の対象だった。

「分かった。そんなに、百合が言うなら、私、もう出て行く！」

真優は泣きじゃくりながら立ち上がった。百合も真優の反応に、内心では著しく動揺していた。だが、行きがかり上、すぐに真優に声を掛けて、なだめる気にはなれなかった。
　累を見ると、体を斜めに捻《ひね》るようにして、百合の顔も真優の顔も見ないようにして
いる。累自身がふてくされているとしか見えない態度だ。
　真優はサービスルームの中に入ってしまった。これは真優が一時的な家出をすると
きによく起こる現象でもあった。まず、そこに引きこもるのだ。
「雰囲気悪くなっちゃったね。私、出かける」
　そう言い残すと、累が最初に外出した。雰囲気を悪くした元凶は誰なんだ？　百合
はそう言いたかったが、累にとっては、所詮、その程度のことだったのだろう。真優
の引きこもりのことなど、まったく気にしているようには見えなかった。
　その内に、午後四時を過ぎて、百合も打ち合わせのために出かけなくてはならない
時間になってしまった。真優は依然として、サービスルームに入ったままだ。着替え
て出かける寸前、百合はノックして、一言声を掛けた。
「真優、出かけるからね」
　返事はなかった。本当は「帰ってからまた話そう」と付け加えたかったのだが、百
合は何故《なぜ》かその言葉を呑《の》み込んだ。その部屋には鍵《かぎ》が掛からないので、開けようと思

えば、開けることもできた。だが、そうしなかったのは、得体の知れない恐怖に取り憑かれていたからである。真優が中で首でも吊《つ》っているのではないかという恐ろしい幻想が湧《わ》き起こっていたのだ。

後ろ髪を引かれる思いで外出した。打ち合わせ場所は新宿だったが、百合は打ち合わせ終了後、四人のレイヤー仲間と食事をした。

百合が再び、自宅アパートに戻ってきたのは、夜の九時過ぎである。累はまだ帰っていなかった。

まず恐る恐るサービスルームの扉を開けてみる。誰もいなかった。ただ、真優が遠出するときによく使う大型の黒いバッグがなくなっていた。

百合と真優の部屋にも入って、確認した。やはり、ここにも真優はいない。しかし、百合は真優が出て行ったことを確信しながらも、若干の安堵を覚えていた。とにかく、真優は死を即決することはなかったのだ。

いつものように、二、三日家を空けたあと、やはりいつも通り照れ笑いを浮かべながら、真優は戻って来るだろう。ただ、その悲しくも見える笑顔を思い浮かべると、百合は無性に今すぐにでも真優に会いたくなった。百合は、自分の瞼《まぶた》に、行き場を失った重い涙の滴《しずく》がひっそりと影を潜めているのを感じていた。

第三章　訪問者

1

事態は最悪の展開を遂げていた。四日経《た》っても、真優は戻って来なかった。最初はやせ我慢していた百合も、ラインを使って連絡を取ってみたが、そのラインのメッセージは「既読」にさえなっていない。直接、携帯に電話もしてみたが、女性の声が「電源が切られているか、電波の届かないところにあります」を繰り返すばかりだ。

そういう真優の安否に関わる不安に加えて、百合に途方もない苦痛を強いたのは、累と二人だけで暮らすことによって生じる、想像以上の居心地の悪さだった。真優という潤滑油を失ったことは決定的だった。

ただ、累は以前と同様、真優のことを心配しているようにはまったく見えなかった。百合はふと、本当は累と真優とは連絡が取れていて、そのため累は落ち着いていられるのかも知れないと疑ったほどだ。

しかし、累に直接訊《き》いてみると、妙にリアリティーのある返事が返って来る。

「私も用があったから、何回かラインして、電話も掛けてみたけど、連絡取れないの」

用があるというところが、ミソだった。累の用とは、容易に推測が付いた。金を借りたいのだ。累は借用書もなしに、真優からの借金を繰り返していた。真優がいなくなる直前は、毎月数万円程度を借りていたかも知れない。

それに金融業者の督促状と思われる封筒が、郵便物の中に入っているのを、百合は何度か見ており、百合はそれを直接、累に手渡したこともある。累は下の階にある郵便受けから、郵便物を取り出すことは自分ではめったにしないので、それはほとんど百合か真優によって行われていた。

だから、累も真優がいなくなって、経済的には困っているはずなのだ。その困惑が累の発言にも若干表われていたので、百合は累が真優の消息について嘘《うそ》を吐《つ》いているとは思えなかった。

「きっとそのうちケロッとして帰って来るよ」

累は付け加えるように言った。その口調はいつもの無関心に戻っていた。だが、そういう累の反応は、いわば、生理的な体質のようなもので、百合には累が本当にどう感じているのかは読み切れなかった。ともかく、感情の起伏がほとんど顔に出ない人間なのだ。

そして、さっそく百合が一番危惧《きぐ》していたことが起こった。累が家賃を払わなくなったのだ。

「ごめん。今、ちょっとお金ないの。立て替えといて」

潔癖な百合は、月末の支払い日になっても、家賃のことに触れようとしない累についに催促したが、累はこの一言で片付けようとした。予想されたことが予想通りに起こった気味の悪さを感じた。

「でも、私も余裕ないから、すぐに返してよ。真優の分もとりあえず、折半するしかないから、一人六万一千五百円だからね」

「真優の分まで、私も出さなきゃいけないの」

当たり前でしょと言いたかった。累の露骨に不満げな顔が百合をいらだたせた。だが、ぐっと気持ちを抑えて、冷静に言った。

「仕方がないでしょ。二人で、折半するしかないし」

「でも、真優を追い出したのは、あんただし」

百合は唖然《あぜん》として、絶句した。確かにそれはそうなのだ。それにしても、累自身も百合に同調して、真優を非難したことをすっかり忘れているような発言だった。

だが、百合が反論の言葉を考えているうちに、累は背中を見せて自室の中に引っ込んでしまった。

2

その日、百合は田辺と三度目の同伴をした。新宿東口の「アルタ」前で待ち合わせ、そのまま歌舞伎町に向かった。「クロスの薔薇《バラ》」から百メートルも離れていない居酒屋に入った。

半個室に通されて、田辺と対座する。田辺は紺のジーンズに白いワイシャツ、夏用の薄ブラウンのジャケットという服装だ。すでに八月の末だったが、残暑は厳しく、その日も昼間は三十度を超えていた。

ただ、午後六時過ぎで、店内の冷房はかなり強かったので、上着がないとやや肌寒く感じられた。百合は、いつも通り、ショートパンツにTシャツ姿だったが、店内に入ってからは、紺のカーディガンを羽織っていた。

「あまり時間が取れなくて、すみません」

同伴による入店時間は、相変わらず午後七時のままだ。固定客と言えるのは、まだ田辺だけなのだから、それもやむを得ないだろう。生ビールとウーロン茶でまずは乾杯した。

店長の竹山からは、ちくりちくりと嫌みを言われていた。「いつまでも新人でもねえだろ」が竹山の口癖だ。確かに、勤め始めてから、すでに半年近くになっている。ただ、竹山の態度が以前に比べて厳しくなってきたのは、それだけではないと百合は感じていた。竹山から、何度か食事に誘われたが、百合はすべて断っていたのだ。竹山が誘ってくるのは、店の終了後か、土日だったので、仕事でもないのに、付き合う気が起こらない。

店に出たときは、疲れ切っており、土日の休みはレイヤーとしての行事に全力を注ぎたいのだ。しかし、百合が断るたびに、竹山は不機嫌になっていくように思えた。

「ところで、店長と一番親しいホストは誰なの？」

また、竹山に関する質問なのか。勘の鋭い百合は、若干、不審に感じ始めていた。田辺との付き合いも、三ヶ月くらいにはなるが、妙に竹山に関する質問が多いのだ。それに、田辺の人柄に対する不信感は徐々に解消されてきたものの、未《いま》だに来店目的がはっきりしない。訊いてみると、「男装女子が好みだ」と言うが、それにしても他の男性客に比べると、そういう方面での知識も熱心さも欠けているように思われるのだ。

百合に対しても、強引に迫ってくるような気配もなく、全般的にあっさりした態度である。もっとも、それが田辺との同伴を百合が拒まない理由でもあるのだが。

「また、店長のことですか？　田辺さん、どうしてそんなに店長のことばかり、訊くんですか？　田辺さんがゲイなら分かるけど、そうでもなさそうだし」

冗談めかして言ったものの、百合自身がその言葉の棘《とげ》を感じていた。

「そんなに不思議？」

「ええ、不思議です」

そのとき、百合は田辺の顔に差した微妙な影を見逃さなかった。

「じゃあ、いつまでも嘘を吐いているのは悪いから、そろそろ本当のことを言おうかな」

嘘。本当のこと。その二つの言葉が、百合の心に突き刺さった。不意に、半個室の狭い空間が暗転したように思えた。視野狭窄《きょうさく》の薄暗いスポットの中に、縮小コピーのような田辺の顔が浮かび上がっているのだ。その顔は百合がこれまでに見たことがない、得体の知れない表情に映った。

「どういう意味ですか？」

百合は強《こわ》ばった声で訊いた。田辺の顔から、穏やかな笑みが消える。

「別に騙《だま》していたつもりはなかったが、言わないほうが君にとっても、いいと思ったんだ」

「だから、何なんですか？　早く言ってください！」

百合は思わずヒステリックな叫び声を上げた。あの事件のトラウマのせいで、ときおり深刻な不安症の発作が爆発するのだ。考えてみれば、真優を追い出したときのあの怒りも、そんな発作の一種だったのかも知れない。

「俺、本当はこういう者なんだ」

田辺はジャケットの内ポケットから、黒革の財布を取り出すと、その中のカードポケットから名刺を抜き出し百合に差し出した。手に取って見る。

警視庁新宿警察署生活安全課第三係

警部補　新川良二《しんかわりょうじ》

百合は茫然自失《ぼうぜんじしつ》の体で、絶句していた。また、警察官なのか。自分は警察官に呪《のろ》われていると、百合は思わないではいられなかった。

それに生活安全課という言葉にも、嫌な符合を感じた。春日のことが思い浮かぶ。

百合が確かめようとした瞬間、田辺、いや、新川が口を開いた。

「ずばり言うよ。あの店の売春行為に関して、内偵捜査をしているんだ。いや、勘違いしないで欲しい。君に対する疑惑はまったく持っていない。ここ二、三ヶ月の付き合いで、君はまじめで絶対にそんなことはしない人間だというのはよく分かった。だから、実は、今日は初めから君にこのことを打ち明けるつもりで来ているんだ。このまま、嘘を吐き続けるのは、心苦しいし、君を傷つけることにもなるからね」

「もう十分傷ついていますよ！」

百合は震える声で応じた。それから、尖《とが》った口調で問い質《ただ》した。

「売春行為っていったい何なんですか？」

「そこなんだよ。店長の竹山が店の女の子を使って、組織的な売春をしているって密告が署のほうにあったんだ。それで内偵捜査しているんだが、どうにも証拠が摑《つか》めない。だから、君にも協力してもらいたいんだ」

「私、何にも知りません！　売春なんかに関係していません！」

ほとんど涙声になっていた。騙されたと思うと悔しく、行き場を失った憤《いきどお》りが体内に充満していたのだ。

「それは分かっているよ」

新川は辟易《へきえき》したように、上半身を反らせた。だが、粘り強く説得するように、言葉を繋《つな》いだ。

「ただ、店長が親しくしているホストが誰かとか、あるいは枕《まくら》営業をしている噂《うわさ》があるホストはいないのかとか——」

「私にスパイしろと言うんですか?」

百合がそう言った瞬間、中年の女性店員が注文した焼き鳥と刺身の盛り合わせを運んできた。百合は仕方なく口を閉ざした。女性店員は、百合と新川の間に漂う異常な緊張の澱《おり》を探り当てたかのように、足早に退散した。男女間の痴話喧嘩《げんか》と思った様子だった。

「いや、君を傷つけたことは謝るよ。だが、今日、俺が君に本当のことをしゃべっている誠意を分かって欲しいんだ。このまま騙し続けることも可能だったが、俺はそうしたくなかった」

新川はしんみりした口調で言った。その口吻《くちぶり》がかえって百合の傷心を増幅した。百合はついに泣き出した。泣きながらも、途切れ途切れの声で苦しい心境を訴えた。

「私って——本当に馬鹿《ばか》ですね。私、お客さんって言える人——田辺さんしかいないんです。でも、田辺さん、いい人に見えたから——いいお客さんが付いたと喜んでいたのに。それが名前まで嘘で、警察の人だなんて。私が一番お人好《よ》しの馬鹿に見えたんで、情報を取るために私に近づいたんですね」

「いや、そんなことはないよ。俺が君を気に入っていることも確かなんだ。いくら刑事だからと言って、そういう個人的な感情をコントロールすることは難しいよ」

「嘘を言わないでください。そんなうまいことを言って、私にスパイさせたいだけなんでしょ」

「いや、スパイなんて言ってないよ。それに店のことをしゃべるのが嫌なら、しゃべらなくてもいい。ただ、俺が新宿署の刑事であることだけは、君の心の中にしまっておいて欲しいんだ。正直に言うと、まだ何の証拠も摑んでいないから、もう少し内偵を続けたい。その間、君の客ということで通したいから、何とか協力してもらえないだろうか。協力というのは、黙っているだけでいいんだ。もちろん、客としてお金はきちんと払うし、君が嫌でなければ、同伴もアフターも付き合ってもらいたい」

新川の言葉は、少なくとも百合には真摯《しんし》なものに聞こえた。得体の知れない表情は消え、普段の愛嬌《あいきょう》のある新川の顔が復活していた。その目が、若干、潤《うる》んでいるようにさえ見える。

百合は徐々に怒りを解き、冷静になり始めた。新川の言うことを完全に信じたわけではない。しかし、現実問題としても、百合がここで新川の提案を拒否すれば、百合の客は実質的にゼロになり、店での立場はますます悪くなるのだ。

「店で売春が行われているって本当なんですか?」

百合はようやく普通の声に戻って、改めて質問した。

「いや、それはまだ分からない。もちろん、そういう密告は、他の店がライバル店を陥《おとし》れるためにするガセネタであることもしばしばあるんだ。しかし、密告があった以上、所轄《しょかつ》の警察としては、一応、調べる必要がある。それがガセネタと分かったら、俺は内偵をやめ、ただの客に戻ってもいいと思ってるんだ」

百合は冷静になると、新川の立場も理解し、ここは当分静観するしかないと思い始めた。自分に嫌疑が掛かっていないなら、それほど深刻に受け止めることでもない気がしてきたのだ。実際、クラブやキャバクラの世界では、枕営業の話題などよく耳にすることで、それと売春との境界線も微妙だった。

百合と新川はそのあと、飲み物とともに、運ばれてきた焼き鳥と刺身を食べ、しばらくの間、口を利《き》かなかった。百合は、完全にショック状態から抜け出たわけではないにしても、少なくとも心の落ち着きは取り戻しつつあった。

「タナベさんじゃなくて、シンカワさんか」

百合がぽつりと言った。

「でも、お店じゃあ、田辺と呼んでくれよ。いきなり、新川じゃおかしいだろ」

その口調は、いつもの田辺に戻っていた。

「大丈夫です。ああいう場所は、本名を言わない人なんていくらでもいますから」

百合は言いながら、優しく微笑《ほほえ》んだ。新川も安心したように、微笑み返す。

「でも、新川さん、今後もお店に来てもらえるとして、お金のほうは大丈夫なんですか？　あの店、けっして安くないし」

百合は半ば冗談のように訊いた。ＩＴ関係の実業家と聞いていたから、百合は若干の疑問を感じながらも、新川に金を出させていたのだ。

「刑事の給料じゃ、とても無理な店だと言いたいんだろ。ところが、どっこい、そうでもないのさ。俺があの店に通っているのも仕事と見なされるから、ちゃんと予算が付いているんだ。いわゆる、警察内部の機密費というやつさ。あんまり大っぴらに言うと、世間がうるさくてまずいけど、予算を握っているうちの副署長は話の分かる人で、そういう内偵費にストップを掛けることはないさ」

百合は聞きながら、ふとあの買い物の費用も、そういう機密費から支出したのだろうかと思った。だが、さすがにそれは訊けなかった。

同時に、警察内部の話が出たことで、もう一度、春日のことを思い出した。新川が、春日のことを知っているのかどうか、判断が付かなかった。

「田辺さん、警視庁の管理官って、どんな役職なんですか?」

百合は、まずは用心深く、間接的な質問をした。

「警視庁の管理官? 何でそんな言葉知ってるんだ?」

「遠い親戚《しんせき》の女性が、警視庁で管理官、やってるもんですから」

とっさに嘘を吐いた。新川の反応は、百合の口から管理官という言葉が飛び出したことに本当に驚いているようだった。案外、春日のことなど何も知らないのかも知れない。

「何歳くらいの人なんだ?」

「正確には、分からないけど、まだ二十代後半くらいだと思います。カスガという苗《みよう》字《じ》で、警視庁の生活安全総務課にいると言ってましたから、それで田辺さんがご存じかと思って」

「いや、知らねえな。二十代で本庁の管理官って言うなら、どうせ東大出のキャリア警察官だろ。エリート中のエリートさ。警視庁の管理官って役職は、普通は俺たちと同じノンキャリの警察官が四十を過ぎてから就く役職で、キャリア警察官で、管理官になる者は少ない。キャリア警察官が管理官になる場合もたまにはあるが、そういう場合は、二十五、六でなるのが普通なんだ」

百合が春日の学歴を知っているはずがなかったから、百合は曖昧《あいまい》にうなずいただけだった。ただ、新川の言葉で、春日のあの近寄りがたいエリート然とした雰囲気の根源が分かったような気がした。その意味では、百合が春日に対して抱いた第一印象は、間違ってはいなかったのかも知れない。

「だから、同じ生活安全課と言っても、そんな若い本庁のお偉いさんと俺たち所轄の刑事が顔を合わせることなんかめったにないんだ。そうか。カスガさんというのか。まあ、どっかで一度くらい顔を合わせているのかも知れないが、いちいち覚えちゃいないよ」

百合は新川が嘘を言っていないと判断した。おそらく、春日が百合を訪ねてきたことと、新川が百合の勤める店の内偵捜査をしていることは、まったく無関係なのだろう。従って、新川も百合の事件を知らない可能性が高い。

考えてみれば、百合の事件が起こったのは、十三年も昔のことであり、あの事件を担当したのは中野署であって、新川の所属する新宿署とは違う。それに百合の事件がマスコミを騒がせた大事件であったのに対して、新川が内偵捜査しているのは、男装ホストクラブにおける売春事件というきわめて小さな事件なのだ。

百合は過去において犯罪被害者であった事実を新川に教える気はなかったので、その点については軽い安堵《あんど》を覚えた。

しかし、それにしても、風営法や都条例をしきりに気にしている、あの気の小さな竹山が売春の斡旋《あっせん》まがいのことをしているなどとは、とても信じられなかった。確かに、ライバル店が、ためにする密告をしたのかも知れない。あるいは、これはどこの店でも起こることだが、ホストが個人的にやっている行為が組織的な売春と受け取られることもあり得るだろう。

ただ、やはり気になることがあった。これまで、竹山が百合を食事等に誘ってくることを、竹山の個人的思いと解釈していたのだが、そういう売春行為に誘い込む下準備とも思われてきたのだ。

いずれにしても、やっかいなことになったのは、確かだった。あのテディベアに加えて、もう一つ謎《なぞ》が加わったのだ。さらに、直近の真優の家出事件がある。しかも、これらの三つの事柄は、一見無関係に見えて、どこか想像外のところで、微妙に繋がっているようにも思えるのだ。

ビールのジョッキを大きく傾ける新川を見つめながら、百合は深いため息を吐いた。

3

百合は自宅アパートのダイニング・キッチンのテーブルに一人座り、窓ガラスに映る外通路の闇《やみ》を見つめていた。夜中の二時過ぎだ。店から帰ったばかりで、まだシャワーも浴びていない。真優がいなくなってから、夜中にトイレの併設された浴室に入ることが怖くなっていたのだ。

浴室は累の部屋の右隣りで、玄関からは一番遠い位置にある。そのせいか、百合がシャワーを浴びているうちに、玄関から侵入した誰かが、浴室の扉の外に立っているような幻影が、しばしば百合の脳裏を巡るのだ。

その誰かは、いつの間にか首から上がなくなっている。最初は確かに顔があったはずなのに、百合はまるでのっぺらぼうでも見たかのように、その顔の造作をまったく思い出せない。

しかも、テディベアの首と胴体が離れ、イソギンチャクの突起に似た首の赤い切断面が眼前に迫る画像が、過去の記憶を掠《かす》めながら、百合の視覚の襞《ひだ》にへばり付くのだ。

それは、最近では、百合が繰り返し見る幻影になりつつあった。

不意にチャイムの音が鳴り響いた。全身に悪寒《おかん》が走った。こんな夜中の訪問者はいったい誰なのか。しかも、百合を殊更怯《ことさらおび》えさせたのは、外階段を上る足音がまったく聞こえなかったことだ。

まるで足のない人間が、翼を使って空気のように移動し、部屋の前の外通路に降り立ったかのようだった。確かに、不鮮明ながら、夜の闇に紛れて、玄関の扉の向こうには人影らしい物が見えている。

「誰？　累なの？」

百合は立ち上がって、か細く震える声で呼びかけた。以前に一度、累が自室に鍵《かぎ》を置き忘れたまま外出し、夜中にチャイムで起こされたことを思い出したのだ。

返事がない。百合の胸の鼓動が、狂ったように高まった。今度はテディベアを抱いた谷藤の顔が浮かんだ。その顔は不気味な笑みを湛《たた》えている。

だが、百合はそれをあくまでも累と思いたかった。嫌いな累であっても、その通路の外に立つ人物が、谷藤よりは累のほうがましに決まっているのだ。

「累、返事して。返事がないと開けないからね」

百合は裏返った声で、叫んだ。もはや、パニック状態だった。その一瞬、外の影が消えた。数秒後、外階段を駆け下りる激しい足音が聞こえた。

五分くらいが経ってから、百合はおそるおそる玄関の扉を開けた。意味のない行為なのは分かっていた。そこに誰もいるはずがないのだ。だが、確かめずにはいられなかった。

若干、生ぬるく感じられる大気が百合の硬直した体を包む。左手前方の階段の降り口に視線を投げた。まるで凶相を帯びた人間の顔のような漆黒の深淵《しんえん》が、ぽっかりと口を開けて、百合を見つめているように見えた。

扉を閉め、内鍵を掛ける。だが、それで終わりではなかった。

今度は、ショートパンツの右ポケットの中にある携帯の呼び出し音が鳴り始めたのだ。けたたましい反復音が、どこか狂気じみて聞こえた。

「もう本当にやめて！」

ほとんど泣き声になっていた。立ちくらみさえして、百合はダイニング・キッチンのテーブルの椅子《いす》にへたり込むように座った。それでも、気力を振り絞ってスマホを取り出し、画面を確認した。公衆電話の表示が見える。

百合のアパートからほんの十メートルくらい行ったところに、公衆電話ボックスがあることが頭を過《よ》ぎった。さきほどアパートの外通路にいた人間が逃げ出した足で、あの公衆電話から電話しているのかも知れない。今度は真優の顔を思い浮かべた。

「もしもし、真優なの？」

百合は震える声で尋ねた。真優なら怖がることはないのだ。本当は帰って来たくてたまらない真優が玄関の外まで来たものの、そのまま入ってくる勇気が持てず、チャイムを鳴らしたあげく、逃げ出したと考えることは不可能ではない。いや、真優ならいかにもそんな子供じみた行動を取りそうなのだ。それは、百合にとって最良の想像だった。

スマホの向こうの、気味の悪い息づかいを感じる。真優ではないと直感的に思った。一緒に暮らし、同じベッドでさえ寝たことがある真優なら、息づかいだけで判別できる自信がある。

「真優じゃないの？」

目に見えぬ細菌の凶相に向かって呼びかけている気分だ。得体の知れぬ恐怖を感じる一方で、激しい怒りもこみ上げていた。

「谷藤なの？　だったら、すぐに警察に通報するからね。すぐに連絡できる刑事さんだっているんだから」

百合は上ずった声でつぶやいた。電話が切れたことを示す話中音に変わった。百合もスマホを切った。

やはり、真優ではなかったのか。一時は恐怖に代わって、膨らみ始めた期待が、一瞬にしてしぼんだ。

やがて、一層とめどのない不安と恐怖が百合の全身に広がり始めた。累でも真優でもなければ、あの男に決まっているのだ。やはり、谷藤が予想通りに、牙《きば》を剝《む》き始めたとしか思えなかった。

激情的な性格である一方で、奇妙なほど用意周到なところもある男だったから、仮釈放後、すぐに百合の目の前に姿を見せるのではなく、電話やメールなどを使って、探りを入れてくる可能性が高いだろう。いや、メールは痕跡《こんせき》が残るため、電話、それも後の追跡調査を回避できる公衆電話からの電話が、谷藤にとっては、一番安全なのだ。

すぐに連絡できる刑事さんだっているんだから。百合は自分の言葉を心の中で反芻《はんすう》しながら、春日の顔を思い浮かべた。しかし、その顔は一瞬にして新川に変わる。

あの女性警察官と連絡を取るべきなのは分かっていた。ただ、心理的距離で言えば、新川のほうが遥《はる》かに近いのだ。春日には何しろ一度しか会っていないのだから、どんな人間なのか分かるはずがない。あの冷たい近寄りがたい雰囲気は外見や言葉遣いによって生じる第一印象に過ぎず、案外、優しい人間かも知れないと思いつつも、やはり気楽に電話できる相手ではなかった。

一方、新川が百合を騙して、内偵捜査に利用したのは明らかなのに、それでも谷藤に対する恐怖が募ると、新川にすべてを打ち明けて、相談したいという気持ちが湧《わ》き起こってきたのだ。それは、百合自身にも不思議な感情だった。

百合はその場を動かず、延々と考え続けた。自室に引っ込んでしまえば、百合が妄想の中で苛《さいな》まれる、例の首のない人間が室内に入り込んで来るように思われたのである。

午前三時過ぎ、外通路で若い女の泣き声が聞こえたように思えた。糸を引くようなか細い声だ。百合はぞっとしながら、耳をそばだてた。一分ほど息を凝らした。何も聞こえない。無機質で、悪意に満ちた静寂が復活していた。幻聴だったのか。

午前四時過ぎ、外階段を上がってくる重い足音が聞こえた。不安は生まれなかった。その足音は間違いなく累のものだ。

累の失業状態は続いていた。口とは裏腹に、仕事を探しているようにも見えない。それなのに、相変わらず、ホストクラブ通いで、ほぼ毎日朝帰りなのだ。そんな金がどこにあるのか、不思議という他はなかった。

百合は足音を聞きながら立ち上がり、シャワーを浴びることも断念して、自室に引っ込んだ。さらに強く、立て替えた家賃の請求をすべきなのは分かっていたが、それ以上に累と顔を合わせる苦痛に耐えられなかったのだ。

4

「こら、そこ、もっとしっかりお尻《しり》を振って」

水谷が百合に向かって怒鳴っているのは分かっていた。月が替わって、月曜日の振り付けのレッスンだ。主要なホストなら、水谷もホストの源氏名を覚えているが、「マコト」という百合の源氏名は覚えていないようだった。水谷にとっては、百合は「そこ」という程度の存在なのだろう。

実際、水谷が百合に怒鳴ったのは、その一度だけで、あとは人気ホストの振り付けに躍起になっていた。そのほうが、百合にとってもよかった。とても振り付けのレッスンに打ち込めるような心理状態ではなかった。だが、体を動かしているときだけ、谷藤の恐怖から逃れ、真優の安否に対する不安を忘れることができるのだ。

レッスン終了後、更衣室で噂話の花が咲いた。これはいつものことで、ネタはたいてい水谷のことなのだ。

店では同僚の関係にあるホストたちも、互いにあまり多くのことを知らないのが普通だった。もちろん、水商売にある程度慣れた女性たちだったから、店に来て一緒に行動するときは、いかにも仲がよい友人のように振る舞いはする。しかし、実際は、横の繋がりなどないに等しく、店を離れれば、まったくの赤の他人だった。

だから、こういうとき、共通の話題になるのは、ほとんど水谷のことしかないのだ。竹山の話も出ないわけではないが、店長である竹山を噂話のネタにすることには、多少の警戒心が働くのも事実だった。

下手に悪口を言って、密告されてはかなわない。店の運営とホストの評価は、竹山一人によって、独善的に行われているのが実情である。従業員たちの女子トークがいつの間にか竹山の耳にも入っていることが、これまでも何度かあったから、ベテランのホストになればなるほど、竹山について言及することを避ける傾向があるのだ。

それに比べて、ショーの演出と振り付けにしか関わらない水谷は、話題にしやすい面があった。鰐顔《わにがお》で、どことなくオカマっぽい仕草をするせいか、地味な印象の竹山に比べて、キャラクター的にも関心が集まりやすい。

しかも、レッスンは厳しく、レッスン中に罵声《ばせい》を浴びせられたことがないホストを見つけるのが難しいくらいだったので、水谷に関しては悪口に近い噂話が飛び交うのだ。そして、その日、水谷に関する女子トークの話題は、百合にとっては妙に切実なものとなった。

「ねえ、僕の女友達が言ってたんだけど、ミッキーってソープの常連らしいよ」

リックという、入店して二年目くらいのホストが口火を切った。ホストの出入りはきわめて激しいから、二年間、店に在籍していれば、印象的にはベテランにさえ見える。

ミッキーというのは、ホストたちが陰で呼んでいる水谷のニックネームだ。耳が大きく、ミッキーマウスの耳に似ているからだそうだが、その割にはかわい気のない顔をしている。

「どうしてそんなこと分かるの？」

シュウジというホストが訊き返した。やはり、在籍期間は二年程度だ。

「僕の女友達のそのまた女友達がソープに勤めていて、その子がそこで、たまたまミッキーを接客したんだって」

「ミッキーって、そんなところで顔が割れちゃうほど、有名なの？」

別のホストが会話に加わった。

「有名かどうか知らないけど、ダンスや音楽の雑誌でたまに写真入りで紹介されているらしいから、若い人で知ってる人はいるんじゃない？ ネットでも、顔はよく流れてるし。とにかく、その子は知ってたわけ」

「でも、ミッキーって、オカマじゃないの？」

再び、シュウジが質問した。

「そうでもないらしいよ。でも、プレイのとき、女の子のお尻ばかりねらうんだって。女の子にも、男の子みたいに『僕』って言わせて。僕はミッキーなんかにお尻の処女は奪われたくないよ」

「嫌だよ！」

「勘弁してよ！」

「あり得ない！」

ホストたちが次々に、素《す》っ頓狂《とんきょう》な声を上げ、どっと笑いの渦が起こった。

「でも、ソープ嬢って大変ね。男のどんな要求にも応《こた》えなくっちゃいけないんだから。僕らみたいな男嫌いには耐えられないよ」

笑いが収まったところで、シュウジが再び発言した。この発言に対しては、顕著な反応はなかった。その理由は、百合には何となく分かった。

「クロスの薔薇」の採用基準は、容姿や性格の他に、男よりも女のほうが好きという条件も加味されるのだ。もちろん、そんな性的嗜好《しこう》が絶対的な採用条件ではない。それでもとにかく、店の中では、ホストたちが男嫌いの、レズビアンであり、だからこそ男装しているという前提が成立している。

もっとも、百合の見るところ、本当に男性を受け付けない完全なレズビアンはホストの二割程度しかおらず、あとは完全なヘテロか、せいぜいバイなのだ。百合自身も、女性が嫌いではないし、トランスジェンダー的なところもあるが、強いて分類すれば、やはりヘテロに入るだろう。

しかし、ヘテロセクシャルであることを公言する者など、この店では一人もいない。やはり、店のコンセプトということを考えると、集客という意味で、ストレートであることは不利な条件と見なされているのである。

言わば、「男嫌い」という仮構世界が何となく、成立している世界なのだ。

「でも、成績が出ないと、僕たちもデリヘル行きだからね。笑いごとじゃないぜ」

百合が名前も覚えていないホストが言った。休みの多いホストだ。これも、かなり切実な発言だった。

実際、高額な借金を抱えた女性がそれを返済するには、クラブやキャバクラでは、よほど売れない限り難しく、ソープやデリヘルなどの性風俗が近道というのが、定説なのだ。百合は真優のことを思い浮かべた。

「別に、風俗に行く必要もないよ。こういうとこでも、やってる人はやってるし」

リックの言葉に、百合ははっとした。同時に、新川の顔を思い浮かべた。ただ、リックの発言も、どうにでも解釈できるものではあった。

単なる枕営業的な接客方法を言っているのであれば、それはどのクラブでもキャバクラでも多かれ少なかれ当てはまることなのだ。客とホステス、あるいはホストとの個人的な交際は当然あることで、その行き着くところは金銭を伴う肉体関係であるのが普通だろう。それが、漠然と「愛人関係」や「援助交際」という言葉に集約されているに過ぎない。

しかし、新川がそんな関係を摘発するために、店の中に潜入しているとも思えない。新川自身が言っている通り、もっと組織的な売春の摘発が狙《ねら》いのはずである。

百合は店の中ではもともとそう多弁なほうではなかった。だが、新川の正体を知って以来、一層無口になっていた。新川との約束は守っていた。だから、こういう女子トークに加わることが、怖くなっていたのだ。

そのときも、百合は一言も発言しなかった。十人程度いた、レッスンに参加したホストのうち、まったく発言しなかったのは、百合を除けば、売れっ子のナツキだけだ。ナツキが発言しない理由は明白だった。

要するに、そんな会話に巻き込まれたくないのだろう。ナツキにとって、「クロスの薔薇」は、できるだけ短期間にできるだけ多くの金を稼ぎ、できるだけ早く離れるべき好ましからざる職場に過ぎないのだ。

5

新川はあれ以来、「クロスの薔薇」に姿を現さなくなっていた。すでに九月七日になっていたので、十日ほどが経過している。百合は微妙な判断に揺れ動いていた。

あるいは、新川はすでに内偵捜査を中止したのかも知れない。つまり、例の密告はガセネタと判断され、それ以上の継続捜査は不要になった可能性があった。だとすれば、百合にとっては、喜ばしいことで、一面ではほっとしていた。

しかし、百合は同時に新川に会えないことに、一抹の寂しさを感じていた。新川が来なくなってみると、百合は新川のことを、少なくとも嫌いではなかったことに気づき始めていた。どことなく、自然体の優しさを感じさせる男なのだ。それに谷藤の影に怯える百合にとって、ここにきて新川が警察官であることが必ずしもマイナス要素ばかりには思えなくなってきた。百合にとって、当面の脅威は何と言っても谷藤だった。そして、新川はいざとなったら、谷藤の脅威から百合を守ってくれるかもしれない存在なのだ。

百合の携帯への無言電話や時ならぬチャイムは、あれ以降も時たま起こっていた。ただ、それほど頻繁というわけではなく、一週間に一度か二度という頻度だったので、百合は春日にも連絡を取る決断がなかなかできなかった。

真優は相変わらず帰って来ない。累は百合の立て替えた家賃を払おうとしない。こういう状態があと一、二ヶ月でも続けば、百合の経済状態もパンクし、一人で三人分の家賃を負担することは不可能になるだろう。

そういう話をして、再三、累に支払いを要求したが、のらりくらりと躱《かわ》されて、一向に払おうとしない。八方塞《ふさ》がりとしか言いようのない状況が続いていたのだ。

人の話し声が聞こえた。女の声だ。ベッドの中に入っていた百合は、上半身を起こして、壁の上の電子時計を見つめた。午前三時十五分を少し回っている。

人声は続いていた。累がダイニング・キッチンで誰かと携帯で話しているのかとも思った。あるいは、こんな夜中に女友達でも連れ込んでいるのか。確かに聞こえているのは女の声だが、声質から言って、二種類の声が交錯しているように思えるのだ。しかし、不思議なことに、会話の内容はまるで分からなかった。

百合はベッドから起き上がり、耳をそばだてる。一人は間違いなく累の声だ。もう一人の声を聞いて動揺した。真優だ。紛れもなく、真優の声だ。

温かく迎えてあげよう。嫌みや皮肉は絶対に言っちゃダメ。百合は心の中で誓った。

笑い声が聞こえた。会話の内容は聞こえなくても、笑っていることだけは分かる。真優と累はすでに仲直りしているのだ。百合は自分が一人、取り残されて、孤立することを恐れた。

扉に近づき、ドアノブに手を掛ける。不意に外の会話がやんだように思えた。気味の悪い沈黙だ。まるで扉の向こうの二人が、百合の動きに気づいたかのように感じられた。百合は扉を四分の一程度開き、おそるおそる外の光景に視線を投げた。

ピンクのテーブルに座って、百合のほうに顔を向けている真優が見える。「真優！」百合は思わず声に出して、つぶやいた。だが、真優はまっすぐに百合のほうを見ているはずなのに、百合に気づいているようには見えない。

その顔は無表情で室内の照明のせいか、幾分土気色だ。壁のように大きな累の背中も見えている。真優が人差し指で、百合のほうを指さした。ほら、百合がそこにいる。累に対するそんな合図にも感じられた。

累が背中を回転させて、百合のほうに振り向いた。百合は声にならない悲鳴を上げた。テディベアの首と胴体が離れる映像が不意に浮かんだ。累の首が落ち、イソギンチャクの突起のような首の赤い切断面が、瞬時の残像を刻む。百合は全身を硬直させた。急速に意識が遠のいた。

6

薄目を開ける。天井が回っていた。吐き気を覚えた。だが、やがて天井の回転は止まり、百合は覚醒《かくせい》した。夢だったのか。百合の体は間違いなく、ベッドの上にあった。耳を澄ませた。誰の声も聞こえない。恐ろしく研ぎ澄まされた静寂が浸透していた。窓のほうに視線を投げる。薄闇の中に、微《かす》かに夜明けの気配があった。

篠原綺羅。あの裏切り者め！　僕は心の中で、いや、ときには声に出してさえ、この呪詛《じゅそ》の言葉をつぶやき続けた。

ただ、僕はかろうじて刑事訴追だけは免れていた。僕の父が知り合いの都議会議員に頼んで紹介してもらった弁護士が、ある意味では有能だったのだろう。

その弁護士は、綺羅の両親に対して、あくまでも相思相愛であったことを主張したらしい。同時に、そうだったとしても、成人した塾講師が小学校六年生の女子児童とそういう関係になる不適切さを認め、示談交渉に持ち込んだのだ。

僕自身が知らなかったことだが、相思相愛で未成年者と肉体関係を持った場合、強制性交等罪などの刑法犯の対象となるのは、相手が十三歳未満の場合だけだという。つまり、逆に言えば、相手が十三歳以上だった場合は、相思相愛という前提が成立している限り、刑法犯の対象にはならないのだ。もちろん、その場合でも売春などによる性行為は、児童買春として罰せられ、純粋な相思相愛の場合でも、各都道府県が制定する青少年健全育成条例で処罰されるらしい。

綺羅は十二歳だった。従って、あの女塾長が言った「合意があったか、なかったかなんか、まったく問題になりませんよ」という言葉は間違ってはいなかったことになる。ただ、僕の弁護士によれば、綺羅が十二歳で、十三歳と一歳違いであることには、それなりの意味があるというのだ。

刑事罰の対象ではあっても、裁判になった場合、裁判所は中学生に近い小学生であることを考慮し、それは判決にもある程度影響するだろうというのが、弁護士の見解だった。僕には、これが本当かどうかは分からない。

しかし、とにかくこういう理屈を使って、弁護士は綺羅の両親を説得したらしい。つまり、僕のほうが一方的に悪いことには必ずしもならないから、「慰謝料をしっかりもらって、早く決着を付けたほうがお嬢さんのためですよ」とでも言ったのだろう。

だが、刑事罰を免れたからと言って、僕の気持ちが収まるわけではなかった。綺羅の本当の気持ちを知りたい。僕は、綺羅を小学校の前で待ち伏せし、ある建物の陰に連れ込んで真意を問い質した。

「綺羅ちゃん、お母さんたちの手前、仕方がないから嘘《うそ》を吐《つ》いてるんだろ。先生は、今でも綺羅ちゃんのことが大好きなんだよ」

僕は震える声で、哀訴するように言った。しかし、綺羅の反応は恐ろしく冷たかった。

「嘘なんか吐いていません。本当はすごく嫌だったけど、先生が怖かったから、仕方なく応じてしまったんです」

「嘘だろ！　お母さんたちにそう言わされているだけだろ。先生は、綺羅ちゃんの本当の気持ちを知りたいんだ」

僕はなおも追及した。

「じゃあ、言います。先生なんか、大嫌いです！　顔を見るのも気持ち悪い！」

怒りで、全身が震えた。死ね、この売女《ばいた》め！　僕は心の中でつぶやき、もっと悪意に満ちた言葉を投げつけた。

「じゃあ、なんであんなへたくそな化粧までして、僕に媚《こび》を売ったんだ！」

綺羅は見る見る顔を朱に染め、あっという間に走り去った。僕は地味な紺のズボン姿の綺羅の背中を、怒りで肩を震わせながら見送った。

この言動によって、僕は当然弁護士から大目玉を食った。その結果、再び、刑事罰が蒸し返されることはなかったが、慰謝料が増額されることになった。しかし、両親は僕にその額を教えなかったし、僕も尋ねることはなかった。

僕は反省した。そもそも、大人になりかけの小学校六年生を狙ったこと自体が間違いだったのだ。精神的にも不安定な年齢で、その時々の環境で、言うこともくるくる変わる。それよりももっと下の学年を狙うべきだったのではないか。

しかし、例えば、一、二年生のような低学年児童の場合は、年齢が低すぎて、その行動が読み切れない。ある程度理屈が通じる相手で、しかも大人からは十分な距離がある学年の児童がいい。それは、僕が塾講師として小学生を教えたことによって得られた実践的感触でもあった。

僕は小学校四年生が、最適だという結論に達した。僕は長い歳月を掛けて、そういう児童と一緒に暮らすための遠大な計画を練り始めた。最初は、妄想みたいなものだったが、大学卒業後、僕がそれを実行するためにきわめて都合のいい職業に就けたことにより、次第に現実的かつ具体的な様相を帯び始めた。幸運にも厳しい身元調査に引っかかることもなく、警察官の制服を着る立場に立てたことによって、僕はまるで透明人間になれる隠れ蓑《みの》を手に入れた気分になっていたのだ。

二〇〇五年七月十五日、僕は長い間掛けて考えた計画を実行した。小学校四年生の女子児童を拉致《らち》し、僕の自宅に監禁することに成功したのだ。

どうやってその子のことを調べ、どうやって拉致を実行したのかは、いろいろと差し障《さわ》りがあるので、ここでは書かない。ただ、僕が書きたいのは、僕にとって幸福以外の何物でもなかった僕とその女の子との生活の実態なのだ。

僕はシャロンを自宅の離れに監禁した。シャロンとは僕がその子に付けたコード・ネームみたいなもので、もちろん本名ではない。念のために言っておくが、シャロンは純粋な日本人女子児童だ。

この離れは、僕が親に無理を言って、大学受験の頃、建て増してもらったものである。1Kと狭いが、僕にしてみれば、親の干渉から逃れることができるユートピアみたいな場所だった。そして、シャロンが来てからは、ますますそういう思いが募っていったのだ。

この頃、父はすでに他界していたから、僕と母の二人暮らしだった。母屋《おもや》は4LDKと広かったが、僕は食事や風呂《ふろ》のときに母屋に行くだけで、父が死んだあとは、母がほとんど独占的に母屋を使っていた。というか、母屋は母一人で使うには広すぎるため、母は繰り返し、僕にも母屋のほうに住むように懇願していた。だが、無視した。僕のユートピアを捨てられるはずがないのだ。

監禁して初日から、シャロンに対する僕の厳しい躾《しつけ》が始まった。シャロンは、気の強いしっかりした女の子だった。

実際、最初はシャロンの抵抗に手こずった。気に入らないのは、拉致され監禁されているのを認識しているのに、シャロンが泣かなかったことだ。強気とも取れる態度で、「家に帰してください」を連発していた。

平手打ちで黙らせることもできただろうし、スタンガンさえ用意していた。しかし、僕がそういう暴力に頼ったケースは数えるほどしかなく、基本的にはもっと合理的な方法でシャロンを屈服させることに成功したのだ。

食事は一日一回で、コンビニ弁当一個だけを与えた。小学生の女子とは言え、育ち盛りなのだから、これでは足りるはずがない。実際、口には出さなかったが、シャロンは空腹に苦しんでいるようだった。しかし、それ以上に苦しいのは、排泄《はいせつ》の生理的欲求だったのだろう。僕はそこにつけ込んだのだ。

僕にとって幸いなことに、いや、シャロンにとっては不幸なことに、と言うべきか。1Kの離れにはトイレがなかった。僕は当然、用を足すときは、母屋のほうに行った。母屋と離れは三メートルくらいしか離れていなかったが、シャロンを母のいる母屋に連れて行くわけにはいかない。僕はそれを口実にして、コンビニのレジ袋で排泄することを強要したのだ。

ただ、結束バンドを使ってシャロンの手足を拘束していたのは、最初の日だけで、そのあとは僕が同じ室内にいる限り、シャロンの身体的拘束はしていなかった。

「そっちを見ないから、早く済ませてしまいなさい」

僕の言葉に、シャロンはついに屈服した。僕は六畳程度のフローリングの部屋に置かれたシングルベッドの上に座り、シャロンはそのベッドの左奥の陰で、床の上にしゃがみ込んでいた。

僕は実際、シャロンのほうを見なかった。数秒後、激しい排尿音とともにシャロンの泣き声が聞こえた。すすり泣きというのではなく、むしろ幼児のようなあからさまな泣き声だ。

その泣き方に意表を衝《つ》かれた気分になった。でも、僕はやはりシャロンのほうに振り向かなかった。僕は、あくまでも約束を守る男なのだ。

排尿音が止《や》んで、下着を上げるために生じる、ごそごそという音が聞こえた。数秒待ったあと、僕は隠れん坊のように訊いた。

「もういいかい？」

返事はなかった。返事がないということは、大丈夫という意味と解釈した。

僕はようやく振り向いた。うなだれてすすり上げるシャロンの顔が見える。赤いスカートが捲《めく》れて、白いパンツがわずかに覗《のぞ》いていた。右手でレジ袋を持ったまま、床の上にべたりと座り込んでいる。その哀れな姿が僕の胸を刺した。

可哀想《かわいそう》に！　抱きしめてやりたかった。だが、ぐっと我慢した。まだ、それは早い。完全に服従させるまでは、そんな甘い行動は厳に慎むべきなのだ。

僕はシャロンに近づき、そのレジ袋を両手で受け取った。ずっしりと重い感触だ。確かにかなりの量の透明な液体が入っている。

「ずいぶんたまっていたんだな。でも、色はきれいだから、健康状態はいい。心配いらないよ」

僕の言葉を聞いて、シャロンは何故《なぜ》か、もう一度激しく泣き始めた。おいおい、そこは泣く所じゃないだろ。僕は心の中でつぶやいた。それから、声に出して優しく言った。

「大丈夫だよ。おしっこなんか誰でもすることじゃないか」

それから、レジ袋の上端を結び合わせ、外に面する窓の桟《さん》のところに持って行った。結局、その後の数週間は、大小を問わず、シャロンの排泄物が入ったレジ袋がその桟に三個たまるたびに、僕はそっとそれを母屋のトイレに持って行き、流すのが習慣になった。

僕はシャロンの言葉遣いも徹底的に教育した。最初に「おじさん」と呼ばれたときは、激怒した。思わず、右手でシャロンの左頰を張り飛ばした。これが、僕がシャロンに用いた最初の暴力だ。

シャロンは、泣くこともなく、ただひたすらびっくりした表情をしていた。そんなことで、僕が激怒するのが理解できなかったのだろう。

だが、僕は内心ではやはりイケメンが自慢で、「おじさん」呼ばわりは、あまりにも不当に響いたのだ。それは高齢の父親を持つことによって培《つちか》われた幼い頃からの劣等感を払拭《ふっしょく》する、唯一《ゆいいつ》のプライドだったのだろう。「おじさん」という呼称は、僕にとって老人と同義語だった。

僕はシャロンに、僕のことを「ヤッチン」と呼ばせることにした。子供の頃からの愛称で、僕が母親に向って、しょっちゅう「おやつちょうだい」と言い続けたために、母親がふざけてそう呼び始めたらしい。適当な語呂《ごろ》合せで、たいした意味もなかったのだろう。

母は僕が成人してからも、僕をそう呼び続けていた。だが、シャロンは僕をそんな親しみの籠《こ》もった愛称で呼ぶことがいかにも嫌そうで、しぶしぶ僕の指示に従っているのがありありと分かった。僕の躾はまだまだ十分ではないようだ。僕は、もっと決定的な屈辱を与えて、シャロンに対する完全な支配権を手に入れることを目指した。

だが、鞭《むち》に対して、飴《あめ》も必要だろう。持久戦になるのは、覚悟の上だ。僕は、彼女の心の慰めになる物をプレゼントした。ドイツのシュタイフ社製の、高級ぬいぐるみのテディベアだ。僕はすべて計画通りに物事を運ぶ男で、それはシャロンを拉致・監禁する前に通販で取り寄せていた。

実を言うと、シャロンという名前だって、あらかじめ周到に考えていたものだった。

大学時代、西洋宗教学という講義を取ったとき、「シャロンの薔薇」や「谷間の百合」という聖書の言葉を知ったのだ。イスラエルの歴史に関連する講義だと思ったが、もちろん、そんなことに特に興味があったわけではない。ただ、それらの言葉の響きが何となく気に入った。しかも、僕が拉致を企てている女子児童の名前とその呼称の一部が一致していることに気づいたとき、僕には「シャロンのユリ」という言葉の組み合わせが浮かび、その言葉がとてつもなく美しい響きに感じられ始めたのだ。

さらにその上、一九六九年にハリウッドの高級住宅街で、チャールズ・マンソン一味に惨殺《ざんさつ》された女優のシャロン・テートと名前が同じであることも、何かの天啓のように思えた。僕は陰惨で不幸な死を遂げた女が大好きだったのだ。

その愛《いと》しのシャロンは、最初、僕のプレゼントに見向きもしなかった。ただ、僕と暮らし始めて、一週間くらいが経過した頃から、シャロンもそのぬいぐるみに愛着を示し始めたように見えた。シャロンが僕とは、口を利きたくないのは当然だ。彼女から見れば、僕は憎むべき誘拐・監禁犯なのだ。

それにしても、小学校四年生にとって、会話する相手が僕のような歳の離れた男しかいないのは、想像以上に苦痛なことだったのだろう。シャロンは、そのぬいぐるみを手元に置き、僕に聞こえないような小声でぬいぐるみに話しかけ始めた。やっぱり、大人ぶっていても、所詮《しょせん》子供なのだ。

「そのぬいぐるみに、名前がなければ、困るよね。そうだ。『はちべい』がいい。そのテディベアは今日から、『はちべい』だ」

かくして、テディベアの名前は「はちべい」に決定した。これだって、僕はいかにもその場で思いついたように装《よそお》ったが、実は通販でそれを購入したときから、決めていた名前だった。これもやっぱり「やっちん」からの連想で、僕の分身か家来のつもりだったのだ。「べい」なのだから、女性ではあり得ない。

「はちべい」が幾分、滑稽《こっけい》な響きを持つ名前であるのは確かだろう。だが、この名前は、予想外にシャロンに気に入られたようだった。シャロンは、ほとんど何の抵抗も示すことなく、そのぬいぐるみを「はちべい」と呼び始めたのだ。

だが、ある日、怒り狂った僕はこの「はちべい」に対して、とてつもない暴力を行使した。シャロンが排泄した尿を少量レジ袋から床にこぼしたことが、きっかけだった。

「だめじゃないか。こんな汚い物を床にこぼすなんて」

僕は思わず本気で怒った。僕は衛生観念が極度に発達していて、周囲の者に煙たがられるほどのきれい好きだったのだ。しかし、僕を激怒させたのは、このときのシャロンの言動だった。悔しそうに、僕をにらみつけ、ぞんざいな口調で言い放ったのだ。

「だったら、トイレを使わせてよ」

「何だ、その口の利き方は！　何度言ったら分かるんだ。母屋には母がいるから、駄目だって言ってるだろ」

僕はシャロンの目の前の床上に置かれていた「はちべい」を拾い上げ、思い切り床上に叩《たた》きつけた。それから、もう一度それを拾い上げ、いざというときにシャロンを脅せるように、胸ポケットに入れてあったカッターナイフで、「はちべい」の首を切り取ったのだ。

首と胴体の二つに分かれた、無残な「はちべい」の姿を見て、シャロンは激しく嗚《お》咽《えつ》し始めた。それは、僕にはシャロンの愛情が「はちべい」に乗り移り始めた証拠のように思えた。

僕は結局、「はちべい」を修復することはなかった。それでもシャロンは、自分で「はちべい」の首と胴体をセロハンテープで留め、それを手元に置いて、再び、かわいがり始めたように見えた。

やがて、僕はシャロンにレジ袋の中に排泄させることを中止した。もっと、合理的な方法を思いついたのだ。

実際問題としても、僕が窓の桟に置く尿や便の入ったレジ袋の悪臭は、耐えられないほどひどくなっていた。僕は離れの後ろに立っている二階建てのアパートの住民にその臭《にお》いに気づかれることを恐れた。特に、二階に住む住民が外階段を上り下りするとき、ちょうど僕の家の離れを見下ろすような位置関係になるのだ。たいてい窓は閉め切っていたけれど、その臭いを和らげるためにときおり窓を開けていた。その臭いが風に乗って、アパートの外階段を上る住民を直撃する可能性を、排除できないように思えた。

僕はシャロンのために、部屋の隅におまるを置いた。シャロンは最初嫌がったが、実際に使用してみると、レジ袋に排泄するよりはずっと楽なことに気づいたのだろう。シャロンは恥ずかしがりながらも、おまるを使用することを受け入れたのだ。

この方法は、僕が予想していた以上に、シャロンを従順にすることに貢献した。おまるの処理は、僕自身がやったからだ。別に邪《よこしま》な気持ちがあったのではない。僕は誠心誠意、シャロンに尽くした。まるで赤ん坊の世話をするのと同じだった。

「ああ、今日はウンチが出ているね。よかった！　よかった！」

僕はおまるを部屋の外に持ち出すとき、そんなことを言った。実際、僕の家に来て以来、緊張と乏しい食事のせいか、シャロンは便秘気味のことが多かった。だから、僕はシャロンの健康状態が心配でならなかったのだ。シャロンは僕にそう言われると、顔を真っ赤にしながらも、小さくうなずくようにはなっていた。

やがて、僕たちの蜜月《みつげつ》時代がやってきた。拉致から二年以上が経《た》ち、シャロンは十三歳になっていた。本来なら、中学生に上がる年頃だ。

この頃には、頭のいいシャロンは、どんな言動が僕を喜ばせ、どんな言動が僕を怒らせるかをしっかりと学んでいた。僕もシャロンをある程度信頼し始めていた。

従って、僕が一人で外出するとき以外は、シャロンの手足を結束バンドで拘束することはまったくなかった。もっとも、シャロンを拉致後、一ヶ月ほどで、警察を去り、その後は働くこともしなかったので、外出の機会もきわめて限られていた。

十二歳になったばかりの頃、シャロンは一度だけ逃走を試みて僕に捕まり、スタンガンによるお仕置きを受けたことがあった。そのとき、彼女は全身を痙攣《けいれん》させて、苦しんだ。その恐怖と苦痛がよほど骨身に染《し》みたのだろう。僕には、シャロンはすでに逃走する気力を失っているように見えた。

この頃から、僕は趣味の競馬をシャロンに教え込んだ。

馬券のしくみを数回説明しただけで、シャロンはそのルールをすっかり呑《の》み込んでしまった。もともと、頭がいい上に、知的なものに飢えていたのだろう。漫画の類《たぐ》いはシャロンの要求に従って、買い与えていたが、雑誌や新聞は読ませていなかった。事件のことが報道されているのを、シャロンが知ることを恐れたのだ。

その上、話し相手は僕と「はちべい」だけなのだから、孤独を紛らわせるために、シャロンには何か打ち込むものが必要だったのだろう。

彼女の予想能力はみるみるうちに向上し、僕は彼女の予想通りに馬券を買って、予想外にいい配当を受けたことが何回かあった。そういうとき、僕はご褒美《ほうび》として、彼女に甘い菓子などを与えた。

そんな生活の中、ある日の日曜日、僕はシャロンを東京競馬場に連れ出した。新緑の季節のいい頃で、陽光を浴びた広大な競馬場の芝は美しかった。シャロンは、間近で見る競走馬の迫力に目を瞠《みは》り、夢中になってレースを観戦しているように見えた。

いや、観戦だけでなく、僕と一緒に券売機で馬券を購入もしたのだ。それが当たると、シャロンはいかにも嬉《うれ》しそうな笑みを浮かべさえした。

しかし、僕は二時間程度で、この競馬の実践教室を切り上げた。やはり、長時間、シャロンを大勢の人の目に晒すのは危険だろう。それに、僕はシャロンが群衆の中で異様に目立つことに気づいていた。

十三歳の少女にしては、あまりにも未成熟に見えるのだ。それが、シャロンの女性としての魅力を決定的に奪っているのは、確かだった。

栄養失調。僕はこの言葉を何度も反芻《はんすう》し、戦略の変更を迫られた。僕はシャロンを魅力的な女性に育てたいのだ。だとしたら、もっとしっかりと食事を摂《と》らせ、ふっくらとした体つきを取り戻させるべきではないのか。そんな思いが啓示のように閃《ひらめ》いたのだ。

僕は即、それを実行に移した。食事は、一気に一日三食とした。週に一度、母の留守のときに母屋で浴びさせていたシャワーの回数も増やし、週三回にした。

その結果、三ヶ月ほどで、骸骨《がいこつ》のようにやせていたシャロンの体は女性らしい膨らみを取り戻し、全体的な印象としても、見違えるほど清潔でこざっぱりしたものになった。

僕はそこでまた、別の楽しみを発見することになった。いろいろな服を見つくろって買ってきて、まるでコスプレのようにシャロンに着替えさせたのだ。有名な漫画のキャラクターを模したミニスカートやショートパンツ姿が多かったが、時には胸が大きく開いた、大人びた印象を与える、ロングのワンピースを着せたこともある。シャワーを浴びさせる機会に、シャロンの裸体は細部まで知り尽くしていたので、逆に服を着せる行為のほうが、僕には不思議な性的快感となっていたのだ。

僕は次第に大胆になっていき、機嫌のいいときはシャロンとレストランで外食さえした。飴と鞭の政策は相変わらず続いていた。だが、シャロンはすでに、それに対応する高い学習能力を身につけているように思われた。とにかく、僕を怒らせなければ、きれいな服を着せてもらえ、美味《おい》しい食事にありつけるのだ。

「ヤッチンとはちべいが私の宝物」

最初は、強制されてもなかなか言おうとしなかったこの言葉を、シャロンは臆面《おくめん》もなく繰り返すようになった。僕はときおり、「心が籠もっていない！」と言って、シャロンのお尻をぴしゃりと叩いた。だが、シュンとしてしまうシャロンの顔を見ながら、僕は内心では満更でもなかった。

パラダイスだ。僕は心の中で、叫んでいた。僕は自分の王国を完成させた喜びに、酔いしれていたのだ。

第四章 魚眼

1

九月九日、世田谷区にある公立小学校で、とんでもない猟奇事件が発生した。その日は日曜日だったが、その小学校では恒例の全校水泳大会が開かれることになっており、翌日の月曜日が代休日と決まっていた。

この水泳大会の担当責任者である中年の男性教諭が二十五メートルプールの水温を測るために、午前七時半にやってきたところ、茶髪の人形のようなものが水面下に漂っているのを発見した。目を凝らすと、それはどう見ても若い女性の生首にしか見えない。しかも、水面下にあるはずの胴体がないのだ。

すぐに一一〇番通報がなされ、校内は騒然となった。到着したパトカーの隊員によって、それは斧《おの》のような刃物で力任せに切断された若い女性の首から上の部分であることが確認された。午前九時に開始が予定されていた水泳大会は、当然、即座に中止が決定された。

プールの水はすでに前日の土曜日から張られていた。土曜日の午後六時過ぎまでは、何人かの教職員や児童たちがプールに出入りしていたが、何の異変も発見されていない。従って、首が遺棄されたのはそれ以降、つまり土曜日の夜から日曜日の明け方に掛けてと推定された。

百合はスマホのネットニュースでこの事件を知った。大事件だったので、おそらくテレビなどでは大騒ぎしているのだろう。だが、親と離れて暮らしている若い世代の場合、アパートなどにテレビや固定電話がないのはそれほどまれなことではない。百合のアパートにもどちらもなかった。ただ、実際問題として、世の中で何が起こっているかを知る程度のことなら、スマホのネットニュースだけで十分なのだ。

百合は不吉な予感に襲われていた。真優が出て行ったのが、八月二十六日だから、すでに二週間が経過している。これまで真優がこんなに長い間、家を空けたことは一度もない。それに、百合がラインで送るメッセージも、相変わらず返信がないばかりか、「既読」にさえなっていない。電話も繋《つな》がらなかった。

百合は真優が自殺した可能性が高いと思い始めていた。そうだとしたら、一生贖《あがな》い得ない罪を抱えて生きなければならないことになる。あの善良な真優を、どうしてあんなにいじめて追い込んでしまったのか、百合は後悔するばかりだ。

死体発見から、三日が過ぎても、死体の身元は判明していないようだった。ただ、検視と科学鑑定の結果、生体切断であることが判明していた。つまり、被害者は生きたままの状態で、斧のような物で首を刎《は》ねられ、即死したものと断定されたのである。

また、捜査本部が発表した、被害者の容姿と体型に関する情報も、しきりにマスコミに流れていた。二十代前半の、目鼻立ちのくっきりした丸顔で、茶髪の非常に小柄な女性。眉《まゆ》は、かなり濃い。

頭部の形状や重量から判断して、身長は一四二センチから一五二センチくらいで、体重は三十六キロから四十五キロくらいと推定されるという。捜査本部はこういう情報をマスコミに流すと同時に、身内や知人で行方が分からなくなっている者の中に、心当たりはないか情報提供を呼びかけていた。

百合が気になったのは、三十六キロという下限の体重だ。真優は労働がきつい割に、アルコールに依存してしっかりとした食事を摂《と》らない傾向があった。そのため、体調を崩すと、体重が三十キロ台に落ち込むことがたびたびあったのだ。

百合の経験では、いくら若い女性と言っても、体重が四十キロに達しない人間にはそうそう出会うものではない。真優の身長も一四八センチだったから、死体の推定身長の範囲に包括される。

百合は思いあまって、累に相談した。一番相談したくない相手だったが、累ほど相談相手としてふさわしい人間が他にいないことも確かだった。

百合は累の素っ気ない返事を予想していた。「そんなことあるわけないじゃん」の一言で片付けられる気がしていたのだ。しかし、累の反応は、意外なものだった。

「私もあんたに、それを言おうと思っていたの。報道されている顔の感じや、体つきは確かに真優に似ている」

累は声を潜めて言った。百合はぞっとした。こんな鈍重な印象の累でさえそう思っていることが、決定的なことに思われたのだ。

いや、累の体型に騙《だま》されてはいけない。こういう大きな体の持ち主は、ある一面では、非常に敏感で鋭いところがあるのだ。ましてや、累は真優と幼なじみなのだから、百合以上に真優のことを知り尽くしていた。

「じゃあ、一緒に世田谷警察署に行ってみない？」

百合の提案に、累はうなずくことも首を横に振ることもしなかった。あの何を考えているか分からない累が、一瞬復活したように見えた。しかし、累は真剣な表情に戻って言った。

「電話が先じゃない？」

それは、そうだ。その電話は、百合が掛けた。だが、当然の成り行きながら、電話で結論が出るはずもなく、百合と累は結局、世田谷署に赴くことになった。

2

世田谷署の三階にある刑事課に通された。簡易なベージュのソファーに対座して、富田《とみた》という中年の刑事と話した。

「君ら三人で、同居してたわけだね」

富田が念を押すように訊《き》いた。若干頭頂部が禿《は》げ、肥満気味の体型だが、その目の動きは敏捷《びんしょう》で、抜け目がない。百合は「はい」と返事をしたが、累はまったく無反応だ。

「それで、その芦川真優さんという君らの同居人は、八月二十六日に出て行ったきり、戻らないというんだね。喧嘩《けんか》でもしたの？」

「ええ、たいしたことじゃなくて、ほんとうにちょっとしたことだったんです。そんなことは、前にもあって、普通は二、三日すれば戻ってくるんです。ところが、今回は二週間経《た》っても戻ってこないんで、心配になって」

「おまけに、顔つきや体つきなんかが、報道されている女性に似ているというわけだね」

百合は、真優が出て行った原因となった諍《いさか》いの中身を訊かれることを恐れていた。しかし、富田はそもそもその胴体のない死体が真優である可能性をあまり信じていないようで、特に真優の家出の事情を尋ねることもなかった。おそらく、この種の申し出は、他にも相当数あるのだろう。

「とにかく、国領《こくりょう》の分院に行って、死体の顔を見てもらわんことにはね」

その言葉は、百合には意味不明だった。それが露骨に表情に表れていたのかも知れない。富田は補足するように言葉を加えた。

「死体は、国領にある大学病院で保管されているんだよ」

そういうことか。百合はようやく納得したようにうなずいた。

「国領って、どうやって行くんですか？」

百合は覚悟を決めたように訊いた。確かに、死体を見ないことには、何とも言いようがないのだ。万一、それが真優であると判明した場合に限って、警察の執拗《しつよう》な事情聴取が始まるのだろう。

「いや、警察の車で行くことになるから、大丈夫だよ」

富田はこともなげに言った。おそらく、問い合わせてきた人たちを全員同じように案内しているのだろう。

「じゃあ、早速お願いしましょうか。今から、駐車場に行ってもらうからね」

富田が立ち上がる。百合も条件反射のように立ち上がった。しかし、累はめんどうそうな表情で、座ったままだ。

「遺族待合室」という場所で、待たされた。行政解剖などの結果を聞くために呼ばれた死者の遺族が、解剖終了まで待つための部屋らしい。だから、百合たちは本来の用途とは違う利用の仕方をしていたわけだが、他に解剖の終了を待っている遺族もいなかった。

待合室と呼ばれるのが滑稽《こっけい》に思われるほど、粗末な部屋だった。その名にふさわしいのは、中央に置かれた焦《こ》げ茶の応接セットくらいで、壁は黄ばんでくすみ、絵画や掛け軸のような装飾品は一切ない。わずかに、壁に「ご遺族の方はこちらでお待ちください」という貼《は》り紙があるだけだ。

百合は累と横並びに座っていたが、ひどく苦痛な時間を過ごしていた。真優について累と話さなければならないことは、山ほどあるはずなのに、何故《なぜ》かその気が起きないのだ。

かと言って、ここで家賃のことを言い出すのも、あまりにも場違いに思えた。この分だと、百合が立て替えた今月の家賃どころか、来月分の家賃も、累が払わなくなるのは、当然に予想されることだった。いや、累は確信犯であって、家賃未払いの既成事実化をねらっているような気さえするのだ。

百合はいざとなったら、累との同居を解消し、現在のアパートを出るしかないと考えていた。しかし、そういう行動を取ることを百合に躊躇《ちゅうちょ》させていたものは、やはり、真優が戻ってくる可能性を捨て切れないことなのだ。

その意味でも、その日の結果は重要だった。死体が、真優であれば、百合としても決断が付くはずだ。しかし、現実にそんな事態になれば、百合が受けるショックはどれほどのものか計り知れないだろう。累との同居生活の解消などといった現実問題を、考える余裕さえなくしてしまうこともあり得る。

百合が累とは一切言葉を交わさず、そんなことに思いを巡らせていたとき、不意に外で人声が聞こえ、出入り口の扉が開いた。

「お待たせしました。今から、ご遺体を確認していただきますから」

入ってくるなり、富田が言った。その横に、白い医務服を着た若い男が立っている。

「こちらは、法医学教室の先生です」

富田の言葉に合わせて、その若い男は軽く頭を下げ、丁寧な口調で話し始めた。

「本日は、ご苦労様です。ご遺体は、遺体保冷庫に保存してありますので、臭《にお》うことはまったくありません。ただ、冷凍保存のせいで、皮膚全体がかなり白い印象を与え、全体として普段の印象とは異なって見えることもありますから、そのあたりをご留意いただき、慎重なご確認をお願いいたします」

そのあと、富田が一言付け加えた。

「ご遺体を見て気分が悪くなったら、無理をすることはないからね。すぐに外に出てかまわないから」

富田としては、若い女性二人であることを配慮した発言のつもりなのだろうが、百合にしてみれば、むしろ、それは脅しに響いた。累の横顔をちらりと見た。その顔は、やはり鈍重に見える無表情だ。

遺族待合室の外に出ると、医務服の男に先導されて、百合たちは長い平屋の裏手通用口から中に入った。そこから、百メートルほど歩いた左奥の部屋の前で、四人は立ち止まった。

中に入ると、暗い室内だった。天井にぶら下がる蛍光灯の光は微弱で、中の様子がかろうじて分かる程度だ。窓はなく、外からの光は一切遮断されていた。冷房が強すぎるのか、ひどくひんやりしている。百合の心臓が壊れた洗濯機のような不規則な鼓動を刻み始めた。

医務服の男が壁際《かべぎわ》に近づき、開閉ハンドルを操作する。耳障《みみざわ》りな金属音とともに、中に組み込まれている一番右よりの遺体保冷庫が引っ張り出される。富田に促されて、百合は前に進み出た。

足がすくんだ。百合の背中に、累の気配を感じた。累の動きは緩慢だった。故意なのか、無意識なのかは分からない。

おそるおそる中をのぞき込んだ。心臓が破裂しそうだった。

生気を欠いた白い顔が百合の視界に入った。男女の区別も付かない。一見、百合のまったく知らない顔に見えた。保存温度が低すぎるのか、茶色に染めた頭髪や黒い眉の所々に、白い氷の欠片《かけら》が付着している。蠟《ろう》人形のように無表情な顔だ。

百合には判断できなかった。茶髪は真優と同じだったが、そんな若い女性はいくらでもいるだろう。あれほど親しく寝起きをともにしていた相手なのに、何故判断できないのか。激しい鼓動は相変わらず止まらず、全身から冷や汗が吹き出した。意識が遠のき始める。

「これ、真優だよ」

百合の背後から、ぶっきらぼうな声が聞こえた。累の声だ。その言葉で覚醒《かくせい》した。

百合の目に、その死体の顔が不意に明瞭《めいりょう》な輪郭を帯び始めた。閉じられていない大きな目に、優しげな口元。濃い眉と、柔らかそうな福耳。それらの顔の特徴は、確かに真優に酷似していた。

しかし、百合は同時に見てはならない物にも気づいた。首から下はビニールシートで覆《おお》われていたが、その上端の一部が捲《めく》れ、わずかながら首の切断面が見えていたのだ。異様に凹凸の激しい赤黒い断面。それはイソギンチャクの突起のように、怪奇で凄惨《せいさん》なものに映った。

あの幻影のデジャブだ。胃液が噴き上がりそうになった。

百合の体内から、異様な叫び声が発せられた。その叫び声を、百合自身が他人の声のように聞いていた。

気がつくと、外の廊下に出ていた。富田に支えられるようにして、通路の壁際に置かれたスチール椅子《いす》に座らされていた。百合が一時的に意識を失ったのは、確かなようだ。

「じゃあ、ご遺体は君たちの同居者で間違いないんだね」

しばらくして、富田が累に念を押す声が聞こえた。二人は、百合から二、三メートルほど離れた位置で立ち話をしていた。

「ええ、間違いありません」

累はしっかりした声で答えている。気丈な対応だった。こういう場合、累の無神経さは、強力な武器にもなるのだ。

「真優が殺された！　信じられない！」

百合は京王《けいおう》線の国領駅に向かって、累と一緒に歩きながら、ほとんど泣きじゃくっていた。車で送るという富田の申し出を、百合は断り、累もそれに同調していた。

車で送ってもらえば、そのまま、世田谷署に連れて行かれて、長い事情聴取を受けることになる気がしたのだ。累はともかく、百合はとても事情聴取に耐えられる精神状態ではなかった。

富田も、即日の事情聴取は無理と判断したのか、翌日の呼び出し時間を確認した上で、二人を解放していた。

「まだ、殺人と決まったわけじゃないし」

累が妙に冷静な声で言った。それが百合をいらだたせた。

「何言っているの？ そんなことを言うなんて、累、どうかしているよ。真優が、自分で首を刎ねて自殺したとでも言うの？」

累は例によって返事をしなかった。都合が悪くなると、黙り込むのも累の特技の一つなのだ。

しかし、この場合に限って言えば、百合の取り乱し方は尋常ではなかったので、必ずしも累だけを責めるわけにはいかないだろう。すれ違う通行人の視線を気にすることもなく大声で泣いていた百合も、ぼんやりと自分の動揺ぶりが異常なのは意識していた。

ただ、とにかくこれで真優の生死に関する結論が出たのだ。しかし、それは言うまでもなく、最悪の結論だった。

それにしても、真優を殺した犯人は誰なのか。動揺と悲しみのあまり、正常な判断力を失っていた百合も、頭の片隅では、真優の殺害方法と首を縫合されたテディベアとの決定的に思われる符合には気づいていた。

あのテディベアには二重の意味があったのかも知れない。過去における谷藤と百合の凄惨としか言いようのない生活を思い起こさせると同時に、これから起ころうとしていることを暗示していたのではないか。

百合は直感的に、真優は百合の身代わりとして殺されたのではないかと感じていた。真優に自殺する動機はあっても、殺される理由はない。真優の死は、何よりも百合に対する死の予告のようにも思われるのだった。

国領駅に向かって累と共に歩く道すがら、百合の頭の中では、谷藤の顔が何度も点滅を繰り返していた。これは、理不尽きわまる復讐《ふくしゅう》なのだ。百合に言わせれば、谷藤に復讐されるべきいわれなど何もない。

一方的に拉致《らち》され、反吐《へど》が出そうなひどい生活を五年間も強要されたのだから、復讐したいのは、むしろ百合のほうなのだ。だが、そんな理屈が通じる相手ではない。思い込みの激しい、百パーセント自己中の男だ。自分を客観的に見る目など皆無と言っていいだろう。

なるほど百合自身、特に五年間に及ぶ監禁生活の後半は、谷藤に逆らわず、媚《こ》びることさえした。そうしなければ、谷藤の暴力を受け、ときには生命の危険に晒《さら》されることもあったからだ。

だが、頭はいいが、ある点では子供のように幼い面がある谷藤は、百合の表面的なへつらいを真に受けているところがあった。馬鹿《ばか》じゃないの。あんたみたいな異常者を好きなわけないじゃん。あの頃、百合はふつふつと沸き立つ怒りのマグマを必死で抑えながら、何度この言葉を心の中で、つぶやいたことか。

百合は今、間違いなく怯《おび》えていた。あの頃に逆戻りすることなんか、あり得ない。あの頃は、年齢的な幼さが、ある種の防波堤の役割を果たしていたのだが、この年齢で同じような状態になれば、百合は、即、死を選ぶだろう。

だが、真優の死によって混乱と悲しみの極地にあった百合は、自分の思考が妄想なのか、それともそれなりに筋の通った推論なのか、判断できないでいた。

3

翌日、世田谷署に呼び出された百合と累は、別々の部屋で事情を聴かれた。百合は二人が切り離されたことに、不吉な予感を覚えていた。

百合から事情聴取したのは、富田ではなく、まだ三十代前半に見える貞永《さだなが》という世田谷署の刑事だった。眼鏡は掛けておらず、険のある顔つきで、言葉遣いは若干乱暴に聞こえる。もう一人、記録係としてパソコンを打つ女性の制服警官が室内に同席したが、この警官は形式的なことしか言わず、聴取内容にはほとんど口を出さなかった。

「要するに、彼女が出て行ったとき、預金通帳や印鑑も持っていったんだね」

「だと思います」

「だと思います？　確信はないのか」

貞永が厳しい口調で訊いた。すでに事情聴取が始まって二時間近くが経過していたが、同じ内容の質問も多く、百合はいらついていた。ただ、真優の死がもたらしたショックから未《いま》だに回復していなかったので、傍目にはそのいらだちでさえ、忘我状態に見えたのかも知れない。

「だから、真優が出て行く姿を直接見たわけじゃないから」

「じゃあ、彼女は普段、預金通帳や印鑑をどこに置いていたの？　銀行カードは持って歩いていただろうけど、印鑑や通帳はそうじゃないでしょ」

「分かりません。そういうことは、お互いに訊かないし――」

「しかし、君と彼女は同じ部屋で寝てたんだろ。だったら、彼女が重要書類を普段どこに入れてるかくらい分かっていそうなもんじゃないか」

「そんなことありません。お互いにプライバシーは守りますから、そういうことは、訊かないし、言わないんです」

　しかし、百合の言ったことも正確ではない。それは自分でも分かっていた。そもそも、預金と言えるものを持っていたのは、三人のうち、真優だけだったのだ。

累など預金通帳さえ持っているようには見えなかった。ピンサロに勤めていた頃は、給与は日払いで、現金で受け取っていた。百合は、昼と夜の仕事先から振り込まれる給与口座は持っているが、月末になれば、口座の残高はほとんどなくなるようなぎりぎりの生活なのだ。従って、百合にも累にも貞永の言うところの重要書類なるものは、事実上存在していなかった。

確かに、それを持っているのは真優だけだった。だが、母親のことがあるせいか、ほとんどあらゆることに対して緩い対応しかしない真優が、預金通帳や印鑑の在処《ありか》については、意外に用心深く、百合にも話すことはなかった。百合の印象では、外出するときは、常に持って歩いていたように思われるのだ。

「彼女が母親との間で抱えていたトラブル以外に、何か別のトラブルも抱えていたということはないのかね。殺害の動機になるような」

真優が母親とトラブルを抱えていたことについては、すでに話していた。ただ、百合が話す前から、捜査本部もその情報を摑《つか》んでいたようだった。累も話しているかも知れないし、そのことについては、真優も特に隠そうとしていなかったため、他にも知っていた者はいたはずだ。しかし、百合の印象では、貞永はその方面にはあまり関心がないように見えた。

おそらく、真優の母親に対する事情聴取も行われるだろうが、普通に考えても、首を刎ねるという殺害方法は、母親の行為とは思えなかった。だいいち、母親にしてみれば、真優は何と言っても、最大の金蔓《かねづる》なのだから、いくら喧嘩が絶えないと言っても、殺してしまっては意味がないのだ。

「例えば、彼女の職場、つまりソープで客との間でトラブルを抱えていたとかさ――」

黙っていた百合に、貞永は畳みかけるように訊いた。

「具体的なお客さんの話は、あまりしませんから」

百合は答えながら、全然、別のことを考えていた。百合が有名な中野区の女子児童誘拐・監禁事件の被害者であることを、貞永は知っているのか。知っていれば、当然、谷藤が出所していて、百合がその影に怯えていることと、真優の事件を結びつけて考えることは、あり得るだろう。

しかし、貞永がそのことを知っているようには見えなかった。それに、貞永が訊いているのは、真優のトラブルのことであって、百合のトラブルについて訊いているわけではないのだ。

いずれにしても、百合は、谷藤のことを貞永に話す気にはなれなかった。百合にとって、貞永は何の親近感も抱くことができない行きずりの人間だった。谷藤のことを貞永に話すことは、自分の過去すべてをまったく知らない人間に晒すことを意味するのだ。

「実は今日、君らがここにいる間に、君らのアパートにガサ入れしているからね」

百合の消極的な反応に、貞永は話題を変えるように、さりげない口調で言った。

ガサ入れ？　その言葉を聞いて、百合は動揺していた。

「私たち、疑われているんですか？」

だが、この質問に対しては、さすがに貞永も早口で否定した。

「違う、違う。『捜索差押許可状』を取って、警察が被害者の自宅を捜索するのは、こういう場合、ごく普通のことだよ。事件解決の鍵《かぎ》となる物証をそういう捜索で発見できるかも知れないじゃないか。君らには関係ないさ」

貞永は、そう言うと軽い伸びをしながら立ち上がった。

「さて、少し、休みを取ろうか。三十分くらいで、再開するから、その間にトイレにでも行っといて」

貞永は百合の返事も待たず、そのまま、後部の出入り口から外に出て行った。記録係の女性警官も立ち上がる。

「三時半から再開しますから、その間にトイレに行ってください。トイレは、この階の右奥です」

女性警官もそう言い残すと、ノートパソコンを脇《わき》に抱えて、すぐに外に出て行った。しかし、そのぞんざいな扱いが、百合にある種の安心感を与えた。そういう扱いは、百合が重要参考人であることを否定しているように思えたからだ。

百合はトイレに行ったあと、すぐに元の部屋に戻った。やがて、貞永と記録係の女性警官が戻ってきて、事情聴取が再開された。

「君、本当のことを教えてくれなきゃ困るじゃないか」

開口一番、貞永が厳しい口調で言った。家宅捜索で何か、百合が予期しないものが発見されたのか。百合は不安の渦に巻き込まれた。だが、貞永の言ったことは、百合の想像とは違っていた。

「君は芦川さんと館林さんが、『クロスの薔薇《バラ》』に来たことをどうして話さなかったの？」

まったく予想外な質問というわけでもなかった。そのことを話そうという気持ちがなかったわけではない。しかし、店に掛かる迷惑を最小限に抑えようという意識が働いたのだ。

真優が働いているソープランドは当然、捜査の対象になるだろうが、真優が一度来たに過ぎない「クロスの薔薇」まで巻き込みたくはなかった。しかし、そんな配慮は一切するはずがない累が、警察にそのことを話しても、確かに不思議ではなかった。

「一回来ただけだから、事件と関係ないと思って、話さなかっただけです。それに、直接は訊かれなかったし」

「じゃあ、隠したわけじゃないんだ？」

貞永は挑発的な口調で言った。性格の悪いヤツ！　百合は心の中でつぶやいた。

「隠す理由がありません」

「しかし、君はそのことで、芦川さんをさんざん責め立てて、君らの部屋から追い出したそうじゃないか。館林さんの話では、芦川さんは本当に見るも気の毒な様子だったって言うじゃないか」

さすがに唖然《あぜん》とした。累が自分の都合のよいように、起こったことをねじ曲げて供述しているのは、明らかだった。

「要するに、君は芦川さんと不仲だったの？」

貞永が悪意さえ読み取れる口調で訊いた。百合は絶句した。真優と不仲なわけがない。累に比べて、自分がどんなに真優のことを心配していたか、伝えたかった。

しかし、百合は沈黙したままだった。そう思われることの悔しさが先に立って、思うように言葉が出てこなかったのだ。

「それはまた、大変な事件に巻き込まれたね」

新川は驚いたように言った。百合にとっては、僥倖《ぎょうこう》だったと言うべきなのか。世田谷署で事情聴取を受けた日の夜、新川がおよそ二週間ぶりに「クロスの薔薇」に姿を現したのだ。

4

事情聴取が終了したのは、午後六時近くだった。それも、百合が店の勤務があることを理由に、事情聴取の終了を懇願して、ようやく解放されたのだ。午後一時から始まったわけだから、休みを挟んでいるとは言え、五時間にも及ぶ長い事情聴取だったことになる。

終了直前に、百合たちの自宅アパートから家宅捜索で押収《おうしゅう》された物の確認を求められた。衣類四点だったが、いずれも真優の物だった。三人の中で際立って小柄な真優の衣類を他の二人の物から区別するのは難しくはなかったのだろう。

新川によれば、貞永の言った通り、警察が被害者の自宅を家宅捜索することはそれほど珍しいことではないという。衣類ばかりなのは、おそらく衣類に付着している皮膚片や頭髪の毛根などからＤＮＡ鑑定を行い、科学的に死体の身元を確認するのが最大の目的だからだろう。

　累がその日、どれくらいの長さの事情聴取を受けたかは分からない。しかし、百合が終わった時点では、累はすでに世田谷署を去っていたので、百合よりは短かったのは確かだった。

　百合は、相互に情報交換するために、すぐに累にラインしたが、今のところ、返信はない。だが、それはいつものことだから、返信がないことに特別な意味を見出《みいだ》すこともできなかった。

「やっぱり、私たち、疑われているんですか？」

　百合は深刻な表情で訊いた。新川は若干、当惑の色を浮かべ、考え込むように首を落とした。

　二人がいるのは、新宿三丁目にある、以前一度来たことがあるバーだった。ただ、前回と違ってその日は、二人はカウンターではなく、ボックス席を選んでいた。

　百合のほうから、アフターを申し出たのだ。新川と接すれば、捜査本部の動きがある程度分かるかも知れないという気持ちが働いていた。

「それは俺には、分からんな。いや、別に隠しているわけじゃない。警察というところは、縦割り行政だから、所轄《しょかつ》の警察署間の壁は厚いんだ。俺が指揮権のある本庁の捜一《そういち》の刑事なら別だが、新宿署のセイアン課の刑事《デカ》が、世田谷署に帳場の立った重要事件の捜査動向を知ることなんか不可能なんだ。捜査本部要員には、署内でさえも厳しい箝口令《かんこうれい》が敷かれるのが普通だからね」

「じゃあ、一般的な意見でいいんです。新川さんが捜査本部の刑事でも、私たちのことを疑いますか?」

百合は切羽詰まった口調で訊いた。

「まあ、そんなに深刻に考えないほうがいいよ。君らは被害者と同居していたんだから、警察がとりあえず、君たちのことを調べ始めるのは、ある意味では当たり前なんだよ。それは定石《じょうせき》通りの捜査であって、必ずしも君らを疑っているわけではないと思うよ」

新川はなだめるような口調で答えた。それから、一語一語かんで含めるように付け加えた。

「それに、事情聴取する刑事がわざと挑発的な発言をして、参考人の反応を見ることもよくあることなんだ。従って、そういう刑事の態度だけで、自分がひどく疑われていると考える必要はないよ」

新川の態度は、百合には親身なものに映っていた。少なくとも、貞永とは違う。言っていることに説得力もある。だから、新川には事情聴取の模様も、真優が出て行った経緯も、さらには共同生活していた三人の人間関係もかなり詳細に話していたのだ。

「でも、捜査本部が君の同居人二人が君の店に来たことにこだわるのは、分からんでもないよ。それが君と被害者が喧嘩になったきっかけだったということはともかく、そこで被害者が殺される原因となる出来事が起こった可能性を、捜査本部としては、当然考えるんじゃないか。特に、あの店の中では、男性客と女性客がしゃべることもあるしね」

新川はここで言葉を切り、意味ありげにじっと百合を見つめた。百合は改めて新川が売春に関して、店の内偵捜査をしていることを意識した。真優の事件のせいで、いつの間にか、そのことが意識の外に押し出されていたのだ。

「でも、累も真優も一回来たきりですよ」

「それは、そうだ」

そう言うと、新川はマッカランの水割りを一口飲んだ。百合も、ダイキリに口を付ける。

「ただね。あのときも、少し気になることがあったんだ。君は、ショーに出ていて、歌ったり、踊ったりしていたから、たぶん気づかなかっただろうけど」

「気になることですか？」

「うん、まあ、君ももう知っている通り、俺は売春の内偵捜査をしているから、そういうことに過敏になるのかも知れないけど、あの二人が隣席の男性客に話しかけられて、受け答えをしているところを見ているんだ。俺の席から少し離れていたし、ショーの音楽ががんがん鳴り響いていたので、会話の内容はまったく分からなかった。しかし、気になったのは、その男性客が彼女たちから携帯番号を訊き出しているように見えたことなんだ」

「私と新川さんがアフターでここに来たあと、ラーメンを食べに行った日ですよね」

百合は記憶をたどるように訊いた。

「そうだよ。だから、あの夜、俺は君に二人が何者か訊いただろ。あの二人が君のことを『ユリ』と呼んでいるのをショーが始まる前に聞いていたから、君の知り合いかどうか、確かめたかったんだ。正直に言うと、内偵捜査をしている俺から見ると、あの三人の店での動きは怪しく見えた。ああいうところで携帯番号を訊くのは、あとで売春をするための準備とも解釈できる」

新川の話を聞いて、百合はやはり不安に駆られていた。真優も累もそういうことに関しては、通常の倫理観はほとんど希薄だった。真優など、職業柄から言っても、初対面の人間に体を許すことにそれほど抵抗がないだろう。

　累もピンサロで勤務していたのだから、そういう倫理観が特に強いとは思えない。ただ、累はプライドが高い上に、内心では男性にもてないことを自覚しているため、ある種の防御反応が働くのか、案外、そういう誘いには用心深い面があった。しかし、いずれにせよ、真優も累も絶対にそんな行為をするはずがないと言い切れるような性格の人間ではないのだ。

「じゃあ、私、累にそのことも訊いてみます。他にも、いろいろと訊きたいことがあるし」

　百合の言い方が、新川には少々意気込み過ぎているように聞こえたのだろう。新川は顔を幾分曇らせ、なだめるように言った。

「でも、あんまり友達を信頼しないような訊き方をしちゃ駄目だぞ。下手をすると、相手はかえって口を閉ざしてしまう」

　おそらく、新川は刑事としての訊き込み捜査の経験からそう言ったのだろうが、そもそも累は百合にとって友達でさえなかった。新川も百合が累のことを好きではないことは、何となく感じているようだった。だからこそ、そういう忠告をしたのかも知れない。

「分かってます。うまく訊きますから、信用してください」

百合は意識的に新川への協力姿勢を強調していた。そういう情報が真優の殺害とは無関係だとしても、売春に関する内偵捜査には多少とも貢献する可能性があるのだ。

百合はふと、例のことを告白したいという衝動を抑えきれなくなった。真優が殺害されたことが明らかになり、局面が変わったのだから、この段階で過去を打ち明け、新川に相談する選択肢が、俄然有力になってきたように思われたのだ。しらふのときに、身構えて話すより、こういう酒席でさりげなく話したほうが冷静に話せるかも知れない。

「新川さん、実は私、今ある男にストーカーされてるんですよ」

その唐突さを補うように、百合はできるだけさりげなく切り出した。谷藤をストーカーと呼ぶのは適切ではないが、百合にしてみれば、告白のタイミングを計るための探りの言葉のつもりだった。

「へえ、それって、昔のカレシ？」

思わぬほど軽い、新川の言葉が返ってきた。百合は気持ちが一気に萎《な》えていくのを感じた。

「違いますよ！　昔、ちょっとだけ付き合いがあった男につきまとわれてるんです」

「何か暴力行為でも受けたの？」

新川は普通の調子に戻って訊いた。

「いえ、無言電話が掛かってきたりとか、自宅のチャイムを鳴らされたりとか——」

「それだけ？　その男だって証拠はあるの？」

新川にしてみれば、当然の質問だったのだろう。だが、そのいささか冷たく響く口調に、百合は思わず絶句し、首を横に振った。確かに証拠はない。

「それだけじゃあ、俺に相談されてもどうにもならないよ。そういうのって、所轄署に相談窓口があるでしょ。まず、そこに相談して、ストーカー規制法に基づいた手順を踏んで、相手方に警告するのが、一番いいんだよ」

「いえ、まだ、そこまでやるつもりはありません」

百合は怒気を含んだ声で言い、咄嗟《とっさ》に告白モードを閉じた。新川の合理的な反応に、少なからず傷ついていたのだ。

「それより、その二人と話していた男性客のことについて、何か情報はないかな」

新川が話を戻すように訊いた。やはり、新川にとって、売春捜査が最重要問題なのだ。百合は失望の表情を抑えるのに苦労した。それでも、将来、谷藤のことで助けを求めるためには、新川に協力すべきという意識が働いていた。

「どんな顔つきの人でしたっけ？　ショーに出ていたとき、ちらちらとは見えていたけど、よく覚えていないんです。」

「金縁の眼鏡を掛けた、額の広い、やや太り加減の人物。身長は、一七〇前後かな。印象としては、サラリーマン風だな」

「ああ、知ってます。でも、私は一度もあの人のテーブルに着いたことはないから、まったく情報はないんです。名前も知りません」

「そうか。じゃあ、今度、さりげなく、あの男のことを店長にでも訊いておいてくれないか」

「分かりました。訊いてみます」

百合の取り繕ったような積極的な返事に、新川は満足げな笑みを浮かべた。

5

百合が新川とのアフターを終えて、帰宅したのは、午前四時過ぎだった。珍しいほどの遅い帰宅時間だ。

室内は明らかに変化していた。妙に整理整頓《せいとん》が行き届いているように見えたのだ。真優も累も部屋の片付けにはまったく無頓着だったが、きれい好きの百合はけっこう頻繁に掃除していた。だから、普段から部屋はそれほど散らかってはいない。

しかし、そのとき、室内はまるで誰かが勝手に整理整頓をしていったかのようにこざっぱりしていた。その情況は、日中、警察の家宅捜索が行われたことと無関係ではないのだろう。

百合は、貞永から見せられた段ボールに入った真優の衣類を思い浮かべた。それにしても、乏しい押収物だった。真優の預金通帳があれば、捜査本部はそれを押収して、その残高や金の動きを確認できただろう。

しかし、それは印鑑とともに真優が持って出た可能性が高いので、見つからなかったはずだ。ただ、そんなものがなくても、警察が職権で銀行から真優の預金に関する情報を聞き出すのは、難しくはないように思えた。真優が勤めていたソープに訊けば、給与の振込先口座など容易に分かるに違いない。

百合にはピンと来るものがあった。捜査本部が家宅捜索した本当の目的は、室内に殺人の痕跡《こんせき》、例えば血液反応がないかどうかを調べるためではなかったのか。

新川が言う通り、同居人三人のうちの一人が殺害された場合、他の二人に疑いが掛かるのは、当たり前のことなのだ。特に、真優の首が切断されているため、捜査本部は切断現場をまず特定したいと思うだろう。その場合、真優が自宅アパートで殺害されたという前提に立てば、例えば、浴室などで切断行為が行われたと考えるのは、ごく普通の推測だった。

　百合の思考はさらに展開し、衣類の押収など捜査本部にとって、口実程度のものでしかなかったとさえ思えてきた。科学的な身元確認という意味なら、むしろ、真優の勤務先のソープのほうが、よりよい条件を備えているはずだ。

ソープで日常的に行われている行為を考えれば、ＤＮＡ鑑定のために、皮膚片や頭髪の毛根を採取することは、一般の家より遥《はる》かに簡単だろう。捜査本部も、真優の勤め先に対する家宅捜索を、真優たちのアパートに対する家宅捜索と並行して、当然に行っているはずだった。

　要するに、捜査本部は何かを押収するために家宅捜索を行ったというより、それを口実にアパートの中で殺人が行われた形跡がないかを確認したかったのかも知れない。

百合の預金通帳と印鑑は、ベッド下の引き出しに入れてあったが、そのまま残されていた。ただ、残金くらいは見られた気がした。しかし、数千円程度しか残っていなかったので、警察の疑惑を招くことにはならなかっただろう。

　百合はこの時点では、捜査本部の家宅捜索はかえって有り難かったと感じ始めていた。真優が自宅アパートで殺された痕跡など、あるはずがないのだ。家宅捜索によって、百合と累に対する捜査本部の疑惑は、むしろ晴れる方向に働いたように思えた。

ダイニング・キッチンのテーブルの上に、アパートの管理会社からの置き手紙と思われる、会社名入りの封筒が置かれていた。百合は中身を取り出し、文面を読んだ。


日頃、お世話になっております。本日、警察当局の要請により、家宅捜索に立ち会いました。「捜索差押許可状」は確認しております。押収物につきましては、直接、警察にお尋ねくださ い。引き続き、よろしくお願いいたします。


百合は苦笑した。部屋が妙にきれいに見えるのは、警察というより、管理会社があとでクレームを付けられるのを恐れて、掃除をしたからかも知れない。この部屋の住民の一人が、今世間を騒がせている猟奇殺人事件の被害者であることを管理会社も把握しているようだった。

ますます、住みにくい環境になったのは、確かだった。明日から、近隣の住民の視線が気になり始めるだろうと百合は思った。

累はまだ帰っていない。できるだけ早く、累と話がしたかった。だが、ラインのメッセージに対する累の返信は相変わらずない。

累の心境が分からなかった。幼なじみが残虐《ざんぎゃく》に殺害され、自分自身がそのことで警察から事情を聴かれているにも拘《かか》わらず、いつも通りホストクラブ通いができるのが不思議でならなかった。

百合は疲れ果てているはずだったが、興奮状態のせいなのか、少しも眠くはなかった。累が帰ってくるまで、起きているつもりだ。あのことを累から聞き出すまでは、眠る気が起きなかった。幸い、その日、昼の仕事はない。

百合の思考は同じところを循環していた。谷藤の仮釈放。新川の内偵捜査。真優の死。これら三つの事柄は、一見、別のことに見えて、やはりどこかで繋《つな》がっているように思えてならないのだ。

仮釈放された谷藤が少なくとも百合の身辺を調べ始めているのは、間違いないだろう。元警察官なのだから、その調査能力は馬鹿にならない。

こうなってみると、百合の携帯に掛かる無言電話や深夜に鳴るチャイムはやはり、谷藤が百合の身辺に纏《まと》わり付き始めた証拠と解釈せざるを得ないのだ。真優は、百合の動向を探るために、アパート近辺を見張っていた谷藤に偶然出会い、その毒牙《どくが》に掛かった可能性さえある。

あの男なら、人間の首を刎《は》ねることくらいやりかねない。優しい顔立ちとはまったく不似合いな、激情的な性格だった。真優の首が生体切断だったとマスコミで報じられていることが、やはり百合には気になるのだ。

あっという間に激情の沸点に到達することができる谷藤なら、絞め殺したり、ナイフ等で刺し殺してから首を切り取るというプロセスを経ることなく、いきなり生きた首を刎ねることもあるに違いない。百合の網膜の奥で、テディベアの首が飛ぶ画像が反復される。それは解体と融合を反復するデザイン画のように、冷凍庫の中に収まった真優の首の、イソギンチャクの突起のような赤黒い切断面と重なるのだ。

確かに、三つの事柄を有機的に結びつける明確な根拠は今のところない。しかし、百合はすでに確信に近い思いに駆られていた。やはり、あの男の何らかの故意が働いているのだ。

百合に対する谷藤の妄執は、八年半以上、刑務所で過ごしたとしても消えるはずはなく、その思いはますます増幅されているだろう。そして、刑務所の外へと出ることを許された今、谷藤が与えられた翼を利用しない手はないのだ。

百合は累を待つ間、これまで封印してきた禁断の行為に踏み出した。スマホで、百合自身の事件を検索したのだ。それが客観的にどう伝えられているかをネット検索することで、現在の情況を打開するヒントが得られる可能性を考えていた。

「中野区　女子児童誘拐　監禁」と打ち込むだけで、夥《おびただ》しい量の情報が百合の目に飛び込んできた。膨大な情報量に圧倒された。まず、ウィキペディアを見る。ただ、そこには客観的な事実が書かれているだけだった。他の複数の関連サイトも見たが、内容は似たりよったりで、百合にとって、目新しい情報はなかった。他のサイトをコピーしているに過ぎないように思われるサイトが多いことにも、百合は改めて驚かされた。

　そのとき、メールかラインの着信音が聞こえた。ぼんやりしていた百合は、どちらの着信音かすぐには分からなかった。咄嗟にラインの画面を開く。さすがに、累が連絡してきたのだろうと思った。累にだって、百合と話したいことはたくさんあるはずなのだ。

　だが、ラインにはメッセージの着信はなかった。今度は普段使っている携帯メールの画面に切り替える。一通のメールが着信していた。件名が目に入る。「有名事件の被害者に会いに行こう！」送信者は「ビザール」とある。

　あのテディベアを見たときの衝撃が蘇《よみがえ》った。「迷惑メール」であることは、間違いない。そんな「迷惑メール」は、毎日送られてくるため、すぐに削除するのが普通だった。

　だが、その件名を百合は、無視することができなかった。メールを開く。「吉井百合様　こちらのＵＲＬをご覧ください」百合は、危険も顧みず、ほとんど条件反射のように、そのURLをクリックした。

百合は高鳴る心臓の鼓動を聞きながら、読み進めた。複数の有名事件を紹介していたが、百合の誘拐・監禁事件に関連する記述はすぐには出てこなかった。だが、他の事件に関する記述であっても、その悪質さは際立《きわだ》っていた。

事件の紹介自体はごく簡略で、むしろ、被害者のその後に重点を置いた情報提供だった。有名事件の被害者の居所を興味本位で突き止め、その現在の暮らしぶりを報告し、悪意に満ちたコメントを加えている。

百合の事件が最後に書かれていた。事件そのものの紹介はやはり簡略で、ウィキペディアをそのままコピーしたような内容だ。だが、最後にいかにもさりげない調子で書かれている近況報告が、百合を戦慄《せんりつ》させた。

この事件の被害者吉井百合（実名）さんは、現在二十三歳で、池袋のアパートで二人の女友達と一緒に暮らしています。そのうちの一人とはレズの関係にあるという噂《うわさ》もあります。彼女を拉致・監禁した男性に対するトラウマから、女性しか愛せないようになってしまったのでしょうか？　このことを確認するためにも、みんなで彼女に会いに行きましょう。ご連絡をいただければ、彼女の現住所と地図をメールに添付いたします。

真優がすでに殺されているという時間的なズレを除けば、正確な情報だった。レズの記述については、もちろん、事実ではない。しかし、「噂もあります」という客観的な書き方をしているため、その情報が虚偽であるとも言い切れなかった。百合にしても、真優との距離感は、実際、そう取られても仕方がないものを含んでいたと感じていたのだ。

百合の全身を何とも言えない虚脱感が襲っていた。不幸なヤツは、もっと不幸を極めろということなのか。世間の悪意が蝟集《いしゅう》し、百合をなぶり殺しにしようとしているように思えた。無言電話や時ならぬチャイムを鳴らす人々の中には、こういうサイトを見て、やってくる不特定多数の人間も含まれているかも知れないのだ。

誰かが百合を見ていた。死んだ魚の目のような濁った視線だ。男とも女とも分からない。闇《やみ》の奥から息を潜めて、百合の一挙手一投足を窺《うかが》う人物。

遠くで階段を上る音が聞こえた。その魚眼が近づいてくるような錯覚を覚えた。だが、全身が金縛りに遭ったように動かない。

誰かが肩を叩《たた》いた。薄目を開けて、上半身を起こす。百合はダイニング・キッチンのテーブルの上に顔をのせて眠っていた。蛍光灯の明かりは点《とも》ったままだ。累の顔が目の前にあった。

「こんなところで寝てると風邪引くよ」

累にしては親切な言葉だ。

「ああ、累。今帰ったの？ あなたの帰りを待ってるうちに、寝ちゃったみたい」

玄関側の窓ガラスから、すでに朝の日差しが差し込んでいた。百合は目の前に置かれたスマホの時刻表示を見た。午前八時二十一分だ。

累は百合の目の前に座った。

「話って何？」

いつもの累の口調に戻っていた。

「あなたと真優が私の店に来たことを、警察にしゃべったでしょ？」

「訊かれたから話しただけ。言っちゃ都合の悪いことでもある？」

「ないけど、店に悪いと思ったから、私は黙っていた。でも、累の話が伝わって、どうしてそれを言わなかったんだと、私は取り調べの刑事に追及されちゃった。でも、もうそれはいい。それより、そのとき、あなたたち、隣の客から話しかけられて、携帯番号を交換したでしょ」

　累の表情が若干、変わったように見えた。ほとんど表情の起伏のない人間だから、これは相当に大きな変化だった。

「どうして、それが分かったの？」

「あるお客さんから聞いたの」

　嘘《うそ》は吐《つ》いていないと百合は自分自身に言い聞かせた。新川が刑事であることを言う必要はない。新川は「クロスの薔薇」では田辺という客で通っているのだから、それは必ずしも嘘とは言えなかった。それに、累が新川のことなど知っているはずがないのだ。

「交換って言うか、私たち二人の電話番号を教えただけ。あの人、案外用心深くて、自分の携帯番号は教えてくれなかった。携帯持ってないって言ってたけど、嘘に決まってる」

　累はむしろ、言い訳に終始し、それ以上詳細に情報源について尋ねることはなかった。百合ももちろん、尋ねられても、答えるつもりはない。

「あなたたちに話しかけたお客さんの名前知ってるの？」

「蓑井《みのい》って言ってた。本名かどうかは分からないけど」

携帯番号を教えたことは認めたため、今更名前も知らないとは言えなかったのだろう。累は意外にあっさりと男の名前を答えた。

「そのあと、その男から連絡あったの？」

「一度公衆電話から、電話が入って、声を聞いたとたんにあの男だって分かったから、すぐに切った。でも、真優は会ったって言ってた」

「何のために？」

「何のためだって？　知らないの？」

累はいつになく真剣なまなざしで百合を見つめた。まるで百合の無知を非難しているような顔つきだ。百合は嫌な胸騒ぎを覚えた。累が言葉を繋ぐ。

「あんた、真優の世話を焼いていた割に、あの子のこと何にも知らないのね。あの子、自分の勤めるソープでだけじゃなくて、そこら中で売春してたのよ。あんたの店に行ったのも、そこでいいお客さん見つけられるかも知れないと思ったからじゃない。あの子の店、もう盆休みに入っていたから、その間に別口で稼ごうと思って。そんなこと分かっていたけど、あの子がしつこく誘うから、しぶしぶ付き合ったのよ。まあ、お母さんのせいで背負った借金を返さなくちゃならないという意味では、可哀想《かわいそう》なところもあるから、嫌なことでもついつい付き合っちゃう。でも、見ず知らずの男と寝るなんて、私には無理」

百合は呆然《ぼうぜん》としていた。しかし、累の言うことには信憑性《しんぴょうせい》があった。真優は借金を抱えているため、金のためには何でもするという姿勢を露骨に見せていたのは確かだった。

「そのことも、警察に話したの？」

「あんたの店に二人で遊びに行ったことは話したよ。でも、そのあとのことなんか言うわけないじゃん」

「どうしてよ？　真優がその蓑井という男にもう一度会ったとしたら、真優が殺されたことと関係があるかも知れないでしょ！」

百合は気色ばんだ。その声は、ほとんど叫び声に近かった。

「あんた、やっぱり何にも分かっていない。私がそれを言わなかったのは、あんたのためでもあるのよ」

「私のため？」

「そう、そんなことを言えば、警察はあの店で売春が常習的に行われていた可能性を考え、私とあんたからだけじゃなく、店長を始め、あの店の従業員全員から事情を訊《き》こうとするよ。そうなったら、お店に迷惑を掛けるどころの騒ぎじゃない。あんたのメンツなんか丸つぶれでしょ。真優は実際に売春していたんだから捕まっても文句は言えないだろうけど、私やあんただって、濡《ぬ》れ衣《ぎぬ》で捕まる可能性だってある。そんなことになっていいの？」

累の言葉は百合にとって妙に説得力をもって響いた。普段、言葉数の少ない累が不意に饒舌《じょうぜつ》になったせいもある。

「でも、このまま黙っていれば、捜査に支障を来《きた》すことになるかも」

そう言ったものの、動揺している百合の声は掠《かす》れ、幾分、しどろもどろだったに違いない。

「なんで、私たちが警察の捜査の心配をしなくちゃいけないの。それに真優はあの男に一度会って、何もなく戻ってきてるのよ。私たちがあなたの店に行ったのは、盆休みに入る直前の十三日だった。真優のソープはもう盆休みに入っていたけど、あんたの店は盆休み前の最後の営業日だったでしょ。真優はさっそく翌日、蓑井に会ったって言ってたから、十四日に会ったはず。そのあと、真優が家を出て行った二十六日まで私たち、ずっとあの子の姿を見てるでしょ。いくら真優だって、ああいう得体の知れない男とは、一度くらいしか会わないに決まっている。だから、きっと事件とは何の関係もないよ」

攻守は逆転していた。累の言葉に、百合は完全に反論する気力を失っていた。百合にとっても、蓑井より谷藤のほうが怪しいに決まっているのだ。だが、百合は谷藤のことを累に話すつもりはなかった。

「累って、とっても記憶力がいいの。何日に何が起こったかなんて、全部正確に覚えているからね」

百合は、かつて真優が累について、自分のことのように自慢げに語っていた言葉を思い出していた。その場には累もいたが、満更でもない表情だった。百合は話半分で聞いていたのだが、確かに今、その記憶力の良さを見せつけられている気分だった。逆に百合は日付の記憶はあまり得意ではない。しかし、累の言葉を聞いて、真優の身に起こったことが、見事に整理された時系列となって、鮮明に百合の脳裏に浮かび上がってきたのだ。

6

翌週、午後一時過ぎ、百合は新川にはあらかじめ伝えずに、新宿署を訪問した。累から聞き出した話を伝え、その上で谷藤のことも相談するつもりだった。前回は、酒席で話そうとしたことを反省し、今度こそきちんと話そうと考えていた。

今、百合の周辺で起こっていることすべての演出者は、谷藤としか思えなかった。最初は、深い闇の中に潜行しているように見えた谷藤の不可視の姿が、くっきりとした輪郭を帯び始めていた。

一方では、週末から早くもマスコミ攻勢が始まっていた。捜査本部は、真優が二人の友人と同居していたことは発表していたものの、同居人の身元は、当然、伏せていた。しかし、真優が住んでいた住所は知られていたので、百合たちのアパートにマスコミが殺到するのは、自然な成り行きだった。

百合は、最初のうちはアパートの扉越しに、何回か新聞記者やテレビ局のレポーターと思われる人々に応対し、警察から何も話すなと言われていることを、機械的に繰り返した。これは嘘ではない。それでも、執拗《しつよう》に食い下がられて、やむを得ず、差し障《さわ》りのない二、三の質問には答えていた。

そのうちに、チャイムに応答するのもやめてしまった。累は、予想通り、そういう応対は一切せず、チャイムが鳴っても、まったく無視を決め込んでいた。

マスコミが押し寄せてきたことが、百合の状況を一層、混乱させていた。それまでに鳴っていた時ならぬチャイムの音と、マスコミが鳴らすチャイムの音が錯綜《さくそう》して、区別することが難しくなっていたのだ。

　しかし、谷藤のことに比べれば、マスコミのことなどたいしたことではなかった。基本は、累のように無視すればいいのだ。それに、マスコミが常時、百合のアパート近くにたむろしている以上、谷藤がすぐに直接的な危害を加えにくい環境になっているのも確かだった。ただ、「ビザール」のサイトのことを考えると、不特定多数の人間がチャイムを鳴らしている可能性も否定できず、状況はますます混沌《こんとん》としているように思えた。

　百合は、谷藤のことを新川にもう一度相談してみようという気持ちになったとたん、ふと新川が本物の刑事であるかが気になり始めた。そんな疑問はそれまで一度も抱いたことはなかった。

　しかし、考えてみると、新川が警察官であることを証明するために、百合に示した物は名刺一枚で、警察手帳を見せたわけでもない。因《ちな》みに、春日は、百合に名刺を渡す前に、警察手帳を提示しているのだ。警察官の名刺など、誰だって作ろうと思えば、作ることができるように思えた。

　もちろん、新川がニセ刑事であることを強く疑っていたわけではない。それでもこれほど重大な相談をする場合は、やはり新川が実際に新宿署で働いている姿を見て、安心したいという感情が湧《わ》き上がっていたのだ。真優の死で、百合が極度の疑心暗鬼に陥っていたのは、間違いない。

あえて受付を通して、新川との面会を申し込んだ。昼間は署でのデスクワークや取り調べが中心で、夕方から内偵捜査などで外に出ることが多いと新川本人から聞いていたので、その時間帯は不在の可能性は低いと判断していた。

百合のしたことは無駄ではなかった。新川と電話で連絡を取った受付の女性警察官の指示で、三階の生活安全課に行くと、カウンター内側のデスクから立ち上がって、百合のほうに歩いてくる新川の姿が見えたのだ。

百合はとりあえず、安堵《あんど》を覚えた。新川は百合が直接新宿署を訪問したことを、特にとがめることはなかった。しかし、署内で話すことを避け、百合を外に連れ出したため、路上での立ち話となった。

百合はまず蓑井について、累から聞き出したことを正確に話した。新川は、真優が蓑井に一度しか会わなかったという累の説明には懐疑的だった。

「それはどうかな。むしろ、何回か会ったと考えるほうが自然じゃないのか」

そう言われてみると、百合もそういう解釈が自然に思われてきた。累の言うように、真優が場所も相手も選ばずに売春していたとしたら、同じ相手と何度か寝るほうが効率はいいのだ。

「やっぱり、真優のしたことは、売春だから、それが分かれば、真優も蓑井さんも罰せられますよね」

こう訊くことによって、警察の疑いが百合や累にも及んだ場合、累が言うように、二人とも売春の捜査対象になるのかを知りたかったのだ。

「いや、罰せられないよ」

新川はあっさりと即答した。その答えは、百合には意外だった。

「どうしてですか?」

百合は食い下がるように訊いた。

「日本の売春防止法が想定しているのは、組織的な管理売春だけなんだ。個人が他人と寝てお金を取るような単純売春は、想定されていない。客を罰する処罰規定も書かれていないから、客も逮捕されることは通常ない。客が罰せられないのは、単純売春でも管理売春でも同じだが」

「じゃあ、真優のしたことは犯罪とは言えないんですか?」

「少なくとも、処罰対象となるような犯罪ではない。単純売春で、逮捕された過去の事例はほとんどないよ」

さすがに普段生活安全課の刑事として、売春捜査の実際に携わっているだけあって、新川は現実的な法の適用を知り尽くしているようだった。いや、それだけではない。新川の口調は妙に知的で、春日に近い世界にいる人間にさえ見えたのだ。それは百合に違和感を与えると同時に、新川に対する信頼をかえって高める効果を果たした。この発言を初めに聞いていれば、わざわざ新宿署に出向いて来て、新川が本物の警察官であるかを確認する必要もなかったと思われたほどだ。累の発言も間違い、もしくは著しく正確さに欠けていたことになる。

ただ、二人が話している歩道は、人通りが多いだけでなく、目の前の車道は、相当な交通量があり、雑踏や車の騒音のためにかなり大声で話さないと互いの声が聞き取れないくらいだった。それに新川も百合が不意に職場にまでやってきたことに、多少動揺しているのか、いつもよりはよそよそしかった。

こんな環境の中では、蓑井のことを話すのが精一杯で、谷藤のことを告白する気にはなれない。百合は結局、中途半端《はんぱ》な気持ちのまま、新川と別れて、新宿駅の方向に歩き始めた。

新川も百合を見送ることもなく踵《きびす》を返した。百合が一瞬、振り返ると、足早に新宿署のほうに遠ざかって行く新川の背中が見える。百合はまたもや心の重荷を下ろし損ねたことをぼんやりと意識していた。

7

「蓑井か。変な客だよ。店の女性客によく話しかけているから、俺がやんわりと注意することもある。ただ、料金は今時珍しい現金払いできちんと払うから、あんまり強いことも言えねえんだ」

百合と竹山は厨房《ちゅうぼう》に繋がる通路の前で立ち話をしていた。百合は黒髪をきちんと七・三に分けた、地味で印象の薄い竹山の顔を上目遣いに見つめながら、落ち着いた態度で耳を傾けていた。

竹山は蓑井と聞いてすぐに誰のことか認識した。蓑井は真優と累に告げた苗字《みょうじ》を、店内でも使っているようだった。

二人のそばで、船村《ふなむら》という長髪の若い黒服がモップを使って、床掃除していた。だが、二人の話に注目しているようには見えなかった。

百合の同居人の一人が、有名な斬首《ざんしゅ》事件の被害者であることを、店の従業員で知っている者は今のところいない。真優が「クロスの薔薇《バラ》」に来たことは一度しかないので、それも当然だろう。

竹山は百合が蓑井のことを訊くのを、さほど不思議がっているようには見えなかった。ひょっとしたら、百合が新たな顧客を開拓するために、情報収集していると解釈しているのかも知れない。百合もそう思われるなら、それで構わないと考えていた。

そのとき、竹山の携帯が鳴り、竹山は店のフロアのほうに出て行った。

「でも、マコトさん、あの客はやめておいたほうがいいですよ」

船村が話しかけてきた。二人の話を聞いていたようにも見えなかったので、若干、意外だった。もともと愛想のいい男で、お笑い芸人を目指しているという噂もある。その言い方から、船村も百合が新しい客として、蓑井をねらっていると解釈しているようだった。

「どうしてですか？」

「言いにくいけど、かなりの変態ですよ。一度、店のトイレで一緒になったら、あの人、小便するふりをしながら、とんでもないことしていたんです」

「クロスの薔薇」のトイレは、銀座などの高級クラブとは違い、完全個室というのではなく、男女に分かれているものの、駅のトイレのように複数の人間が入ることができるようになっている。

男子トイレの場合、小便器二つと個室が一つあるらしい。従業員専用トイレもないので、たまに黒服と客がトイレの中で一緒になることも起こるのだ。

「とんでもないことって？」

「彼、俺の横に立って、自分のをしごいていたんですよ。そんなことしたいなら、空いていた個室に入ればいいのに、わざと俺に見せつけるようにやっていたから、本当に気持ち悪かったですよ」

船村はそう言うと、照れたように笑った。百合は思わず眉《まゆ》を顰《ひそ》めた。船村に他意があるようには見えなかったので、その発言は妙にリアルに響いたのだ。

「ワーッ、気持ちワルゥ――、遠慮しとくわ」

百合はそう言い残すと更衣室のほうに急いだ。船村の文脈に合わせたつもりだった。

その日、新川が午後九時過ぎに店に顔を出した。前日の午後、百合は新宿署で会ったばかりだったから、やや意外だった。

「田辺さん、昨日は突然、仕事場に行っちゃって、すみませんでした」

新川が入ってきてから三十分くらい経《た》って、ヘルプのホストが別のテーブルに移り、新川と二人だけになったところで、百合はようやく小声で言った。その瞬間を、じりじりしながら待っていたのだ。それでも、店内では、約束通り、新川のことを田辺と呼ぶことを忘れなかった。

「ああ、昨日はちょっと焦《あせ》ったよ」

新川も裏声に近い極端な小声で言葉を返すと、例の愛嬌《あいきょう》のある笑みを浮かべた。アルコールが入っているため、顔が幾分紅潮している。しかし、そういう顔のほうが、職場で見た新川より、百合には親しみやすく、安心感を与えた。

「蓑井については何か新しいことが分かったか？」

新川はさっそく本題に入ってきた。百合は、竹山や船村から聞き出した情報を正直に伝えた。トイレ内における自慰行為のことも話したが、新川はその話に特に驚いているようには見えなかった。

「そういう変態は、セイアン課の刑事は山ほど見てるからね」

新川は笑いながら、意外に普通の声で言った。セイアン課。刑事。危険な言葉だ。

このところ客の入りは低調で、その日も空《す》いていて、十あるテーブル席は三つしか埋まっていない。しかし、少なくとも普通の声で話せば、新川のテーブルの会話が他のテーブルにいる人々にまったく聞こえないわけではないのだ。

新川はこのあと、蓑井についていくつか平凡な質問をしたが、それ以上のことは何も言わなかった。確かに、百合が提供した情報だけでは、何とも言いようがなかったのだろう。それに、店の客がそれ以上増えなかったため、すぐに、他のホストたちが再び新川のテーブルに合流してきたこともある。新川はまったくどうでもいい話を三十分ほどして、さっさと帰って行った。

翌日から、百合は昼間や夜の仕事に出かけるとき、誰かに尾《つ》けられているように感じ始めた。マスコミの可能性も排除できなかったが、百合は直感的に違うと感じていた。実際、真優の死体が発見されて身元が公表された直後に比べて、マスコミの訪問は下火になっている。

駅のプラットホームの雑踏や、信号待ちの交差点で、百合を見つめる、例の魚眼を感じるのだ。しかし、百合がその方向に視線を向けると、その視線は消えている。見知らぬ人々の一様で、無機質な視線の波が果てしなく連なっているだけだった。

世田谷署からの再度の呼び出しはなかった。百合は軽い安堵を覚えながら、同時に、警察の沈黙に不気味な陰謀めいた臭《にお》いをかぎ取っていた。百合を尾行しているのは、捜査本部の刑事のような気もしていたのだ。

だが、確信が持てなかった。百合を尾行する可能性のある者は、マスコミや刑事の他に、間違いなくもう一人いる。その証拠に、無言電話やチャイムの音が鳴る頻度が多くなってきたのだ。テディベアと谷藤の顔が、百合の脳裏で何度も点滅を繰り返す。

累が家賃を払う気配は依然としてなかった。百合の顔を見るのを、故意に避けている雰囲気さえある。

百合には、累はもはや化け物のようにしか見えなかった。真優の死に対する希薄な反応や、家賃の未払いのことを考えると、魚眼の持ち主は、案外、累ではないのかとさえ思われてくるのだ。

実際、無言電話やチャイムが鳴るとき、累は必ず外出中だった。それはすでに、偶然の一致を超える整合性を帯び始めていた。

ある日の午前三時過ぎ、トイレのために自室の外に出た百合は、暗闇の中、サービスルームの明かりだけがぼんやりと点っていることに気づいた。扉は半分以上開いていて、累らしい人物の背中が見える。その日は日曜日だったので、夜は累も外出することはなかったのだ。

百合は自分でも夢遊病者のように感じられる足取りで、その背中に近づいた。何となく胸騒ぎがして、累の行為を確認したくなったのだ。心臓の鼓動が激しく打っている。いつか見た夢のように、振り返る累の首から上がないことを恐れた。

しかし、夢ではなかった。百合の近づく足音に気づいたのか、累は実際に百合のほうに振り返ったが、その首に異常はなかった。それにも拘わらず、百合は夢の中と同様、全身を硬直させた。累の腕には、あのテディベアが抱かれていたのだ。

「あんた、シャロンって言うの？」

累が気味の悪い薄ら笑いを浮かべて訊いた。ぞっとした。硬直に加えて、全身に強い電流が流れたように思えた。累は百合の私物の入った箱を勝手に開けて、底にしまっておいたメッセージの書かれたコピー用紙を読んだのだ。でなければ、シャロンという名前を知っているはずがない。

百合は、改めて累の顔を凝視した。その顔から笑みが消え、いつもの無表情が復活している。だが、何故《なぜ》か、まったく知らない人物に見えた。

「あなた、本当は誰なの？」

思わず、心の中でつぶやいた。この家にはとんでもない化け物が棲《す》み着いている。意識が遠のくのを必死でこらえながら、百合は無言のまま、逃げるように踵を返した。

8

僕としたことが、何と愚かなミスを犯してしまったことだろう。母を責め過ぎたのかも知れない。

保健所の職員三人が一人の医師とともに僕の家にやってきたのは、ある夏の日の午後だった。その日は、午前中から、ひどく蒸し暑かったにも拘わらず、陰気な雨が降っていた。

午後には雨が上がって、どんよりとした曇り空になった。だが、夏空とは思えない暗い空は、その日の僕とシャロンの不吉な運命を暗示しているようにさえ見えた。

母が僕を裏切って、保健所と相談していることはまったく予想していなかった。僕の人間としての甘さから出た、致命的な判断ミスだ。

確かに、僕のDVはエスカレートしていた。あれほど仲がよかった僕と母が、ある時期から諍《いさか》いを始めたのが何故なのか、僕自身にもうまく分析できていなかった。だが、シャロンのことが関係していることは確かだ。

母がシャロンの存在に気づいていた可能性は否定できない。もちろん、シャロンが、僕が誘拐・監禁した少女などとは母は思いもよらず、単に誰か若い女性を離れに連れ込んでいると考えていたのだろう。鋭い母が、僕や母以外に、誰かがシャワーを使った痕跡を見逃すとも思えなかったし、僕がおまるの中味をトイレに流していることに母が気づいていた可能性もある。

母がそういう疑惑に直接言及することはなかった。だが、あらゆることに以前よりも、口うるさくなり、僕に対する心理的束縛を強め始めたのだ。僕はいらつき、ときに母を殴り飛ばした。僕にしてみれば、たいした暴力でもないと思っていた。母だって、その程度の暴力には、シャロンと同様に耐えるべきなのだ。

現に、シャロンに対してだって、僕はその頃でさえたまに暴力を行使した。お仕置きと称して、シャロンの下半身を僕の膝《ひざ》上に乗せて、パンツを下げて尻《しり》を剝《む》き出しにして、スパンキングを繰り返すことがあったのだ。シャロンは泣きながらも、健気《けなげ》に耐えていた。

それに比べて、母は我《わ》が儘《まま》なのだ。平手打ちに対してさえ、「親に手を出すの？」などと、いかにも古くさい道徳観を口にした。母親は、息子のストレス解消のために存在していることにも気づいていないようだった。

僕の怒りは増幅され、拳《こぶし》による殴打《おうだ》、さらには足蹴《あしげ》りにまでエスカレートした。しかし、凄《すさ》まじい暴力と言えるほどでもなかったから、僕は母が保健所の職員らを連れて、離れにやってきたとき、不意を衝《つ》かれた気分になったのだ。

「お母様も心配されていますので、ぜひお話しさせていただきたいと思いましてね」

離れの戸口前の庭先に立つ若い男が、優しい口調で話しかけてきた。金縁の眼鏡を掛けた知的な風貌《ふうぼう》の人物だ。その周りを、三十代前半から四十代に見えるいかにも屈強そうな男三人が硬い表情で取り囲んでいる。ただ、彼らの視界に入っているのはキッチンだけで、その右奥の部屋は見えていないはずだ。

彼らの後ろに、ほとんど泣き顔で立っていた母が、悲壮な口調で言葉を挟んできた。

「ねえ、ヤッチン、こちらは病院の先生なのよ。いろいろと相談に乗っていただけるから、お願いだから、今日は一緒に病院に行ってちょうだい。先生も心配してくださって、こうして迎えに来てくれたのよ」

すぐに、措置入院という言葉が思い浮かんだ。こいつらは、いざというときに備えて、鎮静剤の入った注射器をどこかに隠し持っているはずだ。冗談じゃない。そんなことになれば、僕とシャロンの生活はどうなるんだ。シャロンのいない人生なんか考えられなかった。

「僕は病気じゃありません。母がどうかしているんですよ。母こそ、病院に連れて行ってください。僕がどうして病院に行かなくちゃいけないんです?」

僕は怒気の籠《こ》もった声で、その若い医師の目を見て言った。ただ、過剰に激しい反論は控えた。その医師に、僕が正常だと思わせることが重要だった。それは、不可能ではないように思えた。

「それじゃあ、中でゆっくり話を聞かせてもらえませんか。病院に行っていただくかどうかは、そのあとで決めればいいことですから」

医師は柔らかな口調を崩さず、巧みに彼らにとって有利な状況へと誘導しようとしていた。中に入ってしまえば、近所に気づかれずに、鎮静剤を使って、僕の身体的拘束を行うことができるのだ。その場で強硬に僕を拘束しようとすれば、僕の抵抗の仕方次第では、近所に声が聞こえ、場合によってはパトカーがやってくる騒ぎにもなりかねないだろう。そんな修羅場は彼らも避けたいに決まっている。

「この次にしてもらえませんか？ 今日は、出かけなくてはいけないところがありますので」

僕も必死だった。何とか、身体の拘束だけは避けたいのだ。彼らをおとなしく部屋の中に入れ、僕が正常であることを訴える手はあった。母に暴力を振るったことは認めるが、あくまでも親子喧嘩《げんか》の延長だったと主張する。その上で、母に手を出したことに対しては反省の弁を述べ、二度と同じ過《あやま》ちは繰り返さないと約束することはできるだろう。

普通なら、それが一番穏当なやり方だし、僕はその若い医師をそういう方向で丸め込める自信があった。しかし、そう決断できない理由があった。シャロンをベッドの奥の押し入れの中に、隠してあったからだ。彼らを中に入れれば、その気配を気取られる危険を避けることはできない。

「それじゃあ、ほんの短い時間だけでいいですから。とにかく中で話をさせてくださいよ」

医師はやはり部屋の中で話すことにこだわった。それにしても、話しかけてくるのは医師だけで、他の三人が沈黙を保っているのがいかにも不気味だ。

「そうよ。ヤッチン、お願い。せっかく来ていただいたんだから、とにかく、中で相談してちょうだい」

また、母の哀願だ。ふと、母屋《おもや》のほうに行くことを思い浮かべた。それは母も医師も受け入れやすい提案だったに違いない。僕にしても、押し入れに隠しているシャロンを気づかれずに済むのだ。しかし、僕はその選択肢も決断できなかった。何故なら、僕はシャロンに押し入れの中に入るように指示したものの、身体的拘束はまったくしていなかったからだ。僕たちが母屋に行って、話し合っている間に逃げ出さないという確信が持てなかった。

もちろん、ここ二年、シャロンは逃げ出すそぶりさえ見せていない。ほんの短時間、コンビニなどに買い物に行くとき、僕はシャロンを縛りもせず、離れに残したまま出かけたことさえある。鍵《かぎ》は掛けていたが、中からなら開けられたから、まったく意味がなかった。

ただ、そのときの切迫した状況は微妙だった。頭のいいシャロンは、押し入れの中で外から聞こえる僕たちの会話を聞いていて、これが逃げ出す最大のチャンスと判断するかも知れない。僕たちの声が遠ざかったあと、押し入れの中からそっと這《は》い出し、外の様子を窺うシャロンの姿を想像した。

僕はぎりぎりの判断を迫られた。だが、次の瞬間、僕の懊悩《おうのう》を無効にする出来事が、いとも簡単に起こったのだ。

押し入れの開く音で、僕はとっさに後ろを振り返った。呆然とした。押し入れから出たシャロンが、すたすたと僕らのほうに歩いてくるのが見えたのだ。

白のショートパンツに、丈の短い薄ピンクのTシャツ。臍《へそ》が丸見えで、ショートパンツの上端から白い下着の一部が見えている。夜寝るときの、シャロンの定番の服装だった。

僕たちの間には、異様な沈黙が浸潤していた。医師も三人の男たちも、それに僕の母も、その少女の出現の意味を理解できず、ただただぽかんとしているように見えた。

いや、彼らだけではない。僕自身にも、その情況が理解できていなかったのだ。シャロンが僕を裏切ったのか、それとも何か別の意図があってそういう行動に出たのか、僕には不明という他はなかった。

そのあとに起こったことを、ごたごたと書く気はない。パトカーと救急車の到着。救急車はシャロンのためだった。やがて、僕とシャロンの悲しい別れのときが訪れた。僕とシャロンは、パトカーと救急車にそれぞれ別れさせられた。救急車に乗るとき、シャロンは「はちべい」を抱えたまま、僕を悲しげに見つめていた。

「ヤッチン、さようなら」

僕はシャロンの沈黙の声を聞いた。

胸が張り裂けそうだった。同時に確信していた。やはり、シャロンは僕を裏切ったのではない。逆に、僕をいじめる嫌な男たちから僕を助けるために、居ても立ってもいられず、押し入れから飛び出してきたのだろう。

愚かな行為だった。だが、シャロンを責めるのはよそう。僕のためを思って、シャロンがそういう行動を取ったのは確かなのだから。

それから、六ヶ月後、長い無意味な裁判員裁判が始まった。僕にとっては、僕とシャロンがいかに愛し合っていたかを証明するための裁判に過ぎなかった。ばかばかしい。僕たちの愛の深さは、裁判で証明するまでもなく、誰の目にも明らかだったはずだ。

特に、僕の弁護人の要請でシャロンが証人として出廷してきたときの公判は、茶番と言うほかはなかった。もともと、検察側はシャロンの証人申請に反対していた。だが、裁判長は弁護人の要請を認めた。「やはり、被害者の声を聞くことは、こういう特殊な事件では必要でしょう」ともっともらしいことを言っていたが、僕には裁判長が話を面白くするために、それを許可したとしか思えなかった。

実際、シャロンの出廷日、マスコミは大騒ぎして、大量のアルバイトを動員して、傍聴券を確保することに狂奔していた。裁判長も裁判がマスコミの脚光を浴びて、喜んでいたのは間違いないだろう。いや、案外彼自身がマスコミに注目されたかったのかも知れない。

僕の弁護士がシャロンの証人喚問について、相談してきたとき、僕は内心では反対だった。僕のシャロンに、そんな可哀想なことをさせたくなかったのだ。それが実現されれば、シャロンが下劣なマスコミの餌食《えじき》になるのは、火を見るより明らかだろう。ただ、強くは反対しなかったのは、僕にも下心があったからだ。やはり、一目でいいから、シャロンの姿を見たかったし、その声を聞きたかった。

だが、僕は結局、シャロンの姿を見ずに終わった。証言席の周囲に高い遮蔽板《しゃへいばん》が置かれ、その姿は完全に僕の視界から消えていた。それでも、僕はシャロンが証言するか細い声を聞いたとき、懐《なつ》かしさで泣き出しそうになった。
シャロンの声はほんとうに小さくて、僕にはほとんど聞き取れないくらいだった。しかし、裁判長は何故かもう少し大きな声で話すようには注意しなかった。まるで、他の人々よりも証言席に近い位置にいる自分が聞き取れれば、それでいいという態度だ。

最初に質問した弁護人は、僕が主張していた相思相愛説にとって、少しでも有利な証言をシャロンから引き出すことに腐心しているように見えた。

僕は、公判においてこれが誘拐・監禁事件であることを潔《いさぎよ》く認めていた。しかし同時に、最初の数ヶ月を除くと、逃げようと思えば逃げられる情況だったのに、シャロンが逃げなかったことを強調していた。それは、シャロンに対する僕の愛情が共同生活の中で徐々に浸透し、シャロンも僕に愛情を抱き始めた証拠だと主張したのである。

しかし、僕の弁護人は、そのことにこだわり過ぎて、決定的なミスを犯した。

「あなたが被告人を憎む気持ちはよく分かりますが、あなたが被告人のことを案外優しいなと感じたことはありませんか？　いや、優しいというはっきりとした感情でなくていいのですが、そんなに悪い人じゃないと感じたことはありませんか？」

弁護人にしてみれば、まったくハードルの低い質問のつもりだったのだろう。ここで、あわよくば具体例を言わせて、監禁中、僕が常にシャロンを虐待《ぎゃくたい》していたわけではないという印象を裁判員たちに与えたかっただけかも知れない。確かに、裁判の争点は事実認定にはなく、情状面の評価による懲役刑の長短にあったのだから、弁護人がそういう作戦に出たのは、分からなくもない。

実際、そんな具体例は美味《おい》しい食べ物やプレゼントの提供、また競馬場に出かけたことやレストランでの外食などいくらでもあったはずなのだ。だが、シャロンの答えはひどく辛辣《しんらつ》に響いた。

「まったくありません」

しかも、この答えだけが、僕の耳に妙にはっきりと聞き取れたのだ。この答えが弁護側にとって致命的だったのは、検察側が反対尋問を放棄したことでも分かるだろう。

僕は弁護人を通して、意見陳述を求めた。別に、裁判が僕に不利になることを恐れたのではない。そんなことは、僕にとってどうでもいいことだった。ただ、僕はひたすら遮蔽板の向こうにいるシャロンに僕のメッセージを送りたかったのだ。

シャロンが、僕に冷たい証言をしたことを僕は少しも怒ってはいなかった。裁判の席であんなことを訊かれたら、両親やマスコミの手前、そう言わざるを得ないと、聡《そう》明《めい》なシャロンが考えたことくらい、僕だって十分に分かっていた。だから、あれはシャロンの本心ではない。そんなことはちゃんと理解しているから心配するなと、僕は裁判での供述を通してシャロンに伝えたかったのだ。

弁護人の提案に対して、検察側は当然、却下を裁判長に求めた。だが、頭頂部の若干禿《は》げ上がった、能天気な中年男に見える裁判長の答えは、ここでも意外そのものだった。

「まあ、真相の解明のためには、聞いてみるのも悪くないでしょう」

かくして、僕はこの愚かな裁判長のおかげで、裁判員や傍聴人に対して、思わぬ大演説をぶつ好機を手に入れたのだ。僕はまず、テディベアのことを話した。あれが二人が相思相愛であったことを示す象徴的な存在であったことを強調した。シャロンと僕がテディベアのことを「はちべい」と呼んでいたと話したとき、傍聴席のほうから何とも言えぬ失笑が漏れた。しかし、僕はそんな悪意ある反応にもめげず、言葉を繋《つな》いだ。

「僕たちが相思相愛だった証拠は『はちべい』のことだけではありません。彼女が大きくなって行くにつれて、コンビニのレジ袋に排泄《はいせつ》することを嫌がり始めたため、僕はある時期からおまるを用意し、排泄物の処理までし、彼女もそれを嫌がるどころか、感謝しているようでした。生理は僕と共同生活を始める前から始まっていましたが

――」

そのとき、激しい怒りの籠もった裁判長の声が廷内に響き渡った。

「被告人、もう証言をやめなさい。そんな話を当法廷は聞くつもりはない」

啞《あ》然《ぜん》とした。聞きたがったのは、「当法廷のお前だろ」と言いたかった。だが、僕は抵抗しなかった。僕の供述がシャロンに伝わったことに満足していたからだ。

実際、廷内ではシャロンの啜《すす》り泣きが聞こえていた。シャロンは、僕の発言に傷ついて泣いていたのではない。僕との楽しかった日々を思い出し、懐かしさがこみ上げて泣いていたに違いないのだ。しかし、それが分かるのは、確かに僕とシャロンだけだろう。それでいいのだ。

裁判長が「休廷」を告げる声が聞こえた。

シャロン、また会おう。いつか、君を必ず迎えに行くからね。僕は裁判所の職員に付き添われて法廷から去ろうとしているはずの、遮蔽板に隠れて見えないシャロンに向かって、そういうテレパシーを送り続けた。同時に、僕の目からは夥《おびただ》しい涙がこぼれ落ちていた。

第五章 錯誤

1

蓑井が久しぶりに「クロスの薔薇《バラ》」に姿を現した。百合と累が事情聴取を受けてから、一ヶ月以上経《た》っていたので、新川がすでに蓑井のことを捜査本部に上げていると したら、蓑井はこの間に、捜査本部から事情を聴かれていた可能性が高い。実際、蓑井はこの時期、一度も店に顔を出していないのだ。

百合は蓑井のテーブルに着くことを竹山に志願した。

「本気かよ」

竹山は驚いたように言ったが、意外にあっさりと許可した。百合の顧客と言えるのは、相変わらず新川一人だったので、百合が積極的に顧客を開拓しようとしていると考えて、その姿勢にそれなりの評価を与えたようだった。

それに、蓑井は特定のホストを指名することもなく、ボトルも入れようとしない。

そのため、竹山にしてみれば、新たなホストを付けて、その点を打開したいという気持ちもあったのかも知れない。

「黛マコトと申します。よろしくお願いします」

百合は名刺を渡しながら、笑顔で挨拶《あいさつ》した。蓑井に顕著な反応はなかった。百合の自己紹介に軽くうなずいただけである。百合より前に、そのテーブルにはリックとシュウジ、それに名前を知らないホスト二名が着いていたので、百合を加えると五人のホストになった。店はその日も空《す》いている。

百合は着席したあと、改めて蓑井に視線を投げた。薄い鶯《うぐいす》色の上下のスーツに、臙脂《えんじ》のネクタイ姿だ。確かにサラリーマン風と言えば、そうだった。こういう堅苦しい格好で店にやってくる常連客は多くはない。

「そう言えば、僕たち、蓑井さんの職業をまだ訊《き》いていませんでしたよね」

蓑井の横に座っていたリックが言った。

「俺の職業？　何に見える？」

蓑井は特に動揺している風でもなく答えた。

「IT関係じゃないですか？」

へつらうようにシュウジが訊いた。リックもシュウジも在籍期間が長いため、こういう複数のホストが着くテーブルでは、どうしてもトークの中心になることが多い。しかし、その割に二人とも特定の顧客は少なく、竹山の評価はけっして高くはないようだった。

「まあ、そんなところかな」

蓑井は気のない声で答えた。百合には、本当には聞こえない。こういう店で、客が自分の職業について嘘《うそ》を吐《つ》く場合、ＩＴ関係と答えるのはよくあることなのだ。

「蓑井さんって、お酒を飲まないんですか？」

百合が微笑《ほほえ》みながら訊いた。蓑井の目の前に置かれているのは、ウーロン茶の入ったグラスだった。

「ああ、飲まないよ。あんなものを飲む人間の気が知れないね。コカインや大麻と同じように、違法薬物に指定すべきだよ。ほら、大麻はたばこやお酒よりは体にいいから、解禁にすべきだっていう議論があるじゃないか。それはある程度本当なんだ。しかし、それは大麻が体にいいって意味じゃなくて、酒やたばこに比べればましだって意味に過ぎない。だから、酒やたばこも、本当は法律で禁止すべきだろ」

テーブルは静まりかえった。蓑井はいわゆる面倒くさい人間に見えた。ここに勤めるホストで、そんな議論に関心がある者などいない。だが、百合は初めから積極的に蓑井と話すつもりだった。

「でも、お酒やたばこが法律で禁止されないのは、何故《なぜ》なんですか？」

百合はお伺いを立てるように訊いた。

「税収だよ。政府は金が欲しいから、国民の体に悪い物でも、認めざるを得ないんだ。アルコールがきっかけ、あるいは原因になる犯罪事件も多いのに、政府は金のために黙認している」

百合は何か言おうとしたが、こんな議論に慣れているはずもなく、適当な言葉が思いつかなかった。百合は心ならずも、沈黙した。他のホストたちも口を利《き》かない。

「あの――僕、コーラもらっていいですか？」

その沈黙に耐えられなくなったかのように、リックが唐突に、例の儀式を始める口火を切った。だが、その言葉は見事に黙殺された。蓑井は返事もしなければ、うなずくことさえしない。さすがに、リックも「ありがとうございます」とは言えなかった。

やがて、店は若干混み始め、百合以外の他のホストはすべて別のテーブルに移った。

「蓑井さん、この前いらしたとき、私の友人とお店の中でしゃべっていたでしょ」

百合は余計な前置きを避けて、ずばり言った。百合が蓑井の席に着いた本当の目的を忘れてはいなかった。もともと蓑井を顧客にしようという気もなかったし、またそうできるとも思っていなかった。

「この前っていつ？」

蓑井は若干怪訝《けげん》な口調で訊き返した。

「二ヶ月前の八月十三日だったと思います。ほら、蓑井さんの横のテーブルに座っていた客の女の子が二人いたでしょ。あの子たち、私の友人なんです」

蓑井の表情が変わった。目が吊《つ》り上がり、不意に表情に険が目立ち始めた。

特定の日にちを言ったのは、あらかじめ決めていた作戦だった。時系列を整理しておき、ある種の衝撃を与えるつもりだったのだ。

「覚えてないな。俺、客なんかに興味がないよ」

蓑井は恐ろしく不機嫌な口調で言った。それから、黙り込み、一切口を利かなくなった。百合は、本題の持ち出し方があまりにも性急だったことを後悔した。そのあと、話題を変えて何度か、話しかけてみたが、すべて無視された。

やがて、蓑井は立ち上がり、フロアの正面奥に立つ竹山に近づいて一言声を掛けると、そのまま左奥のトイレに消えた。竹山が百合のテーブルに近づいてきて、交代の合図を送る。百合は立ち上がり、再び、奥に戻り始めた竹山の背中を追った。

「お前、客に何を言ったんだよ」

振り向きざま、竹山が吐き出すように言った。眼鏡の奥の目が、一層吊り上がって見えた。

「何も言ってません」

百合はいつになく強い口調で言い返した。

「交代させろだとよ。一番テーブルに移れ」

竹山は不機嫌な声で指示した。蓑井が風変わりで、扱いにくい客であるのは竹山も分かっているので、半ばあきらめ気味の反応だった。


その日の帰り道、百合は船村と一緒になり、夜の雑踏の中をＪＲ新宿駅東口まで一緒に歩いた。

「蓑井さんはどうでした？」

船村は笑いながら、訊いた。


「全然ダメでした。嫌われちゃったみたいで、テーブルを移動させられちゃいました」

百合も、笑いながら答えた。

「そうですか。でも、そのほうがいいですよ。この前も言ったように、変な人だから。

でも、あの人の職業知ってます？」

　船村が妙に明るい声で訊いた。

「ＩＴ関係じゃないんですか？」

「違いますよ。中学校の英語の先生らしいですよ。蓑井というのも本名です。この前、あの人の近所に住んでいるという、会社社長がうちの店に来て、教えてくれたんですよ。彼、西荻窪に住んでいて、結構資産家の息子らしいですよ。代々の地主の家柄で、父親は金融業と化粧品販売でも成功していて、株や投資信託などの巨額な金融資産を持っているって言いますからね。その配当金だけでも、半端《はんぱ》じゃないらしいですよ」

　ところが、その父親が四年前に病死して、母親も病弱で入退院を繰り返しているため、財産管理は、蓑井自身がやっているという。従って、その社長に言わせると、彼が中学校の教師としてもらっている給料など、それこそ二、三日で使ってしまっても、困らない身分らしい。

「その割に、うちの店ではケチ丸出しですけどね。近所でも変人で通っているけど、どういうわけか、その社長とだけは交流があって、『クロスの薔薇』のことも、蓑井さんがその社長に教えたらしいんです」

　百合は蓑井の話を聞きながら、思わず苦笑していた。意外と言えば意外だったが、それ以上の驚きはない。

百合は落胆していなかった。蓑井の店での反応に確かな手応《てごた》えを感じていたからだ。あの反応からして、蓑井が真優に会っていることは間違いないように思われたのである。

「船村さん、蓑井さんの勤めている中学校の名前、知っていますか？」

百合は不自然に聞こえるのを覚悟の上で訊いた。

「名前ですか？　もともとは世田谷の公立中学校で教えていたらしいですが、今は練馬区の大泉《おおいずみ》にある私立中学に移ったと言ってました。でも、名前までは——」

船村は予想通り、怪訝な表情を浮かべていた。だが、船村にその程度の不審を持たれてもどうということはない。所詮《しょせん》、魑魅魍魎《ちみもうりょう》の水商売の世界なのだから、ホストや客から意味不明の言葉を聞くことに、船村も慣れっこになっていて、その不審感がそれほど深まるとは思えなかった。

大泉にある私立中学ということが分かっていれば、その名前を特定することは、難しくはないだろう。それに、蓑井の元の勤務先が世田谷にあるというのも、何となく気に掛かった。

2

私立芳名《ほうめい》中学の正門前で、百合はすでに二時間ほど待っていた。午後四時から張り込んで、すでに六時近くになっている。店に遅刻するのは、覚悟の上だ。

ようやく蓑井の姿が見えた。上下の紺の背広に、ネクタイ着用だ。百合は反対道路の自販機の陰に隠れたまま、とっさにスマホを開いて時刻を確認した。午後六時を十五分くらい回っている。十月の半ばを過ぎ、秋の気配が深まり、辺りはすでに薄暗がりだった。

「蓑井さん！」

バス停方向に向かおうとしている蓑井の背中から声を掛けた。下校する中学生を除けば、人通りはあまり多くはない地域だ。

蓑井が振り返った。ぼんやりとした表情で、百合を見つめる。百合を認識しているとは思えなかった。それも当然だろう。店とはがらりと雰囲気を変え、紺のスラックスに、薄いベージュのセーターという地味な服装の上に、薄化粧なのだ。

「『クロスの薔薇』のマコトです」

蓑井の顔が不快そうに歪《ゆが》んだ。無視して歩き出した。反対側の歩道を歩いている、制服を着た中学生の男女の集団を気にしているようだった。

「蓑井さん、お話があるんです」

「こんなとこまで押しかけてきて、営業するんじゃないよ」

「営業じゃありません。死んだ芦川真優のことで、お訊きしたいことがあるんです」

百合は蓑井の正面に回り込みながら言った。蓑井の表情が不快から動揺に変わった。

「俺が店の外で会ったのは、累と名乗った女のほうだよ。それは警察にも話した」

百合は不意を衝《つ》かれた気分になった。説明不能な衝撃が走った。

百合と蓑井は近くのコンビニの駐車場の隅で話していた。駐車車両が一台あるだけで、二人の他に人影もなく、がらんとしている。

百合がやってきた理由が予想外で、蓑井は必死で自分を落ち着かせようとしているように見えた。百合も蓑井の言うことがにわかには信じられなかった。

「でも、蓑井さんが会った人って、この子ですよね」

百合はスマホを取り出して開き、真優と累が写っている画像を見せ、あえて真優を指さしながら訊いた。蓑井が二人の名前を勘違いしている、あるいは嘘を吐《つ》いている可能性を考えたのだ。それは、居酒屋で三人が飲んだとき、百合が撮った六ヶ月ほど前の写真だった。

蓑井はあきらめたように、百合の持つスマホの画面をのぞき込んだ。

「いや、こっちだ」

蓑井は累のほうを指さした。しかも、その口調は奇妙なほど自然だった。

「本当ですか？　この子じゃないんですか？」

百合はもう一度、真優を指さしながら執拗《しつよう》に確認した。

「違うよ。肥《ふと》った体の大きな子だったから」

真優と累の体格差は歴然としている。蓑井が嘘を言っているとも思えなかった。だいいち、ここで嘘を言うなら、そもそもどちらであれ、会ったことを認めるべきではないのだ。百合のほうにこそ、根本的な錯誤があったように思えた。

「蓑井さん、真優より累のほうがタイプだったんですか？」

それでも、百合は幾分、挑発的な口調で訊いた。蓑井の言っていることは本当だと思いながらも、蓑井が累のほうを選んだことが不思議だったのだ。

「いや、違う。選んだわけじゃない。電話に出たほうと会ったんだ」

これは確かに累が百合に語ったことと、部分的には符合している。累は公衆電話から掛かった電話の声を聞いてすぐに切ったと言っていたが、実際には話したのかも知れない。

逆に、蓑井からの電話が真優に掛かったとしても、真優がたまたま出なかったことは十分考えられるのだ。百合の経験からしても、百合が真優の携帯に電話するとき、真優が応答する確率はけっして高くはない。

「とにかく、俺は事件とは何の関係もないよ。あのとき、君の店で会った二人のうちの一人が殺されたと知って、本当に驚いているんだ」

蓑井は暗い表情のまま、独り言のように言った。

「別に、蓑井さんが事件と関係あるなんて言ってません。ただ、あのあと本当に真優に会っていないかどうか、知りたかっただけです。じゃあ、警察もそのとき蓑井さんが会ったのは、真優ではなく、累であることを認めているんですか？」

蓑井は一瞬、黙りこくった。それから、一層暗い表情で答えた。

「それがそうじゃないんだ。どういうわけか、累という女は俺に会ったことを否定していて、俺が会ったのは、真優という殺されたほうの女だと主張しているらしい。あの女がどうしてそんな嘘を吐くのか分からない。ところが、警察は彼女の言うことを信じていて、俺が嘘を吐いていると思ってるみたいなんだ」

おおよその構図が見えてきた。累は百合の知らないところで、何回か警察から事情を聴かれているのかも知れない。その一連の事情聴取の中で、「クロスの薔薇」で会ったあと、蓑井から電話が掛かってきたことを認め、自分は断ったが、真優は会ったと説明しているのだろう。

その証言と、新川から上がってきた内偵捜査報告が相まって、蓑井に嫌疑が掛かっているのだ。だが、警察がどの程度蓑井を疑っているのかは、百合にも不明だった。

しかし、この時点では、百合は直感的に蓑井が会ったのは、蓑井の言う通り累のほうで、蓑井は真優殺しとは無関係だと確信していた。累との売春行為をはっきりと認めている蓑井の言葉には、信憑性《しんぴょうせい》が感じられた。一方、累の言動は得体が知れないのだ。

「分かりました。話してくれて、ありがとうございます。累がどうして、事実と違うことを言っているのか分からないけど、私は蓑井さんの言うことを信じますよ」

百合はきっぱりと言った。暗い蓑井の表情に、若干の光が差したように見えた。

「それじゃあ、今の話を君は警察に話してくれるのか？　これ以上、疑われ続けるのは、耐えられない」

「それは、もちろん、本当のことを言います」

百合は即答した。しかし、百合自身が、蓑井が会ったのは、累のほうだと感じていたとしても、それは客観的事実というより、百合の印象もしくは意見と言うほうが的確だった。警察がそれを信じるかは、分からない。ただ、百合の口から警察に伝えられることが、蓑井にとっては大きな意味があるらしかった。

一方、そう答えながら、体内にこれまでになかった不穏の空気が満ちてくるのを感じていた。蓑井が嘘を吐いたのでなければ、累が嘘を吐いたと考えるしかないことが、今更のように理解されたのだ。

全身が一気に緊張した。まず、その動機が分からない。いや、それは必ずしも、完全に推測不能とは言えなかった。

もちろん、考えたくない想定だ。だが、百合は累が真優を殺している可能性を視野に入れ始めたのだ。蓑井に嫌疑を向けるために、そういう虚偽証言をすることはあり得るだろう。

冷静に考えてみれば、金銭的にせっぱ詰まっている累が真優の所有している預金を奪うために、真優を殺した可能性も、十分にあり得るシナリオに思えるのだ。特に、真優と累は幼なじみだったため、累に対して真優はまったく無防備だっただろう。累が家賃を払わないのは、カムフラージュのためで、実際には、真優の金を奪い取っているのではないか。そう考えると、職も失い、家賃も払えない経済状態であるはずの累がほとんど毎晩、推しのホストのいるホストクラブに通うことができる理由の説明が付くのだ。百合は最近、自宅アパートの郵便受けで目にする、累宛《あ》ての、夥《おびただ》しい数の請求書や督促状を思い浮かべた。

切羽詰まれば、人間は何でもする。それが、あの累であれば、なおさらのことだ。確かに生首を刎《は》ねる殺害方法は、女性の仕業とも思えないが、共犯者もしくは幇助《ほうじょ》者がいれば、話は別だ。

百合はぼんやりと、目の前に立つ蓑井の顔を見つめた。蓑井の顔は、最初に会ったときの硬直した表情に比べて、やはり、幾分柔和になったように思えた。

「それと店長の竹山に言ってくれないか。早く、金を返せって」

蓑井が不意に言った。あまりにも唐突な発言で、百合には意味が分からなかった。

「どういう意味ですか？」

「あいつは、本当に得体の知れないヤツなんだ。怪しげな投資話を持ちかけられて、俺はあいつに一千万の金を渡しているんだ」

蓑井の話によると、「クロスの薔薇」のオーナーは、木村《きむら》という人物で、単に男装ホストクラブの経営者というのではなく、株を始めとする様々な投資で、莫大《ばくだい》な収益を上げている実業家と、竹山から説明を受けたという。

木村は今年の三月から、六本木にキャバクラをオープンしているが、新しい経営システムを取り入れているらしい。共同出資者を募り、出資金に応じて、月十パーセントの利息を支払っているというのだ。

「つまり、百万出資すれば十万の利息、五百万出資すれば、五十万の利息がもらえるという説明だった」

百合は聞いただけで怪しげな話だと思った。百合のように経済に疎《うと》い人間でも、この低金利時代に、そんな美味《おい》しい話が存在すること自体がおかしいと思うのに、蓑井のような年齢の、社会的信用のある教師がそんな話を信じるのは、不思議だった。

だが、蓑井は竹山に実際にそのキャバクラに連れて行かれ、店がきわめて繁盛《はんじょう》しているのを見たらしい。それで信用して、四月の初めにまず百万を投資すると、月末にすぐに利息の十万を加算された百十万が蓑井の銀行口座に振り込まれてきた。五月には二百万投資すると、やはり、月末に二百二十万の金が戻ってきた。

「それで、俺はすっかり信用して、竹山の口車に乗せられて、五月に一気に一千万の金を投資した。ところが、この金に関しては、利息が付くどころか、元本も戻ってきてないんだ。支払いをしてから、すでに五ヶ月以上経っている。もちろん、竹山には何度も催促した。そうしたら、木村は今仕事で海外にいるため、経理処理が遅れているだけだから、心配ないって言うんだ。だが、支払う気配がまるでないんで、今度は木村に会わせろと言ったら、木村は体調を崩して、入院中だから、もう少し待ってくれって言われた。そのまま、ずるずる今に至っているわけだが、俺がときどき『クロスの薔薇』に顔を出しているのは、オーナーの木村が顔を出すのを待ち構えているところもあるんだ。病気っていうのは、たぶん、仮病だろうからな」

百合は、蓑井の話を聞きながら、蓑井が店ではボトルも入れなければ、アルコールさえ飲まず、ホストが飲み物を注文することも許可しない理由が分かったような気がした。竹山に対する決定的な不信感を持っている上に、木村に会うことが目的だとすれば、それも当然に思えるのだった。

「蓑井さん、でも、木村ってオーナーに会ったことがないんでしょ。だったら、仮にお店に顔を出したって、お客さんのふりをしてたら、分からないじゃないですか」

百合の言葉に、蓑井は当惑したような表情を浮かべ、小さくうなずいた。

「そうなんだ。だから、俺も困っているんだ。君、それらしいヤツを誰か知らないか？　ほら、君がよくテーブルに着いている田辺とかいう男、何となくオーナーっぽく見えるんだけど、怪しくないかい？」

「ああ田辺さんですか。あの人は全然関係ないですよ。ＩＴ関係の会社の経営者です」

百合は笑いながら言った。だが、内心、ぎょっとしていた。「お客さんのふり」という意味だけなら、新川にも当てはまるのだ。しかし、警察官であることがはっきりしている新川がまさか「クロスの薔薇」のオーナーであるはずがなかった。

「本当か？　オーナーかも知れないと思ったから、二回ほど尾行したことがあったけど、感づかれたらしく、うまく巻かれちゃったよ」

「本当に違いますよ。それは、私が保証します」

蓑井は猜疑《さいぎ》心の強い目で、百合のほうを探るように見ている。依然として、新川を疑っているような視線だ。やはり、単なる金持ちの坊ちゃんというのではなく、どこか病的な粘着癖を持った男に思えた。

それくらいの疑惑で、二回も尾行するなど信じられない。百合は船村から聞いた、トイレにおける蓑井の自慰行為の話をもう一度思い浮かべた。

「本当にオーナーのこと知らないの。どういう人かぐらいは知ってるでしょ」

「いえ、知りません。オーナーのことなんか、私たちホストは、まったく聞かされていないんです。オーナーの苗字《みょうじ》が木村ってことも、今、初めて知ったくらいですから」

百合はぴしゃりと言い放った。さすがに、蓑井は力なく、首を横に振って黙り込んだ。

それにしても、この投資話も得体が知れなかった。経済詐欺《さぎ》としては陳腐な内容だが、竹山の普段の気の小さな言動との落差を考えると、竹山に対する気味の悪さも、独特の妖気《ようき》を伴って、立ち上がって来るようにさえ思われるのだ。

「この前、俺を事情聴取した刑事にこのことも訴えたんだけど、それは今の段階では詐欺罪に問うのは難しいって言われちゃったよ。一千万あれば、女の子とどんな遊びでもできるのに」

そう言うと、蓑井は深いため息を吐いた。本当にそう思っているような口調だった。やはり、ネジの一つや二つが抜け落ちているような男だ。こんな先生に教わる、生徒が気の毒に思えた。

突然、クラクションが鳴った。駐車場を出ようとしている車が、通り道を塞《ふさ》いで立つ、百合と蓑井に向かって、合図を送ったのだ。百合は不意に正気に戻ったように後ずさりして、通路を空けた。蓑井も、反射的に百合の動作に合わせたように見えた。

百合は顔を引きつらせて、立ち竦《すく》んだ。白いワゴン車の窓越しに、一瞬運転席が覗《のぞ》き、マスクを付け、黒のサングラスを掛けて、ハンドルを握る人物が、警察官の制服を着ているように見えたのだ。百合はその運転者の顔に、谷藤の顔を重ね合わせた。

クラクションを鳴らしたのは、道を空けろという意味よりは、自分の存在を百合にアピールする意図だったのではないか。シャロン、僕だよ。百合に呼びかける谷藤の声が、百合の耳奥で共鳴音を奏《かな》でたように思えた。ワゴン車はあっという間に路上に出て、百合と蓑井の目の前を走り去った。

今見たものが現実なのか、それとも谷藤に対する恐怖が生み出した、ただの幻影に過ぎないのか、百合には判断できなかった。ただ、百合を怯《おび》えさせるために、谷藤がわざわざ昔の制服を着るのもあり得ないことではない。百合の知っている谷藤は、そういうことには手間暇を掛ける男だった。

それに、何と言っても白のワゴン車なのだ。それは、谷藤が過去を再演しているようにも見えた。

3

累は頑《かたく》なに百合の言うことを否定した。

「私があんな男と会うわけないじゃん。そんなデタラメを言うところを見ると、やっぱ真優を殺したのはあいつかも知れないよ」

百合に対する累の主張も、変化しているのは明らかだった。以前に、このことを訊いたとき、真優が蓑井に会ったと話した上で、そのことと真優が殺されたことは無関係であることを強調していた。

「でも、蓑井の態度は演技にも見えなかった。彼が会ったのは、絶対あなただって言い張ってるの。名前だけじゃなくて、あなたと真優の体型の違いもはっきりと言ってた」

「ばかばかしい話はいい加減にして。あんた、そんな話、本当に信じているの？」

累はそう言うと、プイと体を横に向け、玄関の上がり口のほうを見つめた。体型のことを言われたのが、相当頭にきたようだった。しかし、百合は半ば意識して、そう言ったのだ。

明け方の午前五時過ぎだった。深まりつつある秋の夜明けは遅く、外は依然として漆黒の闇《やみ》に包まれている。

「累、嫌なこと訊いていい？　あなた、私が立て替えた家賃を未《いま》だに払ってくれないでしょ。そんなに困っているなら、それも仕方がないかと思っていた。でも、私にはやっぱり不思議なの。そんなにお金に困っているあなたが、なんでホストクラブにだけは、毎晩通えるの？」

百合は、危険な勝負に出ていることを自覚していた。累が一番言われたくない部分に斬《き》り込んでいるのだ。しかし、百合にはもはや、累との良好な人間関係を維持しようという意思さえ希薄だった。

「あんた、何が言いたいの？　私にだって少しくらい、昔の蓄えは残ってるよ。だいいち、死んだ真優を追い出したのはあんたじゃん。だから、その責任を取って、しばらくは自分一人で家賃を払わされるのも仕方ないんじゃない」

そこまで言うか。百合は累の顔をにらみ据えた。だが、高ぶる気持ちをぐっと抑えて、言葉を繋いだ。

「家賃のことを言ってるんじゃないの！　私が言っているのは、真優の貯金のことなの」

一瞬、時間が止まったように、不気味な沈黙が辺りに浸潤した。累の顔色が変わっている。

「あんた、私がそれを取ったと思ってるの。それを言うなら、あんただって、怪しいじゃん。あんたは真優と同じ部屋で寝ていたのよ。だから、私より、あんたのほうが真優の預金通帳や印鑑の場所は分かっていたはず」

百合は啞然《あぜん》として、言葉を失っていた。累が苦し紛れにそんなことを言っているのは分かっていたが、予期せぬ方向からの反撃だったため、百合自身が混乱していた。

「残念ながら、私は真優の預金なんかにまったく興味がないよ。ねえ累、お願いだからちゃんと答えて。あなた、家賃が払えないだけじゃなくて、そこら中の金融業者でお金を借りまくっていて、督促状が何通も来てるのを、私知ってるんだよ。そのあなたが、ホストクラブにだけは通えるのは、やっぱり、どう考えたっておかしい。そのお金の出所が知りたいんだよ」

「真優のお金だって言いたいんでしょ。でもね、あんただって、お金に困っているんじゃん。公式レイヤーでもないのに、土、日のコスプレにお金つぎ込み過ぎて、いつだってぎりぎりの生活してるくせに。それにあんた、ときどき、ものすごい感情を爆発させる子だから、かっとなって真優の首を刎ねることだってないとは言えないし」

「なんてこと言うの！　いい加減にしなさいよ。ふざけないでよ！」

百合はついに必死で抑えていた怒りを爆発させ、裏返った声で叫んでいた。累が、その肥満した体とは不似合いなほど敏捷《びんしょう》な動作で立ち上がった。

「もうおしまいね！　あんたみたいなヒステリーとは話できないよ」

累は自室に向かって、歩き出した。百合はその背中に向かって、もう一度大声で叫んだ。

「待ちなさいよ！　逃げる気？」

その言葉に累が振り返った。

「話したって無駄だよ。それより、谷藤のことでも心配しなさいよ！」

不意にめまいを感じた。ハンマーで脳天を打ち砕かれたような衝撃だ。

累は何故、その名前を知っているのか。決定的な言葉だった。

累の部屋の扉の、激しい開閉音が響き渡る。だが、百合は呆然《ぼうぜん》とした表情で、ダイニング・キッチンの椅子《いす》に座り込んだままだ。

累と谷藤は繋がっている。百合は呪文《じゅもん》のようにその言葉を心の中で繰り返した。

4

累がアパートから姿を消した。サービスルームにあった累のグリーンの大型キャリーバッグがなくなり、衣服の一部も持ち出された形跡がある。百合がそれに気づいたのは、累と激しい口論をしてから、三日くらいが経過した頃だ。ただ、累の私物は、まだたくさん残っていたから、百合は累が出て行く決意をしたにしても、もう一度荷物を取りに戻ってくる可能性はあると考えていた。

しかし、もし累が本当にアパートを出て行って、もう戻ってくる気がないとしたら、百合が谷藤について累を問い質《ただ》す機会を永遠に失ったことになる。百合は言わば不意を衝かれた格好だった。家賃を払わず寄生虫のように百合に取り憑《つ》いていた累が、その特権をそうやすやすと手放すとは思っていなかったのだ。

累が姿を消したとしたら、それは、やはり蓑井の証言と関わりがあるだけでなく、累が谷藤という言葉を口にしたこととも関係があるとしか思えなかった。百合の印象では、累が戦略的に谷藤のことに言及したというより、口論に激した累が思わず口走ってしまった言葉のように感じられるのだ。

百合は整った谷藤の容姿を思い浮かべた。累は、一言で言えば、イケメン好きだ。容姿だけなら、谷藤に惹《ひ》かれてもおかしくはないだろう。いや、累にとって、男の性格などどうでもよく、ひたすら見た目にしか興味がない女なのだ。百合に言わせれば、それは容姿に自信のない女性にありがちな一つのタイプなのだが、累ほど極端なタイプにはめったに出会わなかった。

百合は不意に覚醒《かくせい》したように、かつて自分が電話で発した言葉を思い浮かべた。

「谷藤なの？　だったら、すぐに警察に通報するからね。すぐに連絡できる刑事さんだっているんだから」

はっとした。あの無言電話の受話器の向こうにいた人間が累だったとしたら、百合自身が谷藤のことを累に教えたことになるのだ。

しかし、累と谷藤が直接的に繋がっているかは、微妙だった。あるいは、無言電話で百合が谷藤という名前を口にするのを聞いた累が、百合が谷藤という人物からストーカーされていると考えて、百合との口論で、単なる嫌がらせとして咄嗟《とっさ》に口にした言葉だったのかも知れない。

もう一つ、可能性としてあり得るのは、百合の電話での発言をヒントにして、累がネット検索で、百合のことを調べ、例の事件を突き止めて、谷藤という名前の意味を理解したことだろう。

ビザールのサイトでは、吉井百合という本名が出ているのだから、百合が中野区の小学生拉致《らち》事件の被害者であったという事実を、累が知ること自体は不可能ではなかったはずだ。

谷藤と累が連携しているというのは必ずしも即断できないとしても、谷藤が百合を監視し、様々な謀略を仕掛けてきているのは間違いないように思われた。あるいは、累と谷藤の別々の行動が偶然的にシンクロナイズされ、相乗効果を発揮していることもあり得るのだ。

5

ベッドが激しく軋《きし》む。百合は仰向けになり、体を開いた。唇を吸われた。その一瞬、ミントの香りがした。男はこうなることをあらかじめ予想していたのか。

午前三時過ぎのはずだ。自宅アパートのベッドの上で、百合は男にすべてを捧《ささ》げようとしていた。

百合の最初の相手は、断じて谷藤ではない。もちろん、ありとあらゆる性的陵辱を受けた。しかし、明らかな変態性欲者である谷藤は、直接的な性行為に及ぶことは一度もなかったのだ。谷藤の監禁から解放されて以降、百合は男と一度も肉体関係を持つことはなかったので、いまだにバージンであることを自覚していた。

男の手が、百合のショートパンツのホックを外し、ファスナーを下げる。

男の手が、百合の下着の内側に入り込んできた。あっという間に夥しい液体が下着を濡《ぬ》らし、百合は快楽の頂点を早くも意識した。まるで記憶喪失者が長年の間、忘れていた快楽を不意に思い出したかのような激しい反応だった。

意識が時折消え、突き上げる絶頂感に耐えるために、百合は何度か男の肩にしがみつき、歯で男の胸を噛《か》んだ。だが、男は自分の熱意と誠意を示そうとするかのように、容赦なく百合を責め立て、百合は大声で泣きじゃくった。

男の性欲の塊が、百合の腹部にどっと吐き出された。避妊具は着けていなかったが、百合は男の配慮と優しさを感じた。

微《かす》かな出血があった。しかし、それは何故か百合を誇らしい気持ちにさせた。百合は男の胸に抱かれ、安堵《あんど》の眠りについた。

百合が目を覚ましたとき、新川の姿は見えなかった。午前五時過ぎで、外はまだ十分に暗く、微弱な雨音が聞こえている。隣のダイニング・キッチンで物音がした。不安に駆られながら、百合は黒い下着一枚の姿のまま立ち上がり、ショートパンツを穿《は》き、ブラジャーを着けずにTシャツを着て、隣室に繋《つな》がる扉をそっと押し開けた。

テーブルの椅子に座って、缶ビールの空き缶を灰皿代わりにたばこを吸う新川の姿が見えた。百合の顔に安堵の笑みが浮かぶ。

「起こしちゃった？」

近づいて来る百合を見て、新川がいつもの優しい口調で言った。二人の間に、特別なことが起こったことを意識している様子はなかった。だが、そのことがかえって、百合に安心感を与えた。

「俺、意外に朝が早いんだよ」

百合が答える前に、新川が重ねて言った。百合は微笑みながら、新川の横に座った。新川はさりげない動作で、百合を抱き寄せ、軽く唇を吸った。百合も応じ、そのあといったん新川の胸に顔を埋《うず》めてから、体を普通の体勢に戻した。

「累、やっぱり戻ってこないのかな。どうしても聞きたいことがあるんだけど」

百合はつぶやくように言った。聞きたいこととは、当然、谷藤のことだったが、新川には未だに、駐車場における蓑井との会話のことも話していない。まず、そのことを報告すべきだろう。

「実は、私、蓑井に会って、話を聞いたんです」

このあと、百合は蓑井との会話をできるだけ正確に、新川に伝えた。新川は二本目のたばこを吸いながら、静かに聞き入っていた。だが、百合の話が一段落したところで、間髪を容《い》れずに話し出した。

「その話はすぐには鵜呑《うの》みにはできないな。真優と累の性的魅力の差を考えると、やっぱり真優のほうと寝たと考えるのが自然でしょ。蓑井にしてみれば、うまい言い逃れを考えたつもりだろうが」

百合にしてみれば、ある意味では予想通りの反応だった。男なら、そう感じるのが普通の考え方だと思ったのだ。

「でも、蓑井は二人のうちのどちらかを選んだわけじゃないって言ってるんです。電話を掛けて連絡がついたほうに会ったって――」

「それは男の心理としてはおかしい。金を払って寝る相手がどっちでもいいなんてことは絶対にない。俺だったら、真優と連絡が取れないからと言って、金を払ってまで累と寝ることはないさ」

百合は若干、不愉快な気分になり掛かっていた。女性の選択に関する新川の露骨な言い回しが気に障《さわ》ったのだ。まるで、真優だったら、新川自身が金を払って寝てもいいと言っているように聞こえた。

ただ、こんな気持ちになるのも、新川と男女の関係になったことと無関係ではないのは、自覚していた。

「でも、累の言うことも怪しいんです」

百合は話題を変えるように言った。

「どう怪しいの?」

新川が冷静に訊《き》いた。百合は本当のことを言おうかどうか迷った。累の話は嘘《うそ》で、蓑井と会ったのは実は累のほうだという主張まではいい。

しかし、真優を殺したのは累ではないのかとまで仄《ほの》めかすのは、さすがに抵抗があった。何と言っても、新川は現職の刑事なのだから、その密告は当然、捜査に決定的な影響を与える危険を孕《はら》んでいるのだ。

ただ、それを言わないことには、話は前に進まない。谷藤のことはそのあとで口にすべきことに思われた。百合は、決断した。

「やっぱり、家賃も払わず、いろいろな金融業者から督促状が来ているのに、仕事もしないで、ホストクラブに通えるのが不思議なんです」

「女の武器を使うこともあり得るだろ。ホストだって、そういう恩恵を受けていれば、料金の支払いには多少の目をつぶることもあるんじゃない」

さっきの話と違うと百合は思った。新川自身が言ったように、男が累の性的魅力に負けるとは考えられなかった。累の肥《ふと》って、たるんだ肢体を思い浮かべた。あんな肉の壁のような体に、経済的価値が生まれるとは思えない。累との激しい口論のあとで、百合にも累に対する明らかな悪意が芽生えつつあった。

「でも、新川さん、さっき累の性的魅力には否定的だったじゃないですか」

百合は思わず尖《とが》った声で反論した。

「金を払わなくて済むとなれば、話はまた別だ。若い女の体なら、何だっていいという男だって、いないわけじゃない」

新川は平然と言った。そういう考え方なのか。百合は新川の言葉に次第に気持ちが退いていくのを感じていた。新川にしてみれば、客観的なことを言っただけだろうが、それにしても、新川の言葉には男の本音が見え隠れしているように思われた。しかし、さらに反論すれば、話は本質から逸《そ》れていくことは分かっていたので、百合は黙った。

「君は真優の殺害に、今姿を消している累も関与したと疑っているんだろ？」

百合が言い出す前に、新川のほうがずばり訊いた。百合は今更のように、心の内を見抜かれていたことを思い知った。

「ええ、そうです」

百合はきっぱりと答えた。

「しかし、その線は薄いんじゃないか」

「どうしてそう思うんですか？」

百合には新川が本音を言っているのかが分からなかった。この段階で、捜査本部の情報を新川がまったく摑《つか》んでいないとは思えない。むしろ、互いに協力しながら、捜査を進めていると考えるのが普通だろう。だから、新川との間に肉体関係ができた今、新川が間接的にでも捜査情報を漏らしてくれることを期待していたのだ。

「蓑井は、捜査本部に何度か呼ばれている。累はやっぱり蓑井の言い訳の材料に使われただけじゃないのか。もっとも、俺に分かるのはその程度のことだけで、捜査本部の捜査内容を正確に把握しているわけではないけれどね」

「でも、新川さんが『クロスの薔薇《バラ》』について調査した内容は、捜査本部に上げているんでしょ」

「ああ、ただ、情報は一方通行で、俺から捜査本部に伝わるだけなんだ。捜査本部がそれをどう分析・解釈しているのかも分からないし、新しい情報が俺に下りてくることもあまりない」

　新川の話を聞いているうちに、百合にも捜査本部の仕組みが分かり始めていた。従って、新川の言っていることは、ある程度本当だと感じていた。

　しかし、捜査本部が新川にまったく情報を伝えていないというのも不自然に思えた。おそらく、蓑井に対して、どの程度の疑惑を持っているのかは、それなりに伝えていて、新川もぎりぎりのところで、それを百合に仄めかしているのだろう。

「でも、私には蓑井は嘘を吐いているようにも見えなかったんです。それに、蓑井と累の言っていることを比べると、やっぱり蓑井の言うことのほうに真実があるように感じるんです」

百合は執拗に自説を繰り返した。新川は考え込んでいるようだった。たばこを吹かしながら、眉間《みけん》に深いしわを刻んでいる。

「これって、やっぱり私の考え過ぎだと思いますか？」

百合はあきらめ気味の口調で訊いた。

「いや、そんなことはない。君の直感は馬鹿《ばか》にならないさ」

新川はぽつりと言い、さらに考え続けているように見えた。百合は微かな希望が湧《わ》き起こるのを感じた。最初は蓑井の証言に否定的だった新川が、ある程度百合の意見に耳を傾け出したことが嬉《うれ》しかったのだ。

もちろん、新川も確信があるわけでもなく、迷っているのだろう。ただ、百合の頭の中では、蓑井の線は完全に消えていた。問題は、谷藤の関与の可能性をどう新川に伝えるかだ。いや、それはもはや、百合にとっては、可能性というより確信に近かった。

しかし、百合は新川と話しているうちに、谷藤について新川に打ち明けることに、かえって臆病《おくびょう》になり始めていた。それを新川に話すことによって、過去のトラウマ一切が暴《あば》かれ、新川との間にできたこの新しい関係にさえ、負の影響をもたらす不安を感じていたのかも知れない。

ただ、谷藤のことはいずれ新川に話すことになるだろう。それは、やはりタイミングの問題に過ぎなかった。

6

春日に意外な訪問客があった。生活安全総務課長に呼び出されて総務課長の個室に行くと、宗田《むねた》という捜査一課二係の係長が待ち受けていたのだ。

個室と言っても、六畳にも満たない程度の小さな部屋で、簡易な応接セットと執務デスクがあるだけである。総務課長は、警視庁から徒歩三分くらいの位置にある合同庁舎二号館内の警察庁で会議があるため、すぐに席を外し、春日一人が、宗田の話を聞くことになった。ただ、総務課長は、当然、すでに宗田の話の内容を知っているようだった。

「突然、お邪魔して、申し訳ありません。実は、世田谷の事件との関連で、吉井百合のことが出てきているものですから」

芦川真優の殺害事件は、マスコミでは「世田谷首切り事件」と呼ばれ、その呼称はすでに定着していた。宗田は四十代前半に見える、がっちりした体型の、歯切れのよいしゃべり方をする男で、第一印象は、けっして悪くなかった。

しかし、春日は若干、動揺していた。実は、八月十日に百合の住むアパートを訪問して、谷藤の仮釈放を告げたあと、一度も連絡を取っていなかったのだ。

もちろん、生活安全総務課の管理官としての本来の仕事が忙しかったことが、その後、百合と連絡が取れなかった最大の原因である。だが、過剰に百合の人権に配慮し過ぎて、何かことが起きて、百合のほうから連絡してこない限り、春日のほうからしつこく連絡を取るべきではないという意識が働いたのも、事実だった。

春日は二人姉妹で、五歳違いの妹が一人いる。父親は財務省の官僚だが、母親は春日が高校三年生の頃、乳がんで死亡していた。従って、それ以降、まだ中学生だった妹の面倒を母親代わりに看《み》ていた。妹も春日と同様秀才だったが、極端に内気で、社交性に乏しかった。

春日の過剰な干渉に、妹は反発し、高校時代の三年間、春日とはほとんど口を利《き》かなくなってしまった。妹は慶應《けいおう》大学法学部を卒業後、内気な自分を克服するためにか、アメリカに留学し、現地でアメリカ人と結婚し、現在はニューヨークに居住している。

今では、すっかり仲良くなって、よくメールをくれるし、春日がアメリカに行くときには、向こうで落ち合って、一緒に食事をすることもある。しかし、春日は妹が自分と口を利いてくれなかった高校時代の姿が灼きついていて、他人《ひと》の心の中に入り込むことに、極端に臆病になっている自分に気づいていた。

「吉井百合が、世田谷の事件に直接関与している可能性はあるのでしょうか？」

その捜査概要を一通り聞き終え、春日も百合との面会情報を伝えたところで、春日が質問した。もちろん、世間を騒がせている猟奇事件だから、春日もそれなりの関心を持って、新聞報道などに注目していた。だが、まさかこの事件が百合との関連で直接自分自身に降りかかってくるとは想像していなかった。

「いや、その可能性はほとんどないと思います。まあ、館林累の容疑が灰色だとすれば、百合は白ですよ。実を言うと、累が真優の預金の一部を引き出したのはほぼ間違いないんです。我々が職権で調べたところ、ある都市銀行に入れてあった一千二百万相当の真優の普通預金のうち総計二百万が、九月初めから中旬に掛けて、四回に分けて引き出されています。しかも、池袋、渋谷、新宿、吉祥寺というように、同一銀行でもそれぞれ違う支店を利用している」

その預金の引き出しは四回とも真優とほぼ同年代の女によって、印鑑と通帳を使って行われているという。その若い女は芦川真優名義の保険証も所持していて、手続き上必要な物はそろっていたから、引き出しに応じざるを得なかったというのが、銀行側の説明だった。

一回の引き出しが二百万を超える場合は、通帳、印鑑、保険証に加えて、さらにもう一点身分証明書が必要だが、五十万程度の場合は、特別な事情がない限り、通帳、印鑑、保険証だけで引き出せる。本人確認にも使われるキャッシュカードについては、女はいずれの店舗でも自宅に置き忘れてきたと釈明していた。だが、何しろ、異なる店舗だったので、横の連携もなく、一回限りということなら、それほど不審にも思われなかったらしい。

「その引き出しを行った人物が誰かということですが、それぞれの支店で対応した窓口業務の行員たちの話では、体格のいい、肥り加減の若い女性だったそうです。累の写真を見せたところ、似ていることは、全員が認めています」

「となると、累の容疑は濃厚ということになりますね」

「ええ、実際、ここ数日累の足取りが掴めなくなっています。捜査員の大半は、失踪《しっそう》したと見ています。同居している百合に電話で問い合わせたところ、借金を抱えて家賃も払わなくなっているそうで、そのため姿を消したようなことを言っていますが、それだけではないでしょう」

「ということは、真優殺しに関しても、捜査本部は累に関心を持っているということでしょうか？」

「そこが難しいところでしてね。一部の捜査員は、確かにその可能性を視野に入れていますが、累はあくまでも真優の貯金の一部を着服したに過ぎないと考えている捜査員もいるんです。ですから、そういう意味では、やはり、蓑井のほうが本線かも知れませんね。蓑井が売春行為のために会ったのが、真優なのか累なのか、蓑井と累の供述は対立していますが、累は真優の預金を着服したに過ぎず、殺人とは無関係だと考えている捜査員たちは、累の言うことのほうが本当だろうと考えています。それに蓑井は車の運転をしますし、真優の死体が発見された世田谷区の公立小学校の近くにある、公立中学にかつて勤めていたことも分かっています。我々の調査では、特に問題を起こして、練馬区の私立中学に移ったわけではないけれど、変わり者だったので、生徒や保護者からの評判は悪く、それで居づらくなったのだろうと言う関係者もいます。とにかく、蓑井には死体発見現場近辺の土地勘があるんです」

「真優の預金通帳がどうして、累の手に渡ったのか、その経緯は分かっているのでしようか？」

「ええ、それも分かっています。館林累が通い詰めていたホストクラブのホストに榎本《えのもと》という人物がいるんですが、この男が累の動きについて、とても興味深いことを言っているんですよ」

累から直接聞いたという榎本の話では、真優は八月二十六日にアパートを出て行ったあと、十日後の九月五日に携帯電話でＪＲ池袋駅東口の「いけふくろう」に累を呼び出し、預金通帳と印鑑を預けていた。そのとき、今、ある男と一緒に住んでおり、その男と会社を始めると言っていたらしい。

ただ、その男が完全には信用できないから、預金通帳と印鑑を累に預け、キャッシュカードは自分で持ち歩くことにしたと説明した。榎本は保険証については累から何の説明も受けなかったらしく、累が真優の保険証を所持していた経緯は分からないという。

真優はどことなく急いでいる様子で、累とは十分くらい立ち話をしただけで、あまり詳しいことは言わなかった。累が真優に会ったのはそれが最後で、九月九日に真優の死体が小学校のプールで発見されることになるのだ。

「すると、その話を信用すれば、真優が殺害されたのは、九月五日から九日の間だということになりますね」

「ええ、その通りです。そして、それは死亡推定時刻と大幅に矛盾するものではありません。もっとも、解剖医の話では、首から下の部分が発見されていないため直腸の温度を使って行う検査方法も不可能で、死亡推定時刻と言っても、単に腐乱状態や髪の毛の劣化から判断する、かなり大ざっぱな推定と言わざるを得ないそうですが」

捜査員から厳しく追及された榎本は、累からその後百万を超える金を貢《みつ》がれていたことを認めた。だが、その金は真優から預かった預金通帳と印鑑で下ろしたものだろうとうすうすは感じていたものの、そんな質問はせず、累もその点については何も言わなかったという。

「しかし、榎本も累がアパートから消えた十月十九日以降は、累とはまったく連絡が取れていないと言っています。実際、榎本から直接、話を聴いた捜査員たちの印象では、榎本はその点については嘘を言っていないようです。というか、累のことさえたいして知らず、ただ金のためにのみ、執拗《しつよう》に接近してくる累を適当にあしらっていただけに見えたそうですよ。従って、彼自身が共犯として、真優の殺害に関与した可能性はほとんどゼロでしょうね」

「ただ、腑《ふ》に落ちないのは、いくら幼なじみとは言っても、そういう重要書類を預けるには、もっとも不適切に思える累を真優がわざわざ電話で呼び出し、何故《なぜ》、預金通帳と印鑑を預けたのかということなんです」

春日の疑問を当然というように、宗田も大きくうなずいた。

「私も同感です。しかし、真優というのは恐ろしいほどのお人好《よ》しだったようですよ。もちろん、本当は、そういう意味では信用のおける百合に預けたかったのかも知れませんが、真優がアパートを出た原因となったのは、百合との口喧嘩《げんか》だったわけですからね。やはり、頼みにくかったのでしょう。もっとも、電話で呼び出したのは真優のほうだったとしても、初めから預金通帳と印鑑を預けようと思っていたわけではなく、累にうまく丸め込まれて、預金通帳と印鑑、それに保険証まで渡してしまったというのが、真相かも知れませんけどね」

「そうだとしたら、金銭的には累は真優をどうにでも動かすことができたということですよね」

「その通りです！　ですから、なおさら、累には真優を殺す動機がない。いくらでも騙《だま》せるお人好しの真優を、金目当てでわざわざ殺す必要はありませんよ」

「ということは、宗田さんは真優の殺害についての、累の関与については――」

「否定派です」

宗田は、春日に最後まで言わせず、断言した。

「では、蓑井が最有力の容疑者ということなんですか？」

「ええ、今のところ、という限定を付ければ、そうでしょうね。ただ、被害者は売れっ子のソープ嬢だったわけですから、そっちの筋も洗っています。また、何と言ってもプールの中に、首を投げ込むという手口からして、被害者とはまったく面識のない異常者による猟奇殺人の可能性も考えられるため、そういう方面での犯歴のある人物の洗い出しも行っています」

「谷藤については、どのようにお考えなのでしょうか？」

春日にしてみれば、この質問でようやく本題に入れたような気分だった。宗田が指揮系統の違う生活安全部の春日に会いに来たのは、当然、百合に関する情報を聞き出すためだったが、そのことと谷藤の動静は密接な関係を持っているはずである。

「これはまあ、今のところ、念のための調査という域を出ていません。我々も、被害者の身元が割れて、百合と累を捜査本部に呼んで事情を聴いた時点では、百合が十三年前の少女誘拐・監禁事件の被害者だったことには気づいていませんでした。しかし、捜査が進む中で、念のため、百合の身辺調査も行った結果、我々はこの過去の事件に突き当たり、しかも、谷藤が仮釈放中であることも知ったわけです」

「谷藤に何か怪しい動きでもあるのですか？」

「いえ、そういうわけではありません。彼は刑務所内で肺がんに罹患《りかん》しているのが分かり、手術を受けたのですが、その後の状態はあまり芳《かんば》しくなく、仮釈放後は自宅で療養中です。ただ、少し気がかりなのは、彼の保護司に問い合わせたところ、谷藤が仮釈放された八月二十四日に、谷藤と母親に面会したあと、谷藤には対面でも電話でも接触できていないらしいんです。その保護司は、母親とは何度か電話で話していますが、母親はその都度、谷藤の体調が思わしくないことを理由に、面会を断っているため、未だに二度目の面会を果たしていないようなんです」

それでは、一ヶ月に一回近況報告をしなければならないという仮釈放の条件に違背することになる。しかし、病気という前提が成り立っている以上、そう簡単にそれを条件違反と決めつけて、保護観察官に報告するわけにもいかないのだろう。春日は、基本的には仮釈放の対象者に寄り添う傾向にある保護司の立場は、何となく分かるような気がした。春日は、結論を付けるように宗田に言った。

「とにかく、私としては、もう一度吉井百合と連絡を取り、谷藤が接近している気配がないか訊いてみようと思っています。その結果は、もちろん、宗田さんにお知らせします」

「よろしく、お願いします。これはおそらく杞憂《きゆう》だとは思うのですが、万一、谷藤が再び、百合に接近しようとしているとしたら、同居していた真優とも接点ができ、真優殺しとの関連が出てくる可能性もゼロとは言えないと思いますので」

しかし、春日は宗田の話を聞きながら、谷藤が世田谷の事件に関与している可能性を考えることは、やはり現実的ではないと感じていた。がんに冒され、仮釈放の監視下にある中で、そんなことができるとはとうてい思えなかったのだ。

7

深夜一時過ぎ、新川が百合のアパートを訪ねてきた。男女の関係になって以降、頻繁にメールや電話での連絡はあったものの、直接に訪ねてきたのは、それが初めてだった。

新川はアルコールも入っておらず、いつになく深刻な表情だった。百合は、何か悪い情報があるのだろうと直感的に思った。

「蓑井が死んだよ」

ダイニング・キッチンに座ると、新川は間髪を容れずに言い、正面に座る百合の目をじっと見つめた。背筋が凍った。すぐには、言葉が出てこない。

新川は、絶句する百合に向かって、かぶせるように言った。

「午後十時頃、ＪＲ中央線の三鷹《みたか》駅のプラットホームから転落して、入線してきた電車に撥《は》ねられて死亡したんだ」

「自殺なんですか？」

百合は震える声で訊いた。額の広い、蓑井の青白い顔が、心霊写真のように空中に浮かんでいる。

「断言できないが、その可能性が高いだろうな。捜査本部も動揺しているらしい。彼の自殺によって、有力な容疑者を失ったことになるわけだからね」

「信じられません。いいえ、絶対に自殺じゃないと思います」

百合の断言に、新川は若干、呆《あき》れたような表情をした。だが、冷静に尋ねた。

「どうして、そう思うんだ？」

「だって、彼は私との会話の中で、私が彼の言ったこと、つまり、彼が会ったのは、真優じゃなくて、累だということを信じると言ったら、その表情は随分明るくなっていたんですよ。私は、それを警察に伝えるとも言いましたから」

「しかし、君は実際には、そのことを警察に伝えなかったんだろ」

新川の言葉が百合の胸に突き刺さった。百合は、一瞬、言葉を失った。

「それは確かにそうだけど、もう一度警察に呼び出されていたら、絶対そう言ったはずなんです。でも、実際には呼び出されなかったし——」

「いや、もちろん、だから君に責任があると言ってるわけじゃない。君の立場に立てば、そんなことをわざわざ君のほうから警察に言うことなんかできっこないさ。ただ、彼が犯人であったかどうかはともかく、警察の厳しい追及でノイローゼ状態に陥って、自殺したというのは、十分に考えられるじゃないか」

それはそうかも知れない。しかし、百合としてはあくまでも蓑井が犯人であったかどうかにこだわりたかった。

「新川さんは、本音ではどう思っているんですか？　彼は犯人なんですか？　それともそうじゃないんですか？」

我ながら、挑発的な訊き方だと、百合は思った。自分が興奮状態にあるのは、自覚していた。

「捜査本部要員ではない俺には、よく分からんとしか言いようがないさ。ただ、冷静に考えてみれば、彼以上に有力な容疑者も他にいなかったんじゃないか。今、姿を消している累も、車を運転できないから、自分で死体を小学校まで運ぶことは難しい。

確かに、共犯者がいれば可能だが、捜査本部がその筋をいくら洗っても、今のところ有力な共犯者は捜査線上に上がっていないらしい」

「そんなこと、ありません。有力な共犯者、いや、主犯かも知れない人物がちゃんといるんです！」

百合は、不意に大声で言った。

百合のただならぬ様子に唖然とする新川に向かって、百合は一気にすべてを告白し始めた。これまでの鬱憤《うっぷん》を晴らすかのように、かつての誘拐・監禁事件について話しただけでなく、テディベアのことも含めて、現在百合の周囲で起こっている、谷藤の関与が疑われる異常現象についても、詳細に説明した。谷藤釈放後、春日が訪ねてきたことにも触れた。その告白は、ほとんど途切れることなく、三十分にも及んだほどだ。

新川も、百合の途方もない告白にさすがに言葉を挟むことができず、ただただ驚きの表情で聞き入っているように見えた。

「君にそんな過去があったとは知らなかった」

百合の話が一段落したところで、新川は一語一語慎重に噛みしめるように、話し出した。あえて冷静に振る舞おうとしているように見えた。

「まず、本当に谷藤が君に接近しているかを確かめる必要があるね。君の携帯への着信だが、谷藤が仮釈放されて以降に掛かった電話の記録は全部残している？」

「もちろんです！」

百合は即答した。興奮状態は、まだ治まっていない。ただ、新川が、谷藤の関与を頭ごなしには否定せず、とにかく調べようという姿勢を示してくれていることが嬉しかった。百合はさらに説明を加えた。

「でも、無言電話はほとんどが公衆電話からで、携帯番号の表示されている電話は、全部私の知っている人から掛かったものです。固定電話からの電話も一件を除けば、私の知り合いや勤め先からのものなんです」

「一件を除けば？」

新川がすぐにその言葉を聞きとがめた。

「ええ、一件だけ、固定電話の番号で誰だか分からないのがあるんです。多分、それも無言電話だったと思うのですが、無言電話はいくつも掛かっているので、すべてを正確に覚えているわけではないんです」

「その電話番号を見せてくれない？」

百合は目の前のテーブルの上に置いてあったスマホを取り上げ、問題の電話番号がある画面を示した。新川は手帳を出し、その番号を書き写しながら言った。

「この番号を調べてみるよ。どこの固定電話から掛かったかは、すぐに分かるはずだ。八月二十九日の午後五時三十一分に掛かっているね。何か覚えてないの？」

新川の質問に、百合はそのときの瞬間を必死で思い出そうとした。ちょうど二ヶ月前のことだから、記憶も曖昧《あいまい》になっているが、まったく覚えていないわけではない。スポーツクラブの受付の仕事から帰ってきて、「クロスの薔薇」に出かける準備を自室でしているときに掛かった電話だったという記憶がある。

「何も言わなかったと思います。ただ――」

「ただ？」

「はっきり分からないけど、人の泣き声のようなものが電話の向こうで聞こえたように感じたんです」

「男の声？　女の声？」

「それが分からないんです。どちらとも言えないような気持ちの悪い声でした」

そう言った瞬間、百合の口からつんざくような悲鳴が響き渡った。百合の視界に、窓の外に立つ人影が映ったのだ。全身が痙攣《けいれん》した。

「誰だ？」

新川が敏捷《びんしょう》な動作で立ち上がった。つかつかと玄関まで進み、ドアノブを摑んで、躊躇《ちゅうちょ》することなく、扉を押し開けた。

直後に、アパート全体が地震のように振動した。誰かがものすごい勢いで通路を走り、さらに外階段を駆け下りていく音だ。

新川は機敏な動作で三和土《たたき》の靴を履き、あっという間に外に出て行った。

「ダメ、行かないで！」

百合は室内に一人残される恐怖に、叫び声を上げ掛けた。しかし、その前に新川が人影のあとを追い、通路を走り、階段を駆け下りる音が聞こえた。

そのあとは、異様な静寂が支配した。玄関の扉は半開きになって、吹き込む外風に小さく揺れている。百合はしばらくの間、椅子《いす》に座ったまま、その扉の微妙な揺れを凝視した。

扉の陰に、何者かが息を潜めて、隠れているような気がしたのだ。胸の鼓動が一層激しくなった。

扉がさらに大きく開き、男の顔が覗《のぞ》いた。百合はもう一度、声にならない掠《かす》れた悲鳴を上げた。谷藤の顔が覗いていたのだ。その顔には、凍り付いた笑みが浮かんでいる。シャロン！　久しぶりだな。谷藤が無声の口の動きで、そう伝えているように思えた。

百合は意識を失いかけた。谷藤が三和土から室内に上がり込み、百合のほうに近づいてくる。

「おい、大丈夫か。しっかりしろよ」

その声で、百合はふと正気に返った。目の前に立っているのは、新川だ。いつの間にか、谷藤の顔は新川に変わっていた。

「行かないでって、言ったでしょ！　怖いよ！　怖いよ！」

百合はヒステリックに叫ぶと、新川の胸に飛び込んで、泣きじゃくった。新川は、百合のあまりにも子供じみた反応に苦笑しているように見えた。だが、それでも強く抱きしめてくれた。百合はその腕の中で、ようやく若干の落ち着きを取り戻した。

「ちきしょう！　逃げられちゃったよ」

新川が、悔しそうに、ぽつりと言った。

8

春日は生活安全総務課長の個室に、再び呼び出され、吉井百合の件を問い質《ただ》された。

「蓑井という有力な容疑者の一人がプラットホームから落ちて、電車に轢《ひ》かれて死亡したらしいね」

総務課長は、百合の報告を聞いたあと付け加えるように言った。それは、宗田からの電話連絡を受けて、春日も把握していた。しかし、新聞などのマスコミでは、今のところ、事故扱いで、詳しくは報道されていない。

「ええ、宗田係長の話では、事故なのか、自殺なのか、それとも誰かに突き落とされたのかは、断定できず、鋭意捜査中とのことです」

総務課長は、軽くうなずいただけで、それ以上、その話に深入りしようとはしなかった。しかし、総務課長はこのとき、誘拐事件発生当時の中野署生活安全課の捜査過程の洗い直しも春日に指示していた。いや、むしろ、このほうが本題だったのかも知れない。

それが刑事課に引き継がれ、捜査本部が立ってからの、捜査過程は比較的はっきりしていた。ただ、その前の生活安全課での捜査状況を知りたいのだという。谷藤が仮釈放されたことを知ったマスコミが、再び、騒ぎ始めているから、念のための準備をしておけというのが、さらに上の方からのお達しらしい。

単に被害者が未成年の小学生だったというだけでなく、犯人が犯行時において現職の警察官だったこともあり、警視庁幹部が谷藤の仮釈放に敏感になるのは、当然である。万一、過去の被害者がもう一度谷藤に襲われるような事態になれば、大変な責任問題にも発展しかねないのだ。

吉井百合が拉致《らち》から五年後に、谷藤の自宅で発見されたときも、マスコミからさんざん叩《たた》かれ、同じ署内にいた犯人に気づかなかった初動捜査のミスも手厳しく批判されていた。週刊誌の中には、気づいていながら、警察ぐるみで、現職の警察官の犯罪を何とか隠蔽《いんぺい》しようとしたのではないかという論調の記事も出たほどである。谷藤の仮釈放によって、そのことが蒸し返されるのを、警視庁幹部が警戒しているのは明らかだった。

百合の事件は、今でこそ中野区の小学四年生誘拐・監禁事件として認識されているが、発生後一週間くらいは捜査本部も立たず、中野署の刑事課ではなく生活安全課が捜査していた。ということは、事件性は薄く、家出のような行方不明事件として、扱われていたことを意味している。

同じ警視庁内にある刑事部と生活安全部の関係は微妙と言えば、微妙だった。極端な対立関係が発生することはまれだが、双方のカルチャーが違うのは確かだろう。

特に案件に人権保護的な要素が絡《から》む場合は、生活安全部の上層部は秘密主義に陥りがちだった。これに対して、刑事部が情報の開示を迫り、緊張した雰囲気になることもしばしばある。

そういう場合、課長の上にいる参事官が調整し、それでもまとまらなければ、部長同士が話し合い、さらにその上の副総監が間に入って、調整することさえたまに起こった。だからこそ、所轄《しょかつ》の生活安全課から見ると、同じ部署の上級組織に所属する、キャリア管理官の春日に調査させようというのだろう。

春日の仕事は、十三年前の百合の事件に関連して、中野署の生活安全課の捜査過程を洗い直し、情報開示という点で問題がなかったかを検証し、谷藤の仮釈放に注目し始めたマスコミ対策のために、警視庁上層部に正確な情報を提供することなのだ。そういう指示を総務課長から受けたのが、十月三十日の午後だった。

春日は、翌日、中野署の生活安全課を訪問することに決めた。すでに、ネット検索を行い、百合の事件に関して、ＳＮＳなどでどのような書き込みが行われているかを徹底的に調べていた。百合から情報を引き出すという視点からも、そのネット情報と中野署で得られる情報を持った上で、百合ともう一度連絡を取るのがもっとも有効に思われたのである。

警察の捜査もここ二十年ほどで大きく変わり、遅れていたサイバー犯罪に対する捜査も、ようやく軌道に乗り始めていた。一般の犯罪においても、SNS等の書き込みに関する調査が重要なことが多いのだ。

春日がもともと関心を抱いていたのは、犯罪の二次被害の防止だった。特に、経済詐欺《さぎ》などでは、詐欺被害者が別の詐欺被害にもう一度遭うのは、よくあることなのだ。

問題なのは、そういう現象が暴行・傷害罪などの粗暴犯にも及び始めているように見えることだった。さらには、ネット上における、ヘイト・スピーチなどのひどい現状も、そのことと無関係ではないように思われた。

ヘイト・スピーチが弱者や少数者に対するいわれのない差別発言だとすれば、それと並行するように存在している過去の有名事件の犯罪被害者に対する悪意に満ちた書き込みも、犯罪被害に遭った弱者をさらに痛めつけるというサディズムでは共通している。同時に、そういう行為が投稿する側の歪《ゆが》んだ劣等感を浮かび上がらせるという意味でも、それはヘイト・スピーチの構造と酷似しているように、春日には思われるのだった。

百合の事件も、多くのSNSで言及されていたが、その中でもとりわけ許しがたい二つのサイトを春日は発見していた。ビザールという同じハンドルネームで書かれた「有名事件の被害者に会いに行こう!」と「中野区小学四年児童誘拐・監禁事件犯人の手記」というサイトである。

　春日は、警視庁内にある「捜査支援分析センター」の協力を頼んで、ビザールが書き込みを行っているパソコンのＩＰアドレスを突き止めようとしていた。だが、ＩＰアドレスが常時変わることも珍しくないため、これが決め手となって、書き込みの張本人をあぶり出せるとも限らないらしい。

「有名事件の被害者に会いに行こう！」は、百合の事件だけに焦点を当てたものではなかったが、「中野区小学四年児童誘拐・監禁事件犯人の手記」は、まさに普通に読めば、谷藤自身が書いている告白録に読めるのだ。ただ、谷藤を装《よそお》って、他の誰かが書いている可能性もあり、その判断は春日にも難しかった。

　百合の事件では、裁判資料や警察資料に基づくノンフィクションがいくつか刊行されているため、手記の書き手がそういうものを利用して、谷藤を偽装していることはあり得るのだ。しかし、百合に会う前から、この事件をかなり詳細に調べていた春日から見ても、書かれている内容自体は、かなり正確だった。

　これだけ正確なことを果たして、実際の体験を経ずして書物の知識だけで書くことができるのか、春日にはいささか疑問だった。「捜査支援分析センター」によれば、最初の書き込みが行われたのは九月十日というから、このとき、谷藤はすでに仮釈放されていて、そういう手記を書くことは物理的には不可能ではなかった。

9

中野警察署三階の生活安全課の簡易な応接セットで、春日は、水内《みずうち》という生活安全課長と話していた。水内は五十代の半ば過ぎという印象の男で、階級的には警視だったので、春日とは同格ということになる。しかし、それはあくまでも階級的に見た場合であって、実際には本庁のキャリア管理官が遥《はる》かに上の存在というのが、現実的な見方だろう。

水内は特にクセのある男というのでもなく、その対応は良くも悪くも普通だった。ただ、ともかくも、本庁のキャリア管理官に対するしかるべき敬意を保っていて、春日が若いからと言って、反発心を露骨に見せることもない。経験を重ねている分、春日の上司への報告がどんな意味を持っているか、知り尽くしているようだった。

「いや、もう事件から十三年経《た》っていますので、当時の捜査に加わっていた者は、ほとんど中野署にはいないんですよ。私自身も、当時世田谷署の地域課におりましたので、詳しい捜査状況は分かりません。その代わりと言っては何ですが、当時の捜査報告書を用意しておきましたので、これをご覧になってください」

「用意しておきました」という表現に、春日は微妙な違和感を覚えた。確かにテーブルの上には、黒い表紙の上に貼《は》られた白い矩形《くけい》の和紙に「小四児童行方不明事件」と黒のペンで手書きされた冊子が置かれている。

「これはここの刑事課に帳場が立つ前の、捜査報告書ですね」

「その通りです。従って、この捜査報告書が書かれたのは、事件発生の一週間後ですが、この時点では、基本的には家出も含めた行方不明事件という扱いでした。事件性ありと判断されて以降の捜査報告書は、刑事課のほうにあると思うのですが、刑事課のほうに訊《き》いてみましょうか？」

水内はそれでも若干、気を遣うように訊いた。実際、同じ階に刑事課も入っているから、物理的距離で言えば、水内が刑事課長と連絡を取るのは難しくない。だが、その口調は相手が断るのを期待しているようにも響いた。

「いや、それは結構です。これは生活安全部内における調査ですので」

春日の「調査」という言葉に、水内は若干表情を変えたように見えた。

「では、ここでこれをお読みになりますか？　それともコピーさせましょうか？」

「いや、ここでざっと目を通させていただいて、コピーの必要なものがあれば、お願いすることにしたいのですが」

本来なら、春日はお願いするのではなく、指示する立場にあるのだが、そこは若い年齢を自覚しており、こういう際の反発を避けるために、過剰に謙虚に振る舞う癖がついている。

「分かりました。じゃあ、どうぞこのソファーをお使いになってください」

水内の言葉に春日はうなずき、早速、バインダーに収まった文書を読み始めた。まだ、事件性さえはっきりしない時期の捜査報告書だから、それほどの分量ではない。

夕方の四時近くになっていたが、裏の駐車場側に面する窓からは、秋の淡い西日が差し込み、床の上に小さな日だまりを作っている。それほど広くもない室内は、固定電話の鳴り響く音や、刑事たちが会話する声でざわついており、誰も本庁からやってきた若い女性キャリア管理官の言動に注目しているようには見えなかった。目前のデスクに座る水内は、しきりにパソコンの画面を覗《のぞ》き込み、本来の業務に打ち込んでいる雰囲気だった。

途中、制服姿の若い女性警察官が日本茶を持ってきてくれた。その日本茶を一口啜《すす》ったところで、春日の視線は、ある捜査報告書の被疑者欄に釘付けになった。谷藤力という氏名が目に入ったのだ。

中野区本町三丁目における女子児童行方不明事件捜査報告書

1　被疑者の本籍、住居、職業、氏名、年齢

本籍　東京都練馬区関町《せきまち》3丁目

住居　東京都練馬区関町3丁目5番地25号

職業　中野警察署地域課巡査

氏名　谷藤力

年齢　昭和55年2月18日生まれ（25歳）

2　捜査の端緒

平成17年7月15日、中野区本町3丁目近辺で発生したと思量される女子児童行方不明事件について、本職が聞きこみ捜査中、中野区立東上《とうじょう》小学校4年　吉井百合（10歳）が行方不明になった当日の午前中、中野警察署地域課巡査谷藤力が、非番であるにも拘《かか》わらず、東上小学校近辺を制服姿のまま自転車で走行している姿を目撃したという情報を、複数の同僚警察官から受けたことによる。

3 捜査の経過

本職は、生活安全課の西本巡査部長とともに、地域課の巡査2名と面会し前記情報を確認し、さらに被疑者の日頃の勤務ぶりについても、詳細な聞き取りを行った。その結果、次のような重要情報を得た。

谷藤の勤務ぶりは、全般的には良好で、交番の見張り勤務においても、道を尋ねる人々に対して、親切な笑顔で応対しているという。しかし、小学校の女子児童に関して、過剰に親切な言動が認められ、一度そのことで、署長から口頭注意を受けていることが判明している。口頭注意の対象となった行為は、道を尋ねて交番に立ち寄った小学校3年生の女子児童の手を引いて、一時間近く連れ歩いたというものである。この種の行為は一度だけではなく、複数回に亘《わた》って行われた模様。これは被疑者の特異な性的嗜好《しこう》の表れとも認められ、その他の情況証拠と合わせて考えると、谷藤が本案件に関与している可能性を示唆《しさ》している。

また、15日の午後3時頃、白のワゴン車が当該女児と見られる女子児童の後ろから極端な徐行で近づいているのを、都道4号を走行中のタクシー運転手木元政夫(54歳)が目撃している。本職が雑談を装って、谷藤と直接話したところ、谷藤は白のワゴン車を母親と同居する練馬区の実家に保有しているという。

4　措置

谷藤を疑うべき間接的な情況証拠はあるものの、直接証拠はないため、谷藤を任意で呼んで、事情聴取するべきと思量される。あるいは、未《いま》だに行方不明女児が発見されていないことに鑑《かんが》みて、谷藤に行動確認を掛け、その行動を監視することによって、行方不明女児の発見に至る方法もあり得る。いずれにせよ、本案件を刑事課に引き継いだので、捜査本部の判断を仰ぎたい。

春日は、読み終わると、最後に報告者欄を一瞥《いちべつ》した。まったく知らない巡査部長の氏名が目に入っただけである。

だが、春日の顔には、明らかに極度の緊張が滲《にじ》んでいたはずだ。それを水内に気取られないようにするのが、一苦労だった。

この課長は何を考えているのだろう。よく何の躊躇もなく、こんな重要な報告書を出せたものだと春日は思った。マスコミ的には、捜査のいかなる段階においても、警察官が捜査対象として浮上してくることはなかったことになっているのだ。

それなのに、こんな明確な報告書が出てくれれば、当時の捜査態勢の欠点が、再び騒ぎ立てられるだろう。しかし、そういう自覚が、この課長にあるのか、春日には判然としなかった。ただ、最初に違和感を覚えた「用意しておきました」という言葉が、今になって特殊な意味を帯び始めたように思われた。「どこかに隠されていたものを出してきました」という意味にも解釈できる気がしてきたのだ。

そもそもこんな報告書が今頃出てくるのが、不思議だった。百合が谷藤の自宅から発見されて、大騒ぎになった時点でも、この捜査報告書は存在したはずである。現にこれが書かれたのは、二〇〇五年七月二十二日だから、確かに水内の言う通り百合の行方不明事件が発生したと推定される日から、一週間が経過した頃だ。

にも拘わらず、百合の発見時点では、谷藤がそれまで容疑者として浮上してきたことは一度もなかったと捜査本部は発表していたのだから、故意の隠蔽があったとしか思えない。特に谷藤は所轄署の地域課の現職警官だったため、当時の中野署長あたりが隠蔽工作に関与していた疑いはぬぐいきれなかった。

「すみません。これ、やっぱり全部、コピーをお願いできますか」

春日は相変わらず正面のデスクに座って、パソコンで作業している水内に向かって言った。問題の箇所だけコピーを頼むのは、避けたほうがいいという判断が働いたのだ。

「はい、私がいたします」

水内が顔を上げる前に、先ほど日本茶を出してくれた女性の制服警官が近づいてきた。

「では、お願いします。ありがとうございます」

春日はにこやかな笑顔で言った。その実、気分はやって来たとき以上に、重く沈んでいた。隠蔽体質に厳しい批判を加えるのが、昨今のマスコミの際《きわ》だった特徴であることを思い出していたのだ。

10

「やっぱり、この電話番号は練馬区にある彼の実家の番号だね。彼は、いまそこに母親と一緒に住んでいる。だから、この電話に限って言えば、掛けたのは谷藤だろう」

百合は歌舞伎町近くの「ルノアール」で、出勤前の夕方、新川と話していた。新川は前日、百合のアパートに泊まったあと、そのまま新宿署に出勤し、夕方になって再び、百合とそこで落ち合ったのだ。

「自宅に戻らなくていいんですか?」

昨晩、新川が泊めて欲しいと言ったとき、百合は新川に尋ねた。新川の自宅が経堂《きょうどう》にあるのは以前に聞いたことがあった。だが、不思議なことに、百合はそれまでは新川の家族について一度も尋ねなかったし、新川もそういうことに触れることはなかった。

「別に、待っている人間はいないからね」

新川はさらりと言った。意外だった。その落ちついた雰囲気からして、新川は家族持ちの既婚者だと思っていたのだ。

「えっ、新川さんって、結婚してるんじゃなかったんですか?」

「立派なバツイチだよ」

新川は愛嬌《あいきょう》のある笑顔でそう言うと、声に出して笑った。

「そうなんだ! よかった!」

思わず、本音を言った。新川が既婚者だとすると、新川との関係に罪の意識を感じずにはいられなかったのだ。

「おいおい、人の不幸を喜ぶんじゃないよ」

新川のおどけた口調に百合は思わず、微笑《ほほえ》んだ。

だが、今、百合と新川の雰囲気は一変し、二人の間には恐ろしくリアルな緊張の糸が張り詰めているように見えた。

「ビザールについても、もっと詳しいことが分かったよ。ビザールというのは、英語の“bizarre”つまり、『気味の悪い』っていう意味だよ。そんな単語を知っているビザールというハンドルネームの人物は、けっして知的レベルは低くはないんだろうね」

新川はここで一瞬、言葉を止め、百合に視線を投げた。新川の言おうとしていることはすぐに分かった。谷藤は一流大学の出身であり、知力はけっして低くはない。

百合から谷藤のことを聞いた新川は、改めて百合の事件を調べたようだったから、谷藤の学歴のことも知っているのかも知れない。ただ、そんな単語の意味を知っている新川自身が、普段の装いとは違って、ある種の知力の高さを示しているように見えた。だが、百合は特に言葉を挟まなかった。

「そのハンドルネームの人物は、『有名事件の被害者に会いに行こう!』というサイトだけじゃなく、『中野区小学四年児童誘拐・監禁事件犯人の手記』というサイトも作っていて、そこに犯人の手記と思われるものを載せているんだ。これがそれだよ」

新川は紺のジャケットの内ポケットからスマホを取り出し、少し操作をしてから、それを差し出した。

百合はスマホを手に取って眺めた。きちんと読む気にはなれない。いや、むしろそうすることに恐怖を覚えたと言ったほうが正確だろう。だが、必要な情報を手に入れるためには、読むしかないのだ。

百合は画面をスクロールさせながら、読み飛ばした。実際、恐ろしく長い文が書き連ねられていたから、短時間で読むためには、そうせざるを得なかった。それでも、読み進むにつれて、自分の顔が青ざめていくのが分かった。

走馬燈《そうまとう》のように、過去の記憶がフラッシュバックする。細部はともかく、書かれていることの大筋は正しいように思えた。というか、細部までは読んでいなかったので、それが精一杯の判断だったのだ。

百合の目から、大粒の涙がこぼれ落ちていた。地獄のような歳月も、あの男から見ると、まったく違う風景に映ることが悲しく、悔しくもあった。競馬場やレストランに行ったのは本当だが、少しも楽しくはなかった。ただ、楽しそうに振るまったのは、心の片隅にその機会を利用して逃げ出そうという気持ちがあったからだ。しかし、心理的にも体力的にも足が竦《すく》んで動かなかった。

谷藤に下《しも》の始末までされていたことを思い出すと、言いしれぬ屈辱感に全身がしびれた。谷藤に対する憎しみが、あらためて込み上がってくる。

新川が白いハンカチを差し出した。その目が優しく微笑んでいる。百合はうなずきながら、そのハンカチを受け取り、涙をぬぐった。

「谷藤はこういう手記をどこかの雑誌に書いているのかな?」

百合は涙に掠れた声で、訊いた。しかし、平静さを取り戻しつつあった。

「いや、それも調べたが、そういう手記はどこにも発表していない。手記を発表すること自体は、刑務所に収監中であっても不可能ではないし、実際、週刊誌などが事件後そういう目的で彼にコンタクトを取ろうとしたこともあったようだ。だが、彼は応じていない」

「そういうサイトって、もっと詳しいこと、つまり誰がどこから投稿しているのかと か、分からないんでしょうか?」

「不可能じゃない。おそらく、パソコンからの書き込みだろうから、警視庁の捜査支援分析センターの協力を頼んで、俺も調べてみようと思っているんだ」

百合は、新川の言葉に希望を繋《つな》いだ。やはり、その手記は谷藤自身が書いていると新川は思っているのだろうし、百合も同じ意見だった。

これで、事件への谷藤の関与が明らかになれば、谷藤は再び収監され、二度と表を歩くことはないだろう。春日からは、その日の一時間ほど前に百合の携帯に電話があり、最近の様子を訊かれたので、百合は嘘《うそ》を吐《つ》くわけにもいかず、谷藤が近づこうとしている可能性が高いことを訴えていた。固定電話から掛かった、発信元の分からない唯一《ゆいいつ》の電話番号も伝えた。

春日は百合の説明を聞いただけで、自分の側の情報や意見はほとんど言わなかった。従って、百合が現在、置かれている状況について、春日がどの程度知っているのか、また百合の訴えをどれくらい切迫したものと受け止めたのか、百合が判断するのは難しかった。

「こうなったらやっぱり、春日さんにも、真優のことも含めて、すべてを話さなきゃいけないのかな」

百合は新川に打診するように尋ねた。春日からは、電話を切る直前に、近いうちに会いたいと言われていたが、互いの都合もあり、具体的な日時は決まっていない。

「そのほうがいいかも知れないね。春日さんも、君のことを心配しているだろうから、電話じゃなくて、もう一度会って、きちんと話をすべきだろうな」

新川のまったく当然の返事にも、百合は若干不満だった。いずれ会わなければならないことは自覚していたが、新川にそう言われると、何か見放されたような気持ちになるのだ。その気持ちを見透かしたように、新川が付け加えるように言った。

「まあ、すぐに会うのが難しいなら、俺がとりあえず春日さんに話してもいいよ。実は、近いうちに俺も彼女に会う必要があるんだ。ほら、例の別件のことだよ」

「例の別件？」

百合は、オウム返しに言った。すぐには意味が分からなかった。

「ああ、実はこの前君が言っていた、蓑井が訴えていたという投資詐欺の件なんだけど、うちの課長から捜査の指示が出ているんだ。それで、そのことについて本庁の春日管理官に俺のほうから説明しておくように課長から言われているんだよ。もちろん、このことは極秘にして欲しいが」

百合にとっては、新宿署の生活安全課が投資詐欺の件で動いているというのは、新たな情報だった。だが、考えてみれば、蓑井は世田谷署でその件を訴えていたのだから、その情報が新宿署に伝わるのは当然だった。

竹山の顔を思い浮かべた。「クロスの薔薇《バラ》」のオーナーである木村の行為だとしても、竹山も関与しているのは間違いないだろう。

「その際、谷藤のことも話そうと思っているんだ。情報交換という意味では俺と春日さんが、直接話したほうが通りもいいだろ」

「よろしくお願いします」

百合は思わず弾んだ声で言った。新川と春日が連携を強めるのは、百合にとってはやはり心強かった。

百合は谷藤に対する警察の捜査が再び動き出すことを考えて、幾分、安堵《あんど》を覚えた。同時に、重い疲労感が全身に広がるのを感じた。あまりにも緊張の多い毎日だ。癒《い》やしが欲しい。百合はその衝動を抑えきれなくなった。

「ねえ、新川さん、今日もうちに来て泊まって。あのアパートで、一人でいるのが怖い」

百合は、そんな媚態《びたい》を男に対して示したのは初めてのような気がした。百合が新川を好きになり始めているのは確かだった。肉体関係ができたあとにそう感じることに、特に抵抗はない。むしろ、そう感じるのは、必然的結果に思えた。

新川がもう一度優しく微笑みながら、大きくうなずいた。

第六章　残虐《ざんぎゃく》

1

大気にはすでに冬の気配が感じられた。だが、百合はまだコートを着ていない。黒のジーンズにベージュの長袖《ながそで》Tシャツ、それに紫紺の厚手のジャケットという服装だ。

百合がJR新宿駅の外に出たときから、誰かが百合のあとを尾《つ》けているのは分かっていた。平日の夕方六時過ぎだったが、道は溢《あふ》れかえる人々の雑踏で殷賑《いんしん》を極め、尾行者の姿を視認することはできなかった。それに、尾行者の存在は、そのとき初めて意識したわけではなく、このところほぼ毎日感じていることだったので、今更格別な緊張を覚えたわけではない。

「アルタ」前を通り過ぎ、歌舞伎町方面に向かった。「クロスの薔薇《バラ》」に出勤する途中だった。だが、百合は新川との関係ができてから、店を休むことが多くなっていた。新川自身も、店にはまったく顔を見せなくなっている。

店自体も、ナツキなど主要な稼ぎ頭のホストが続々と辞め、客の数が著しく減少していた。従って、竹山も出勤日数の少なくなった百合を殊更《ことさら》とがめることもなかったが、そのことが百合をかえって不安にさせた。

これは「クロスの薔薇」に限らず、どこのホストクラブやクラブでも起こることだが、客の数が減れば、人件費を削減するために、店側がホストやホステスの出勤日数を制限するのは、よくあることなのだ。特に固定客のいないヘルプ専門の者は、当然のように、出勤日数を制限されるだろう。だから、あまり休みすぎると、解雇の口実にさえなりかねない。

そんな不安もあって、百合はその日、出勤することに決めたのだ。かつては三人で払っていた家賃を、今や百合一人が払っており、その負担は明らかに百合の現在の経済力を超えている。新川と男女関係になったと言っても、経済的に頼れる相手ではなかった。

「クロスの薔薇」の入っている建物に到着し、エレベーターで五階まで向かう。尾行者の気配は、すでに消えていた。スマホで時刻を確認すると、午後六時三十分だ。いつもより三十分ほど早い出勤時刻だった。早く出て、やる気をアピールしたい気持ちもあった。この時間だと、店長の竹山と、黒服の中でその曜日の早番になっている船村くらいしかいないだろう。

ただ、少し心配なのは、その日の出勤を告げるために前日の夕方、店に電話を掛けたとき、竹山は店にはおらず、船村と話をしただけなのだ。船村の話では、その日は出勤ホストが少ないため、百合が出ることには問題がないという。しかし、竹山と直接話して出勤の許可をもらったわけではないので、百合としてはいささか不安だった。

ここ一ヶ月ほど、竹山は店の経営状態が思わしくないせいなのか、常時不機嫌で、黒服やホストに当たり散らすことも少なくなかった。だから、近頃休みがちで、しかも、竹山から出勤の許可を得ることもなくやってきた百合を追い返す可能性さえないとは言いきれない。

五階でエレベーターの扉が開いたとき、百合の脳裏を巡っていたものは、竹山のことであり、尾行者に関する意識は希薄になっていた。

「お早うございます」

自動扉が開いた瞬間、百合は意識的に明るい声で言った。そのとたん、百合のほうに近づいてくる激しい足音を聞いた。長髪を振り乱した船村の顔が見えた。普段は穏やかな船村の顔が異様に歪《ゆが》み、目は血走っている。百合を認めると、無言のまま右手を左右に大きく振った。中に入るなという意味なのか。

だが、百合は、船村がまるで体当たりしてくるように見えたため、思わず体を躱《かわ》し、よろめきながら、入れ替わるようにフロアの中に足を踏み入れた。段差のあるフロアの手前で立ち止まり、前方に視線を投げる。

明かりは消え、中央のシャンデリアが天井と接する金属部分からロープ状の物が垂れ、マネキンのような物体が微かに揺れ動いていた。窓外のネオンサインの光が差し込み、その物体の輪郭をわずかに照らし出している。

黒い眼鏡と若干、吊《つ》り上がった目尻《めじり》。長い舌と七面鳥のような首の黒い影。その瞬時の残像だけで、百合は竹山の顔を思い浮かべた。吐き気がこみ上げ、声にならない悲鳴を上げた。しかし、そのあと、百合の意識は完全にブラックアウトした。

気がつくと、百合はエレベーター前の壁に倒れるようにもたれ、目の前に携帯で通話する船村の姿があった。

「救急車をお願いします。店長が自殺を図りました。警察にも連絡してください」

船村の上ずった声が、遠くに聞こえていた。未《いま》だに呆然《ぼうぜん》としていた百合も、竹山が自殺を図ったということだけはぼんやりと感じていた。やがて、意識が覚醒《かくせい》するにつれて、投資詐欺《さぎ》の一件が百合の頭に浮かんだ。自殺の動機は明らかに思えた。

到着した救急車の隊員は、竹山を搬送することさえしなかった。竹山がすでに死亡していることは明らかだったからである。

2

百合の直感は、間違ってはいなかったようだ。携帯でいろいろな情報を伝えてくれたのは、船村である。一番意外だったのは、竹山は実は、「クロスの薔薇」の経営者だったという情報だった。ということは、蓑井が百合に語っていた木村というオーナーは、竹山自身だったことになる。

店長を名乗っていたのは、竹山一流の戦略で、そのほうが店のホストを掌握して自由に動かせるという判断があったらしい。新宿署も自殺と断定しているようだった。

自殺の最大の動機は、やはり経済的な破綻《はたん》と投資詐欺の容疑だろう。三年前に「クロスの薔薇」を始めるに当たって、無理をして相当な負債を抱えており、客が激減したことで、その利子の返済さえ難しくなっていたという。こういう情報は百合が電話で新川から聞いた話とも一致していた。

「だから、キャバクラの共同出資の話をでっち上げて、いろんな人に出資させていたみたいですよ」

竹山が自殺した翌日の午後三時過ぎ、百合は自宅アパートのダイニング・キッチンに座って、船村と携帯で話していた。

「でも、六本木のキャバクラなんて、持っていなかったんです。大口の金を出資してくれそうな人を、たまたま知っていたキャバクラに連れて行って自腹でおごり、木村という架空のオーナーの店だと法螺《ほら》を吹いていたんです。小口の出資なら、店の中でも、何人かのホストが被害に遭ったみたいですよ。シュウジさんやリックさんも被害者だって主張しています。もっとも、彼らの被害は数万円というせこい額ですけど」

百合は聞きながら、竹山がたまに店の仕事とは無関係に食事や飲みに誘ってきたのを思い出していた。その頃は、竹山の意図が分からず、あらぬ想像を巡らせてみたものの、あれは、結局、その出資を持ちかけるための下工作だったのかも知れない。百合はことごとく断ったため、被害に遭わなかったのだ。

「数百万単位の金を出資した複数の大口客が、警察に被害を訴えて、店長も何度か警察から事情を訊《き》かれていたようですよ。その厳しい事情聴取で、木村とは実は自分のことだということを隠しきれなくなったらしいです。結局、逮捕が間近だと悟った店長は、死を選んだということでしょうね。店長、ご存じのように気が小さいですからね。僕に言わせると、これは質《たち》の悪い詐欺というより、資金繰りに困った店長が仕方なくやったことで、その意味では店長も哀れですよ」

立て板に水のように話していた船村がようやく言葉を止めた。百合は、すでに電話を切りたくなっていて、そのタイミングを窺《うかが》っていた。これ以上、竹山の死について知りたいことはなかった。百合には、別のもっと差し迫った深刻な問題があるのだ。

しかし、船村はそんな百合の気持ちを知るはずもなく、さらに話し始めた。

「それに、店長、水谷さんと別れたんです。それがやっぱり、精神的にこたえたみたいですよ。事務所のデスクの引き出しに遺書もあって、借金のこと以外にも水谷さんに対する恨み辛《つら》みが、書いてあったみたいです。普段地味で、気が小さい店長が、店のシャンデリアで首を吊るなんてド派手な死に方をしたのは、ミッキーに対する嫌みだったたって説もありますからね」

「どういう意味ですか？　別れたって？」

百合は思わず、訊いた。意味が分からなかった。

「店長はゲイで、水谷さんと同棲《どうせい》してたんですよ。知らなかったでしょ。水谷さんのほうは、バイだったみたいですけど。本当かどうか分かりませんけど、投資詐欺で店長に入った金の一部が、水谷さんにも流れていたんじゃないかと疑っている人もいるみたいですよ」

百合は絶句した。金の流れはともかく、二人の関係は百合にとって、まったく予想外なことだった。

船村の説明では、竹山が女役で、水谷が男役だったらしい。これも見た目の印象から言うと逆で、意外と言えば意外だった。ただ、二人の同棲を知っていた者は、一部の黒服だけで、他のホストも百合と同様、まったく知らなかったという。従って、船村の情報はほとんどが黒服同士の情報交換によって、得たものらしい。

「まあ、店長にしてみれば、お店が危機的状況のときに、物心両面でいろいろと水谷さんに支えて欲しかったんでしょうね。でも、水谷さんにはその気はなかった。ミッキー、あれでなかなか合理的ですからね。『溺《おぼ》れた犬は棒で叩《たた》け』みたいな態度だったようですよ」

だが、百合にしてみれば、竹山と水谷の関係に、驚き以上の関心はなかった。

「お店はどうなるんでしょうか？」

船村の話が再び一段落したところで、百合は訊いた。

「もう無理らしいですよ。ああいう中途半端《はんぱ》な店は、なかなか存続が難しい。初めは物珍しさでお客さんが集まることもあるけど、長続きはしませんよ。やっぱり、男が女目当てに来る店のほうが、流行《はや》りますからね。新しいオーナーが現れる可能性も低いので、解散でしょう。僕も今、別のバイトを探しています。何かいいバイトがあったら、マコトさんにも教えますよ。今度は普通のキャバクラの黒服をしようと思っているんです」

「お願いします」

そう答えたものの、百合はすでに水商売で働く気を失っていた。明日からでも、スポーツクラブの受付の仕事に加えて、昼間の仕事を探すしかないと思っていた。

3

百合は、船村との電話を切ったあと、累の部屋に入った。累が姿を消してから、すでに二週間以上が経《た》っているのに、百合はその間、一度も累の部屋に入っていない。百合にしてみれば、互いのプライバシーは守るという信念を貫いているつもりだったが、我ながらその硬直した思考に呆《あき》れていた。考えてみれば、そんなことを言っていられる場合ではないのだ。

累の部屋は予想通りひどい状態だった。ベッドの上には、白いシーツがほとんど隠れてしまうほど、脱ぎ捨てられたスカートや下着などの衣類が鏤《ちりば》められていた。フロアには、ゲームソフトや食べかけの駄菓子の袋の類《たぐ》いが、ところ狭しと散乱していて、足の踏み場もないほどだ。

すっきりしていたのは、壁際《かべぎわ》のデスクの上だけである。小さな蛍光ランプ以外は何も置かれていない。整理整頓《せいとん》が駄目な累がデスクの上だけきれいにしているのが、妙に気に掛かった。

だが、よく見ると、木製のデスクの上はペンで書かれた落書きだらけだった。いや、確かに落書きにしか見えない漫画風の絵も多かったが、まるでメモ代わりに使われていたように、人の名前と思われる記号や日付・時間まで書かれているのだ。

さっと見た感じ、落書きの印象が強烈で、とても何か重要事項が書き付けられているようには見えない。しかし、共同生活で、累の性格を知り尽くしている百合は、慎重に目を凝らした。累も真優も、こういう雑然としたものの中に、重要なメモを残す癖があるのだ。

百合の目は、デスクの左隅下に書かれた人との待ち合わせのメモと思われるものに引き寄せられた。

19日4じ Tふくろう

心臓の鼓動が激しく打ち始めた。百合の顔は青ざめていたに違いない。Tふくろう。その表記が百合の胸に突き刺さった。Tが人名を指すのは明らかで、それは谷藤という苗字《みょうじ》のイニシャルと一致しているのだ。累はその日、谷藤と池袋東口の地下通路にある「いけふくろう」で待ち合わせていたのではないか。

百合は呆然としたまま、累の部屋の外に出た。その足で、今度はサービスルームに向かった。不意にテディベアのことが気になったのだ。

サービスルームに入って、百合はもう一度唖然《あぜん》とした。テディベアが、あのメッセージと共に白い箱ごと消えていたのだ。累の顔を思い浮かべた。累がこのアパートを出て行くとき、一緒に持ち去ったとしか思えなかった。

百合は警察が家宅捜索を掛けたあと、テディベアがそのままサービスルームに残されていたことを確認していた。ただ、それ以降は一度もそれがそこにあることを意識して見たことはなかった。

百合は再び、サービスルームの外に出て、ダイニング・キッチンの椅子《いす》に座り込んだ。やはり、累と谷藤は繋《つな》がっている。そう思うと、百合の全身が硬直し、冷や汗が噴き出した。

「中野署の刑事課にできた捜査本部も、谷藤に関連する捜査は極秘裏に実施しているんです。その捜査状況については、当時の捜査本部に入っていた捜査員は、まだ現役の者がかなりいるため、聞き取り調査は比較的簡単でした」

4

十一月三日の午後三時過ぎ、春日は新宿にある名曲喫茶「らんぶる」で宗田から説明を受けていた。休日だったが、二人とも勤務日だった。宗田と情報交換するのは、これで三度目である。前回の打ち合わせで、春日が調査した中野署の捜査報告書のことは、口頭では大ざっぱに伝えていたが、コピーそのものは見せていない。

春日と宗田は地下ホールの右奥の一番目立たない座席に対座し、ささやくような小声で話していた。絶えず音楽が流れているが、クラシックや映画音楽など静かな曲が多いため、二人の会話の声を完全にかき消すような音量ではない。

土曜日だったが、店内はそこそこ混んでいる。だが、二人の隣席はたまたま空席だった。

宗田の話では、その時点では小学生の百合が行方不明になってから、まだ一週間程度だったので、刑事課にさえ事件性を疑う声もあり、結局、谷藤はシロと判断されたらしい。谷藤を捜査本部に呼んで事情を聴くところまではしたのだが、谷藤の釈明はそれなりに納得のいくものだったというのだ。

「非番の日に制服のまま自転車で走っていたのは、非番の日にちを勘違いしていて、交番に向かう途中でこの勘違いに気づいて、自宅に戻ったと言っています。確かに、我々警察官の休日は世間の暦《こよみ》とは必ずしも一致していませんから、こういうことが絶対起こり得ないとは言えません。実際、谷藤が百合を拉致《らち》したとき、私服であったことが後に判明しています。もっとも、今から考えれば、彼が午後に決行しようとしていた誘拐の下見をしていたと考えることも十分可能なんです。その場合、制服を着ていたほうが、疑われませんしね。また、谷藤は白のワゴン車を所有していることを認めましたが、目撃情報と言っても、色とワゴン車ということだけで、その具体的な車種もナンバーも分かっていませんでした。白のワゴン車なんて、それこそそこら中で走っていますから、決め手にはまったくなりません。それに何よりも、谷藤の態度には不審な点はなかったというのが、当時の捜査員の印象だったらしいです」

「不審な点はなかったというのは、どういう意味でしょうか？」

春日はここで突っ込むように訊いた。もちろん、春日は谷藤に会ったことはなかったが、当時の情報だけでも、谷藤は春日には不審だらけの人間に見えるのだ。

「いや、情況証拠のことを言っているのではなく、事情聴取を受けたときの彼の印象のことを言っているのでしょうね。にこやかな笑顔で、話し方もソフトでそつがなく、いかにも正常な人間に見えたそうですよ」

春日は宗田の話を聞いて、何となく腑《ふ》に落ちた気がした。表の顔がそれだったとしたら、谷藤が警察の捜査の網から漏れてしまうこともあり得ないことではない。

しかし、それにしても、結果的に谷藤がホンボシだったのだから、当時の捜査本部の判断は失態と言われても仕方がないだろう。そもそも、谷藤はその一ヶ月後、一身上の都合で警察を辞めており、捜査本部はもう一度谷藤を洗い直すチャンスがあったはずなのに、それもみすみす逃しているのだ。

この事件が発生したとき、春日は高校一年生だったが、小学生が行方不明になったという報道があったことをぼんやりと覚えているだけである。しかし、その五年後、行方不明だった少女が発見されたときは、マスコミは事件発生時より遥《はる》かに大騒ぎしていたので、東大の三年生になっていた春日は、関心を持って新聞や週刊誌の記事を読んだ。

この頃、春日はすでにキャリア警察官の道を目指すことを考えていた。従って、警察機構に対する関心も高く、中野署の警察官が犯人であることに、同じ署内の警察官が少しも疑いを抱いていなかったのか、不思議に思った記憶がある。

いや、正直なところ、谷藤が当時所属していた中野署の署長は言うまでもなく、捜査本部を指揮していた警視庁の幹部たちさえも、やはり現職警察官が犯人であって欲しくないという、身内としての願望が働き、それが谷藤に対する緩い捜査に繋がった可能性も否定できなかった。

そう考えることによって、中野署の生活安全課から、今頃になってあのような捜査報告書が出てきた意味の説明が付くように思われるのだ。だが、警視庁上層部がそれをどう扱うつもりなのか、春日には分からなかったし、また、春日が口を出すべき問題でもなかった。

「そういう二面性が今でも残っているとしたら、やはり恐ろしい男ですね。確かに吉井百合は、私の電話での問い合わせに対して、谷藤が再び、彼女に近づいているという不安を訴えていました。『クロスの薔薇』を売春容疑で内偵捜査していた新宿署の刑事も、谷藤が実家の固定電話から吉井百合に電話を掛けたという情報を捜査本部に提供しているんでしたね。私も念のため吉井百合から聞き出した番号を調べてみましたが、それは確かに谷藤の実家の電話番号でした。従って、谷藤が再び、百合に接近を試みているのは間違いないでしょう。だから、率直にもう一度お訊きしたいんです。最初にお会いしたときには、念のための調査と仰《おっしゃ》っていましたが、この時点においても谷藤に対する疑惑は、相変わらずその程度のものなのでしょうか？」

宗田は春日の質問に一瞬考え込んだように見えた。それから、一つ一つ言葉を選ぶように、ゆっくりとした口調で話し始めた。

「あの時点での本線は確かに蓑井でした。しかし、蓑井はああいう形で死亡し、必ずしも事故や自殺でない可能性も出てきているんです。実際、その時刻にプラットホーム上にいた何人かの乗客は、足早に立ち去るマスクとサングラス姿の男を目撃しています。また、被害者のあの異常な殺され方を重視し、異常者による猟奇殺人と考える捜査員も多く、我々はソープの客や犯罪歴のある性的異常者のリストに基づいて、徹底的な聞き込みを実施し、二、三のかなり有力な容疑者を絞り込んでいたんです。ところが、ここに来て、百合の証言や新宿署の刑事の報告によって、谷藤が百合に接近しようとしていることが判明し、谷藤の線も急浮上してきたということでしょうね。谷藤が本当に百合に近づいているとすれば、やはり百合と一緒に住んでいた真優と谷藤が偶発的に接触して、谷藤が真優の殺害に関与した可能性も考えざるを得ないのです」

ここで宗田はもう一度言葉を止め、気むずかしい表情になった。宗田自身が、その判断に確信を持っているとは言えないように見えた。

「実は、私は今日これから、直接、谷藤の実家を訪ねて、彼と母親に会おうと思っているんです」

春日は宗田の躊躇《ちゅうちょ》の間隙《かんげき》を衝くように、やや唐突に言った。

「お一人で行かれるんですか？」

宗田は驚いたように尋ねた。

「そのつもりです」

宗田は故意に間を置くように、目の前のコーヒーカップに手を伸ばした。春日の注文したアイスカフェオレのグラスは手つかずのままだ。

刑事事件捜査の場合、通常、二人一組が鉄則なのだ。いくら極秘の特命捜査とは言え、その鉄則を破るのは危険だった。

いや、それだけではないのだろう。宗田の態度から、捜査一課が谷藤に対する強制捜査を考えているのは間違いないのだ。だが、あえてそれを見合わせて、まずは慎重に周辺捜査を強化しているときに、生活安全総務課の春日が最初に谷藤に会いに行くのは、やはり捜査一課の宗田からは問題に映るのだろう。

「しかし、谷藤はいざとなったらとんでもない凶暴性を発揮する男ですから、お一人ではないほうがいいですよ。私が同行しても構いません」

　宗田は理性的な男だったから、春日の取ろうとしている行動を直接批判するのは、避けたようだった。それは、警視庁の生活安全部自体を批判することにもなりかねない。ただ、春日の身の安全を表向きの理由として、宗田の同行を承諾させ、刑事部と生活安全部の意向のバランスを取ろうとしているようにも取れた。

「ありがとうございます。でも、やはり一人のほうが。そもそも、これは強制捜査ではありません。もともと私に与えられている、吉井百合の保護に関わる極秘任務を実行するだけで、けっして表沙汰《おもてざた》にはなりません」

　春日はやはり、生活安全総務課長から命じられた特命捜査であることにこだわっていた。特命捜査の本質は秘密の保持であり、捜査一課の宗田と一緒に谷藤の実家を訪問するのでは、あまりにもことが公《おおやけ》になり過ぎるように思えた。

ただ、できるだけ捜査一課の立場を考えてしゃべったつもりだった。宗田も春日の言葉に込められたそれなりの配慮を感じ取ったのだろう。春日の言葉をそれ以上、否定することはなかった。

　店内では、ドボルザークの「新世界より」の第四楽章が流れていた。その有名な旋律は否《いや》が応でも春日の高揚感と緊張感を増幅した。

5

練馬区関町の閑静な住宅街だった。春日はいつも通りの黒のパンツスーツに、インナーとして白のブラウスという服装だったが、ジャケットのサイドポケットには携帯があるだけで、武器になるようなものを忍ばせているわけではない。

宗田の言ったことが気にならないと言ったら、嘘《うそ》になるだろう。興奮状態に陥った谷藤が襲いかかってくる場面が、春日の脳裏で何度も反復されていた。

行き止まりの一番奥の角地の住宅だった。白い壁のかなり大きな建物である。右隣に住宅はあるが、左手は小さな林になっている。午後六時過ぎだったが、日没は早まり、辺りはすでに濃い闇《やみ》の陰影が満ちていた。

問題の離れやその後方にあったはずのアパートは、正面玄関からは見えなかった。ひょっとしたら、事件後取り壊されたのかも知れない。春日は、谷藤の母親が堪え忍んできた近隣の人々からのバッシングを思い浮かべた。並たいていのものではなかったはずだ。

それにも拘《かか》わらず、引っ越さなかったのは、刑務所から戻って来る息子を住み慣れたわが家で迎えてやりたかったのか。春日は勝手な解釈を組み立ててみた。

電話に出た母親と話して、面会の予約は取ってある。母親は春日が警察官と知って、丁重きわまりない、へりくだった態度だった。その口調から、警察に対する反発心などみじんも感じ取ることはできず、ただひたすら世間に顔向けできない息子の行為を恥じ続けているという印象を受けた。

両脇《わき》に白と赤の薔薇の植えられた石畳のアプローチを歩いて、玄関のインターホンを鳴らす。

「警視庁の春日と申します」

しばらく間があって、「どうぞお入りになってください」という丁重な年配の女性の声が聞こえた。春日は素早い動作で、ドアノブを手前に引いて、扉の隙間《すきま》から中に入り込んだ。

玄関の上がり口に、白髪の黒い和服姿の女性が立っていた。眼鏡は掛けていない。六十過ぎに思われ、端整な顔立ちだった。

「あの、お電話でお話ししましたように、息子さんにお会いして、お訊きしたいことがあるのですが」

春日は、ジャケットの内ポケットから取り出した警察手帳を示しながら言った。母親の顔に苦渋の色が浮かんでいる。

「あの、お電話では申し上げなかったのですが――」

母親はいかにも苦しげに切り出した。

「実は息子は、体調が思わしくなく、本日はお会いできないと申しておるんですが――」

母親の発言はまったく想定外というわけではなかった。春日は宗田から聞いた保護司の証言を思い浮かべた。ただ保護司のことなどには触れず、穏やかに訊いた。

「ご病気が悪化しているということでしょうか？」

春日は母親を粘り強く説得して、何としてもその日の面会を実現させるつもりだった。まず、谷藤が仮釈放条件を守って、母親と同居していることを確認する必要があるのだ。

谷藤がこの一ヶ月間、保護司とも電話でさえ話していないとすれば、すでに母親の元を離れている可能性さえある。そうだとしたら、それは再び、百合に危害を加えるための下準備とも考えられるのだ。

「ええ、刑務所に入っていた頃に、肺がんに罹《かか》り、いったん医療刑務所に移され、手術を受けました。その後、ある程度回復したので、刑務所に戻され、六ヶ月ほど投薬を受けながら服役したのですが、時々不整脈が起こって、状態はあまり思わしくありませんでした。それが、刑期を満了せずに、息子が仮釈放された大きな理由の一つだったのです」

「今でも、病院には通っておられるんですか？」

「はい、それは保護司の先生のほうから、保護観察官にお話しいただいて、許可を取っていますから」

「そうですか。それでしたら、ぜひ、今日、息子さんとお話しさせていただきたいんです」

谷藤が本当に病院に通っているかは、微妙だった。しかし、そこはあえて聞き流した。むしろ、春日はその母親の言葉を口実にして、面会を迫るほうを選んだ。

病院に通えるということなら、まったく会話が不可能な状態ではないはずだ。春日の言葉には、そんな含意が込められていたことには、母親も気づいたことだろう。

「でも、今日は特に調子が悪くて、意識も朦朧《もうろう》としている状態なんです。会っていただいても、まともな会話はできないと思います」

母親の口調は弱々しく、けっして強い拒否ではないように思えた。春日は、ここは多少の無理をしても、強行突破すべきだと判断した。

「お母さん、実は息子さんは、被害者女性の携帯電話に、仮出所後に少なくとも一度電話しているんです」

こう言った瞬間、春日は母親の顕著な反応を予想していた。しかし、母親はただ微《かす》かにうなずいただけだった。それは、そんなことはすでに分かっているという反応にも見えた。春日は諦念《ていねん》という言葉を思い浮かべ、そのまま言葉を繋いだ。

「言いにくいことですが、これだけでも仮釈放の条件に反したということで、息子さんは再収監される可能性があります。それだけではありません。息子さんが、過去の被害者に対して、もっと大きな罪を犯すのを防ぐことが重要なんです。それは、息子さんのためでもあるんです。分かっていただけないでしょうか？」

嘘ではないと春日は、自分自身に言い聞かせていた。実際、谷藤が百合に対して決定的な行動を取ることは、十分に考えられるのだ。

「分かりました。でも、息子は、とても動ける状態ではないので、家の中に入っていただかなければならないのですが」

「もちろんです。上がらせていただいて、お見舞いをさせていただきます」

こう言ったものの、谷藤はもはや母親とは一緒に住んでいないのではないかという不安をぬぐいきれなかった。

「どうぞお上がりになってください」

母親は、幾分唐突に隅に置かれていたスリッパを目の前の廊下にそろえて出した。春日の胸の鼓動が早鐘《はやがね》のように打ち始めた。春日はその緊張感をぐっと抑えるように無言で一礼すると、黒の革靴を脱いで、スリッパに履き替えた。

「どうぞこちらへ」

右横の廊下から、奥の薄闇が見えている。壁面に絵画や写真の類いが飾られているようだったが、通路の明かりが点《とも》っていなかったため、それらの物品は蝙蝠《こうもり》のような不気味な陰影にしか見えなかった。ただ、そのさらに奥に部屋があり、薄明かりが点っているのが分かった。何だか入れ子構造の覗機関《のぞきからくり》鏡を覗き込んでいるような錯覚を覚えた。

春日の鼓動が一層速まった。宗田の警告の言葉が脳裏を過《よ》ぎった。

「しかし、谷藤はいざとなったらとんでもない凶暴性を発揮する男ですから、お一人ではないほうがいいですよ。私が同行しても構いません」

だが、中に入らないという選択肢はなかった。春日は緊張感を全身にみなぎらせながらも、母親の背中を追うように中へと進んだ。

突き当たりの、障子の閉ざされた部屋の前に来た。中では微弱な蛍光灯の明かりが点っている。微かに線香の臭《にお》いがした。中に、仏壇でも置かれているのか。

「どうぞお入りになってください」

母親が静かに障子を開けた。春日は躊躇《ちゅうちょ》した。母親より先に入るのは、危険という意識が働いたのだ。ただ、中に人の気配は感じられなかった。廊下に近い位置に、表替えしたばかりのように見える青々とした畳が覗いている。

春日は、意を決したようにスリッパを脱いで、中に足を踏み入れた。線香の臭いに混じって、何とも言えぬ嫌な刺激臭が鼻を衝いた。足下に視線を投げた。吐き気が胸を突き上げ、思わず、短いうめき声を漏らした。

6

夜の九時過ぎ、百合は自宅のダイニング・キッチンのテーブルの上に置いていたスマホがマナーモードのままになっていることに気づいた。百合の世代の連絡は、ラインやメールが普通であるため、電話で話す機会はきわめて限られている。従って、マナーモードにしてあることによって生じる不都合にはあまり実感が湧《わ》かず、自宅にいるときでも、マナーモードを解除し忘れていることはしばしば起こった。

しかし、新川と付き合い始めて以来、そういう生活習慣にも変化が起こり始めていた。四十代の新川は、メールを主要な連絡手段にしているものの、電話もかなり使う。百合の携帯に、新川から直接電話が入ることも珍しくないのだ。

特にその日の午後、百合は累の部屋に入ってTという頭文字を含むメモ書きを発見し、テディベアの消失にも気づいた直後、その重要情報を新川に携帯電話で伝えていた。だが、勤務中の新川は忙しそうで、大まかな事実だけを伝える短い会話しかできなかったため、新川が夜になってから、改めて電話を掛けてくるような気がしていたのだ。そんなこともあって、百合はすぐにスマホのマナーモード状態に気づき、着信履歴をチェックした。留守電が入っていた。新川の番号ではない。意外なことに、春日だった。

再生ボタンにタッチする。春日の声が流れ始めた。その声は、若干、緊張しているようにも聞こえる。

「春日です。近いうちにもう一度、お会いしたいと思っているのですが、その前に谷藤について重要なことが分かりましたので、このことだけは会う前にお伝えしておきたいと思います。至急お電話をください。何時でも構いません。よろしくお願いします」

最初の留守電のメッセージが録音された時刻は、午後六時三十八分だった。そのあとも二度ほど同じ携帯番号の電話が入っているが、メッセージは残されていない。春日が何かを急いでいて、焦《あせ》っているのは、その着信履歴からも明らかだ。

一気に重い気分になった。よくない情報である可能性が高い。聞きたくないとも思ったが、電話を掛け直さないでいられるほど、百合は剛胆な性格ではなかった。

百合は着信履歴の「発信」に指先で触れた。短い呼び出し音のあと、すぐに春日の声が出た。百合が電話を掛け直してくることを待ち受けていたような反応の早さだった。

「ああ、吉井さん、至急、お伝えしなければならないことが分かったんです。実は、今日の夕方、私が谷藤の実家を訪問したところ、谷藤は仮釈放されて六日後の八月三十日に――」

一瞬、百合の耳奥から音声が消えた。いや、というより、春日の声は聞こえているのに、百合自身は無声映画の中にいるような、不思議な感覚に襲われていたのだ。

7

柔らかそうな新品の白い掛け布団《ぶとん》の中に、人間らしい物体が首から上を見せて、収まっていた。だが、顔面の相貌《そうぼう》は見るも無惨《むざん》だった。頬肉はほぼそげ落ち、長年地中に埋まってさび付いた針金のように、斑《まだら》な赤銅色《しゃくどういろ》の頬骨が突き出ている。異様に窪《くぼ》んだ黒い眼窩《がんか》の中では、二つの不揃《ふぞろ》いな眼球が、まるで誰かを見上げるように、蛍光灯の光を反射して、濁った光を放っていた。わずかに人間らしさを残す、若干、白髪の交ざった黒髪がなければ、人間というよりは、腐乱した犬の死骸《しがい》に見えたことだろう。

春日は自分が警察官であることを必死で思い起こしながら、布団から二メートルくらい離れた畳の上に跪《ひざまず》いていた。

「これは――」

だが、それ以上は、言葉にならなかった。絶句したまま、もう一度死体を凝視した。気が遠くなりそうになるのを、ぐっとこらえた。

「申し訳ありません。嘘を吐いておりました。息子は、八月三十日に死んでおります」

いつの間にか、春日の前に正座した母親が深々と頭を下げていた。八月三十日。すでに二ヶ月以上前のことだ。春日はふと壁際のほうに視線を投げた。仏壇と位牌《いはい》があり、谷藤と思われる遺影が飾られていた。香炉の中では、二本の線香が慎ましやかな煙をたなびかせている。

遺影は若い頃の写真のようで、涼しげな整った顔立ちの男が優しい笑顔を会葬者に向けているようにさえ見える。周到にしつらえられた秩序と、布団の中の無防備な死骸は、春日の目にはあまりにも不均衡に映った。

「届けていないんですね？　どうして？」

春日は掠《かす》れた声でつぶやくように言った。

「すみません。長い間家を空けていた息子が、やっと帰って来たのにすぐに死んでしまって。だから、私はもっと長く息子と一緒にいたかったのです。たとえ、死体だったとしても。死んだ息子と私のことは、そっとしておいていただきたいと思ってしまったのです。もう死んで、仏様になったのだから、許していただきたいと――」

春日は何か言おうとしたが、適切な言葉は何一つ思い浮かばなかった。いや、こんな状況では、適切な言葉などあるはずがなかった。

母親は額を畳にこすりつけんばかりに、頭を下げ続けた。しかし、春日は呆然としたまま、正常な判断力が未だに回復していないように感じていた。この哀れな母親の不幸に寄り添う余裕はなかった。

これまでの事件の風景すべてが、転倒して見えていた。春日は必死で立ち上がり、激しく首を左右に振りながら、正常な思考の回復を待ち続けた。

やがて、パトカーのサイレンが遠くで聞こえ始めた。春日が一一〇番通報してから、すでに五分近くが経過している。一一〇番通報のあと、宗田の携帯にも電話を入れたが、留守電だった。状況を説明する簡単なメッセージを残し、折り返しの電話を要請しておいた。

そのあと、母親を応接室に連れ出してソファーに座らせ、春日も母親の前に対座していた。今更、現場保存しても意味がないように思われたが、それでも通常のマニュアルに従ったのだ。

春日は次第に落ち着きを取り戻していた。沈黙する母親に無理に証言を求めず、その間に起こっていることの意味を頭の中で必死に整理しようとしていた。

谷藤の死が母親の証言通り、八月三十日だとすれば、春日が電話で聞き出した百合の身辺に起こった様々な事柄は、真優殺しも含めて、ほとんどが谷藤とは無関係だということになる。そうはっきりと認識した途端に、春日の頭の片隅に微妙な影を落としていた疑惑が、不意に明瞭《めいりょう》な輪郭を描き始めたように思えた。

「あの――、一つ申し上げておきたいのですが」

春日の思考が、さらに核心に迫ろうとしていたとき、母親が不意に口を開いた。その目には涙が滲《にじ》んでいる。春日は無言のまま、小さくうなずいた。

「息子が、被害者の方に電話を掛けるのを許してしまったのは、まことに申し訳ないことでした。でも、息子が死んだことを考えると、それでよかったとも思っています」

「それでよかった？」

春日は思わず訊き返した。母親が初めて見せた、公権力に対する抵抗の言葉にも聞こえたのだ。

「はい。実は、息子は私の前で百合さんに電話を掛けたのです。でも、何も話しませんでした。百合さんの声を訊いた途端、感極まって涙ぐみ、結局、そのまま電話を切ってしまいました。でも、死ぬ前に大好きな百合さんの声を聞けたんですから、あの子としては本望だったと思います」

春日は唖然としていた。この母親の愚かさと、社会的責任感の決定的欠如を嗤《わら》うのは易しい。しかし、春日はそれだけで割り切ることができない複雑な感情が去来するのを感じていた。

春日は改めて目の前に座る白髪の女性を見つめた。その顔は両手で覆《おお》われ、やせ細った指先から、伝い落ちる透明な涙のしずくに、シャンデリアの淡い光が当たり、微妙な影を映し出している。

8

春日は本庁に戻って、百合と電話で話したあと、宗田からの折り返しの電話を待った。春日は谷藤の自宅に一時間ほど残り、地域課のパトカーの次に到着した機捜隊の隊員に身分を明かして、一通りの状況を説明した。だが、捜査一課の臨場を待つことはしなかった。

なるべく早く宗田と話したかったが、一方では、生活安全総務課の管理官が捜査一課の縄張りに留まることを遠慮するような意識が働いたのも事実である。それに、宗田がすぐに臨場してくるという保証もなかった。仮に彼以外の捜査本部の捜査員に話しても、すぐに話が通じるとも思えなかった。

　午後十一時過ぎ、宗田からようやく春日の携帯に電話が掛かった。春日は警視庁本部庁舎生活安全総務課の自分のデスクに座って話したが、室内にはもう、二、三人の課員しか残っていない。

「宗田です。大変なことが判明しましたね。谷藤がそんな早い段階で死んでいたとは！　私も今、一課長と一緒に現場から本庁に引き返すところです」

　宗田の若干興奮した声が聞こえてきた。移動する警察車両の中で、話しているらしい。谷藤の死が判明して、宗田の身辺も一層慌《あわ》ただしくなってきたことを、春日のスマートフォンの向こうで響く車のエンジン音が雄弁に語っているように思えた。

「宗田さん、車の中なんですね。詳しいことは、あとで話すとして、その前に一つだけ教えてください」

　こう言って、春日は一瞬言葉を切った。八月三十日という谷藤の死亡日が浮かび上がらせた例の疑惑が再び頭をもたげた。春日は思い切って訊いた。

「『クロスの薔薇《バラ》』の内偵捜査で捜査本部に協力している新宿署の刑事のお名前は、何と仰《おっしゃ》るんですか？」

　一瞬の沈黙があった。宗田にとって、予想外の質問だったのかも知れない。実際、若干唐突な質問であることは、春日も自覚していた。春日は宗田の返事を待たずに、さらに言葉を繋いだ。

「同じセイアン課なのに、一課の宗田さんに訊くのも変な話ですが、私、所轄《しょかつ》の刑事さんたちとは直接接する機会がないものですから」

「新川刑事です。下の名前までは、知りませんが」

宗田は、春日の質問の意味を解しかねたのか、不審の籠《こ》もった声で言った。しかし、その答えを聞いた瞬間、春日の脳裏をざらっとした、嫌な感触が通り過ぎた。

何かが引っかかったのだ。獲物《えもの》を射ようとして投げつけたブーメランが的を射ることなく戻ってきて、自分の胸に突き刺さったような感覚だ。

どこかで聞いた、いや、見た名前だった。だが、すぐには思い出せない。

「シンカワさんですか」

春日はつぶやくように言った。

「ご存じですか？」

「いいえ、知りません。でも、どこかで――」

春日は記憶の闇を辿《たど》りながら、しばらくの間、沈黙した。

「どうかされたんですか？」

若干大きくなった宗田の声が、受話器の向こうで聞こえた。その一瞬、春日の脳裏を黒い閃光《せんこう》のような何かが走り抜けた。

「宗田さん、この前もお話ししたように、吉井百合が誘拐された当時、中野署のセイアン課で作成された捜査報告書があるんですが、この報告書の被疑者欄には、もちろん、谷藤の名前が書かれています。でも、ひょっとしたら報告者欄のほうがもっと重要かも知れませんよ。というのも、報告者欄の苗字は確か新川だったと思うんです」

「なに⁉　本当ですか？」

宗田は叫ぶように言ったきり、絶句した。それから、宗田は自分の不明を恥じるように、独り言のように付け加えた。

「彼は新宿署の刑事であるため、中野署とは無関係だと思い込んでいました。しかし、どこの世界でも人事異動はある」

「問題は、新川刑事が過去に起きた百合の誘拐・監禁事件の捜査経験があることを百合に話しているかどうかだと思うんです。私が百合と電話で話した感触ではどうもそうは思えない。だとすれば、それは何を意味しているのでしょうか？」

疑問形で言ったものの、春日の心の中で、確信にも似た明瞭な思念が形成され始めたように思えた。同時に、声だけで繋がる宗田との、不可視の視線が重なる幻影を見たように感じた。

悪意に満ちた情報のすれ違いだ。確かに、宗田あるいは百合に、その刑事の名前を一言尋ねるだけで、済むことだったのかも知れない。

春日はその捜査報告書を読みながら、被疑者欄ばかりに気を取られて、報告者の氏名にはほとんど関心を持っていなかった。いや、新川という名前を知らなかった以上、持てるはずがないのだ。

春日の耳に、宗田の太い声が響き渡った。

「新川刑事が、十三年前の百合の事件の捜査報告書を書いている。そして、彼はそのことを私たちの誰にも話すことはなかった。おそらく、あなたの仰る通り、百合にも話していないのでしょう。これには明らかな故意が働いている。そう考えるしかない！」

春日は宗田の言うことを、心の中でほぼ全面的に理解し、肯定していた。春日の全身をこれまでとは違う、異種類の緊張感が貫いている。

しかし、春日と宗田に暗黙の了解が働いたかのように、新川については、それ以上電話で軽々しく話すのは避けた。ただ、慎重かつ迅速な結論を出さなければならない問題であるのは、二人とも百も承知だった。

9

午前十時過ぎ、百合はＪＲ池袋駅に向かって、早足に歩いていた。原宿にあるブティックに販売員の面接試験を受けに行くところだった。日曜日だったが、ブティックの場合、休日はかき入れ時で、休みになることはまずない。

面接試験と言っても、合格を前提とした仕事内容の説明も兼ねていて、混雑時の店の様子を見せる目的もあるらしい。午後には、六本木でも、別のブティックの面接試験を受けることになっている。慌ただしい一日になりそうだった。

だが、百合の頭の中には面接のことなどまったくなく、同じ思考が渦のように旋回している。谷藤は死んだ！　それ自体は喜ばしい情報だった。それにも拘わらず、百合の心は、平穏とはほど遠かった。

結局、振り出しに戻った感じだった。ただ、リセットされることのない恐怖だけが、ひたすら不気味な黒いモザイク画のような様相を帯びて、百合の心に永遠に付き纏《まと》って来るように思われるのだ。

前日の夜の電話で、春日は何故《なぜ》谷藤の死が、これまで発覚しなかったのかも説明した。母親が、死亡した谷藤の死体を、二ヶ月以上の間、自宅の布団の中に放置していたらしい。

だが、百合はあまり熱心には聞いていなかった。そんなことはどうでもよかった。谷藤がすでに死んでいるということだけが、圧倒的な事実として、百合の思考のすべてを支配し、停止させていたのだ。

春日は、その日の午前中に百合の自宅アパートを訪問することを強く希望していた。百合はこのことに関する、春日との緊迫したやり取りを思い浮かべた。

「何とか面接試験の予定を変えてもらえませんか？ できるだけ早くお会いしたいんです」

春日は強い口調で迫ってきた。その口調が、かえって百合を尻込《しりご》みさせた。春日の言葉を突き詰めて考えることに、恐怖さえ覚えていたのだ。

「すみません。やっぱり、夕方の五時でお願いします。急いで仕事を見つけないと、私、生活できないんです」

嘘ではなかった。昼間の仕事は、スポーツクラブの受付だけで、夜の仕事を失った今、生活のために緊急に昼間の仕事を増やす必要があった。月末ごとに、翌月の家賃の支払い方法を必死で考えなければならない、ぎりぎりの生活なのだ。

当然、引っ越すことも考えていたが、累と連絡が取れない以上、手続きはそう簡単ではない。それに、引っ越し費用も必要なのだ。何としても、経済的に、少しでも安定した生活を取り戻したかった。

春日は結局、折れて、午後五時の面会に同意した。しかし、電話を切る直前に春日の口から飛び出した不可解な言葉に、百合は再び、覚醒《かくせい》したように全身を緊張させた。

「では、明日の夕方にお会いするまで、ご自分の身辺にはできるだけ気を付けてくださいね。どんな些細《ささい》なことでも、少しでも変だと思うことがあれば、すぐに私の携帯に連絡してください」

そもそも谷藤が死亡しているのが明らかになっている段階で、春日の口からこんな言葉が飛び出したこと自体が、不思議だった。だが、意味不明ながら、その言葉だけが一人歩きするかのように、不気味な衝撃と動揺を百合にもたらした。黒い不安の影が、百合の心の中でさらに拡大していくのを感じた。

駅前の雑踏が見えている。だが、一切の音声が消音になっているように、人々の靴音は消え、百合は相変わらず、複雑な思考の渦に絡《から》め取られているように感じていた。

10

百合が池袋の自宅アパートに戻ってきたのは、午後四時頃だった。近くのコンビニで弁当と二リットルの緑茶を買っていて、その日は、春日との面会を終えたあとも、外出する気はなかった。長い夜になりそうだった。

鍵《かぎ》を開けて、恐る恐る中に入る。掌《てのひら》に冷や汗が生じ、若干速く打つ鼓動さえ感じていた。それはここ数日、アパートに戻ってきて中に入るときに決まって起こる、自律神経の乱れだ。

ダイニング・キッチンと、その奥の浴室の明かりが点っていることに気づいた。日当たりの悪いアパートで、朝や夕方でも、室内の明かりを点《つ》けることもある。その日は面接のため、午前中から出かけていたので、朝に点けた明かりを消し忘れた可能性があった。

しかし、次の瞬間、全身が硬直した。浴室内からシャワーを流す音が聞こえてきたのだ。玄関の上がり口に、百合が見たことがない黒のスポーツシューズがあった。男性用に見えるが、それほど大きなサイズではなく、体の大きな女性が履いていてもおかしくはない。

　累かも知れない。いや、そうとしか考えられなかった。鍵を持っていて、室内に自由に入って、シャワーを浴びることができるのは、どう考えても累以外にはあり得ないのだ。

　そう思うと、緊張は淡い期待に変わった。一緒に暮らしていたときは、あれほど疎《うと》ましい存在だった累でさえ、こうなってみると、やはり生きていて欲しいと思うのだ。それは単に真相を訊き出したいという願望のためだけではなく、真優と共に三人で暮らしていた頃の、すでに懐《なつ》かしささえ感じ始めているあの日常の風景を、少しでも取り戻したいという気持ちの表れのようにも感じられた。

　百合ははやる気持ちを落ち着かせるように、ゆっくりと靴を脱ぎ、ダイニング・キッチンに入った。手に持っていた、緑茶のペットボトルが入った重いレジ袋をテーブルの上に置く。

　シャワーの音は依然として続いている。やはり、累に違いない。否が応でも胸の鼓動が高まってくる。だが、冷静に対応するつもりだった。累の言うことに静かに耳を傾けることが大切だと自分自身に言い聞かせた。

　シャワーの音が止《や》む。微かに浴室内で人が移動する音が聞こえた。浴室の外には、三畳程度の脱衣場があって、壁にははめ込み式の鏡面があり、奥には小型の洗濯機一台が置かれている。そこに移動した人物が、衣服を身につけているような衣擦《きぬず》れの音が扉の向こうで聞こえ始めた。

思ったより時間がかかった。嫌な予感がする。真優も累も百合と一緒に暮らしていた頃は、シャワーを使ったあとは、女性同士ということもあり、すぐに下着一枚の裸同然の姿のままダイニング・キッチンまで平気で顔を出していた。そういう点でも、堅い性格で、きちんと服を身につけてから、外に出てくる百合は、冗談めかしながらも、よく二人をたしなめたものだ。

カチッという金属音と共に扉が開いた。その人物の顔が見えた瞬間、百合は呆然《ぼうぜん》とした。

「ああ、悪い、悪い。勝手に入ってシャワーを使わせてもらったよ」

紺のジーンズに、黒のジャンパーを羽織った新川が、浴室に備え付けられていた赤のバスタオルで濡《ぬ》れた頭を拭《ふ》きながら、出てきたのだ。さりげない、ごく自然な口調だった。

確かに、新川がこのアパートの部屋で百合と一緒に過ごすとき、シャワーを浴びることは、普通にあることだった。だが、そういう問題ではなかった。

「新川さん、どうして中に入れたんですか？」

百合は尖《とが》った声で訊《き》いた。新川が鍵を持っていない限り、それは不可能なのだ。百合は几帳面《きちょうめん》な性格だから、鍵を閉め忘れることはまずない。

「さすがに、鍵が開いていたと言っても、君は信用しないだろうな」

新川は、取り繕うような微笑を浮かべながら、持っていたタオルをテーブルの上に置いた。まだ水分をかなり含んだ髪が頭皮にぴったりとくっついていて、その表情はどこか滑稽《こっけい》に映った。

だが、百合にとっては、それは笑いを誘うよりはむしろ、得体の知れない薄気味の悪さを想起させた。

「実は、悪いと思ったが、この前泊めてもらった日の翌日の午前中、君が寝ている間にこのテーブルの上に君が置いていた鍵を駅近くの鍵屋に持っていって、コピーを一本作ったんだ」

「どうして私の許可もなく、そんなことをするんですか？　ここは私の家で、新川さんの家じゃありません」

百合の声が震えた。怒りと恐怖がない交ぜになった声だった。

「その点については、謝るよ。だが、捜査上仕方がなかったんだ」

新川は深刻な表情になって、テーブルの椅子《いす》に座り、未《いま》だに立ち尽くしていた百合にも、座るように促した。百合もゆっくりとした動作で、新川の正面に対座する。

「捜査上仕方がなかったって、どういう意味ですか？」

百合は、今度は感情を極力抑えて、冷静を装《よそお》って訊いた。

「それじゃあ、本当のことを言おう。君の同居人である館林累は、捜査本部にとって、真優殺しの重要参考人なんだ。彼女がこの部屋に戻ってきて、君と連絡を取る可能性が高いと捜査本部は判断している。だから、君と親しい俺を君に張り付けて、累が戻ってくる、あるいは君と連絡を取ろうとするのを待ち構えているんだ。君がいない間に、累がこのアパートに戻ってくる可能性も否定できないため、俺が合い鍵を作って、君のいないときにでも、自由に出入りできるようにしたんだよ」

「でも、新川さんは捜査本部の刑事ではないんでしょ。それなのに、どうしてこんな潜入捜査みたいなことをしなくちゃいけないんですか？」

「それは行きがかり上、やむを得なかった。君とこれだけ親しい関係にある以上、捜査本部がそこを見込んで、こういう役割を頼んでくることは、仕方がないじゃないか。もちろん、君と男女の仲とは言ってないが、君からいろいろと相談を持ちかけられているとは話しているからね」

新川がこう言い終わったあと、しばらくの間、微妙な沈黙が続いた。新川の言ったことに、大きな矛盾はないように思えた。以前の百合なら、すぐにその言葉を信じたかも知れない。しかし、新川に対する百合の疑念は、その日に限って消えることはなかった。

「じゃあ、新川さんも真優の事件は、累が犯人で私が共犯だと考えているんですか?」

百合は改めて尋ねた。詰問《きつもん》調は避けたつもりだったが、ついつい強い口調になった。

「いや、君が共犯だと言ってるわけじゃない。しかし、累が真優殺しに何らかの点で関わっているのは間違いない」

新川の口調は妙に言い訳がましく聞こえた。その一瞬、百合の脳裏に、累のデスクの上に書かれていたTという頭文字が何かの啓示のように浮かんだ。

累がTと会ったのが、十月十九日だったとすれば、谷藤はとっくに死んでいるのだ。百合は今更のように、この決定的な事実を反芻《はんすう》した。

「少し前までは、私もそう思っていました。でも、今は違います」

百合は毅然《きぜん》として言い返した。それから、少し間を置き、緊張した声で付け加えた。

「新川さん、本当は累と何度か会ってるんじゃないですか?　累のデスクの上に書かれていたTという頭文字、あれはあなたのことでしょ！」

「馬鹿《ばか》な！ 俺の苗字《みょうじ》は新川だよ。イニシャルはTじゃない」

新川は嘲《あざけ》るように反論した。しかし、その声は明らかに余裕を失っているように聞こえた。

「でも、新川さんはお店では田辺という苗字で通っているんだから、累にもそう名乗っていたんじゃないですか。田辺なら、イニシャルはTですよね」

「違う。谷藤のTさ」

新川は一層いらついた口調で、百合の言葉を遮った。それから、いったん間を置き、奇妙に遅い口調で言葉を繋いだ。

「君の言う通り、累が殺した真優の死体の運搬を谷藤に頼んだ可能性だってあるじゃないか。彼なら車の運転ができる」

「新川さん、本当に谷藤が関与したと思ってるんですか？」

そう言うと、百合は新川の目をじっと見つめた。新川は、一瞬うろたえるように視線を逸《そ》らした。

「そりゃあ、可能性としてはあるだろ」

「でも、谷藤は八月三十日に病死しているんですよ。知らなかったんですか？」

新川の肩が微かにぴくついたように見えた。その表情は、不意を衝《つ》かれたように、呆然としている。新川が谷藤の死を知らなかったのは確かに思えた。

「春日から聞いたんだな」

新川はつぶやくように言った。百合は無言だった。二人の間に張り詰める痛いような極度の緊張に、百合は金縛りに遭ったように、身動きできないでいた。

「そうか。谷藤は死んだのか。それは知らなかった。でも、よかったじゃないか。君もこれからは安心して暮らせるよ」

新川はゆっくりと立ち上がった。その上気した顔には、底の知れない不可思議な笑みが浮かんでいる。

「ああ、そうだ。すっかり忘れてた。君に荷物が届いているよ。さっき宅配便が来たんで、俺がサインをして受け取っておいた」

新川が話題を変えるように言った。それから、部屋の奥の壁際《かべぎわ》に行き、床に置かれた段ボール箱を両手で抱えて、戻ってきた。百合はその段ボール箱の存在にはまったく気づいていなかった。すべての神経を新川に集中させていたので、そんなものに気づく余裕はなかった。

「生ものみたいだから、早く開けたほうがいいよ」

新川は普通の口調で言うと、それをテーブルの上に投げ出すように置いた。鈍い振動音が室内に響き渡る。それまで座っていた百合は、その音で不意に覚醒したように立ち上がった。不吉な予感に、胸が押しつぶされるように感じた。

腐った白米のような、嫌な刺激臭が鼻を衝いた。段ボールの底の部分からは、白黄色の膿《うみ》を思わせる液体がにじみ出て、ピンクのテーブルをわずかに濡らしている。百合は反射的に身を屈《かが》ませて、段ボール表面の貼付票《ちょうふひょう》に記された送り主の氏名を見た。不動眞一。立ちくらみのような、めまいがした。百合は、必死でそのまま床の上にしゃがみ込むのをこらえた。

「不動眞一って、俺だよ」

新川がへらへらと笑いながら言った。不気味な無表情が、百合の網膜に瞬時の残像を刻んだ。

全然知らない人物がそこに立っているように思えた。声にならない悲鳴を上げた。足をもつれさせながら、玄関の戸口のほうに逃げた。

後頭部に強い衝撃が走る。あっという間に、意識が遠のくのを感じた。黒い深淵《しんえん》に向かって急速に落下していく自分の姿が網膜に映し出される。それでも百合は最後の意識を必死で保ちながら、これから会わなければならない春日のことを考え続けた。

11

もう一度、チャイムを長押しで鳴らした。これで三度目だったが、中からはやはり応答がない。それにも拘《かか》わらず、室内の明かりは点っている。近くのコンビニなどに買い物に出かけたとも考えられるが、春日は不吉な予感に襲われていた。

反射的に腕時計を見る。午後五時十五分。警視庁を出る直前に、宗田から電話が掛かり、百合との面会について十分程度打ち合わせたため結果として十五分の遅刻になったのだ。宗田らは新川の居所を突き止めようとしているが、まだ見つかっていないらしい。春日は途中で、百合の携帯に電話を三回入れたが、いずれも応答はなかった。

外階段を駆け上がる音が聞こえた。百合が戻ってきたのかも知れない。春日が振り返った瞬間、男の声で誰何《すいか》された。

「そこで何をしているんだ?」

三十代くらいに見える、黒いコートを着た大柄の男が立っている。その男の後ろには、もう少し若く見える紺のジャンパー姿の男が、身構えるようにして春日を凝視していた。

「あなたは？」

「警察だよ」

黒いコートの男が、ぞんざいな口調で答えた。春日は、二人が百合の行動確認をしている刑事であることを確信した。春日は、無言のまま、上着の内ポケットから警察手帳を取り出し、二人にかざした。

「生活安全総務課の春日です」

刑事たちの顔色が変わった。「生活安全総務課」と言うだけで、本庁の警察官であることが分かるのだ。所轄署には、「生活安全課」はあっても、「生活安全総務課」はない。

「失礼しました」

やはり、黒いコートの刑事が焦り気味に答えた。

「世田谷署の刑事課の刑事さんですか？」

春日は「捜査本部」という言葉を、とりあえず微妙に避けながら訊いた。

「いえ、我々も世田谷署の『生活安全課』の所属です。失礼ですが、あなたの役職は？」

「管理官です」

春日は即答した。管理官と聞いて、二人の刑事は一層緊張した表情になった。

「実は、ここで午後五時に吉井百合さんに会うことになっていたんです。このことは捜査本部の宗田さんも知っています」

ことが急ぐのは自覚していた。ここで初めて捜査本部という言葉を遣い、宗田の名前を出したのは、面倒な説明を省くためだった。二人とも世田谷署の生活安全課の刑事なのだから、おそらく捜査本部の中枢部《ちゅうすうぶ》にいる捜査員ではなく、行動確認のために駆り出された応援部隊なのだろう。

そういう場合、捜査内容を詳しく知らないことも珍しいことではない。

「それで、先ほどからチャイムを鳴らされていたのですね」

黒いコートの刑事が納得したように言った。

「ええ、でも応答がないんです」

「しかし、彼女は室内にいるはずですよ。我々は彼女が四時頃帰宅し、そのあと一度も外に出ていないのを確認していますから」

紺のジャンパーの刑事が初めて口を開いた。春日の動悸《どうき》が速まった。

「そうなんですか。では、中に彼女以外の誰かがいることは考えられますか？」

「さあ、それはどうかなあ」

同じ刑事が当惑顔で答えた。

「ただ、二十分ほど前、新宿署の刑事が大型のキャリーバッグを持って、この部屋から出て行きました。その人も、我々に警察手帳を見せて、彼女から事件のことで事情を聴いていたと言っていました。大型キャリーバッグの中には、任意で提出された押《おう》収物《しゅうぶつ》が入っているとのことでした」

再び、黒いコートの刑事が会話を引き取るように説明した。この言葉で、春日の不吉な予感は、一気に確信に近いものに変化した。それは、間違いなく新川だ。こんなところで、悠長に話している場合ではない。春日は心の中で、自分を叱咤《しった》した。

「だとしたら、緊急事態です。すぐに中に入る必要があります。捜査本部に連絡して、『捜索差押許可状』なしの緊急家宅捜索を要請してください」

春日は、語気を強めて言い放った。二人の刑事は呆然とした表情だった。状況が呑《の》み込めていないのだから、それも当然だろう。やがて、紺のジャンパーの刑事がつぶやいた。

「しかし、それは――」

「とにかく、捜査本部に電話してください！　私が状況を説明します！」

春日は、こんな命令口調で口を利《き》くのは、警視庁に入って、初めてのような気がした。その剣幕に恐れをなしたように、黒いコートの刑事がコートのポケットから携帯を取り出した。

　春日は百合の地味できまじめな表情を思い浮かべた。どうしても百合を救いたかった。だが、もう手遅れかも知れない。室内で殺害され、そのまま死体が放置されている可能性も排除できなかった。

　ただ、大型のキャリーバッグのことが頭に引っかかっていた。その中に、百合の死体が入っていたとも考えられるが、生きたまま押し込まれて、外に運び出されたこともあり得る。春日は、そんな負の解釈に希望を繋ぐしかなかった。

12

　ひどい寒気がしている。何かの機械音が聞こえていた。その音は、最初は下半身辺りで聞こえ、やがて頭のほうに移動したように思えた。頭が激しく振動している。やがて、機械音が止み、百合は再び意識が遠のき、静寂の闇に引き込まれていった。

　しばらくして、消えていた意識が再び戻ったように感じた。頭がずきずきする。しかし、百合はまだ死んではいないようだ。視力が回復し、周囲の光景が薄明かりの中に、ぼんやりと浮かんでいる。

目の前に黒い乗用車の後部車体が見えていた。どうやら、かなりスペースのあるガレージの中にいるようだ。

顔を上げた。頭上の微弱な蛍光灯の光が目に入った。蛍光灯の横の梁《はり》から、白いロープが垂れていて、百合の肩口にその一方の先端が触れている。まるで、準備途中の絞首台の下にいるようだった。

百合は木製の柱らしいものに体育座りの状態で腰をロープで固定され、両手首と両足首を結束バンドで縛られている。衣服はまったく身につけていない。十一月初旬に、全裸でコンクリートの床に下半身を直接接しているのだから、寒いのも当然だった。

コンクリートがかなり濡れていた。アンモニアの臭《にお》いがする。意識を失っていた間に、失禁したようだった。ぼんやりした羞恥心《しゅうちしん》に、頬がわずかにほてる。

男とも女とも付かぬ声の、奇矯な鼻歌が聞こえていた。

テルテル坊主《ぼうず》、マル坊主、アシタ天気ニシテオクレ
鼻歌が止んだ。代わりに、足音が聞こえ、黒いスポーツシューズの足が目の前に見

えた。顔を上げた。新川が立っていた。紺のジーンズに、黒のジャンパー。百合のアパートにいたときと同じ服装だ。

だが、百合には時間がどれくらい経《た》っているのか、判断できなかった。夜なのか、午前中なのか、それとも午後なのかさえ分からない。微弱な光の中で、静寂だけが室内を支配していた。

「ここがどこか分かるか？」

新川が訊いた。百合は小さく首を横に振った。

「俺の自宅だよ。招待してやったんだ。嬉《うれ》しいかい、シャロン！」

シャロンという言葉が、森の中の谺《こだま》のように、ガレージ内に不気味に響き渡った。

百合は口が利けなかった。

しかし、意識は戻り始めていた。目から、涙が滲む。絶望の涙だった。

「小便なんかたらしやがって。寒いのか？」

鞭《むち》のように痛い新川の言葉が飛ぶ。百合は思わず、うなだれた。

「お前はコスプレイヤーなんだったな。だが、服なんか着せてやらねえよ。そうやって、死ぬまで震えてろ！」

「どうして最初から殺さなかったんですか？」

百合は涙声で言い返しながら、視線を上げて、薄闇の中に浮かぶ新川の顔をにらみ据えた。覚悟はできている。殺すなら早く殺せ。百合は心の中で叫び、絶望が恐怖を克服し始めたように感じていた。

「いじめ足りなかったからだ。俺は、お前のような不幸なヤツは大嫌いなんだよ。虫けらは虫けらさ。生きている価値がないくせに蠢《うごめ》いていられるだけで、いらいらするよ。だから、世界から、不幸なヤツを永遠に消し去るんだ。それが俺の警察官としての使命であり、哲学《フィロソフィー》さ」

「それで、真優も殺したんですね」

体の底から沸き上がるような怒りで声が震えた。まったく理解できない理屈だった。いや、理解する必要もなかった。要するに、こいつは普通の人間の仮面をかぶった狂人なのだ。

「ああ、その通りだ。真優はおまえ以上に不幸な女だからな。途中下車したくなったんだ。お前は、最後の仕上げのごちそうに残しておくことにしたのさ」

百合は今更のように確信していた。やはり、ビザールは谷藤ではなく、新川だったのだ。新川が今話している歪《ゆが》んだ哲学は、「有名事件の被害者に会いに行こう！」でビザールが述べていることの要約版に過ぎない。

そのあと、新川が語ったことは、百合の想像とそれほど異なってはいなかった。百合との口論の結果、アパートを出た真優を、たまたまアパートの外で見張っていた新川が目撃し、言葉巧みに話しかけて、すぐにホテルで肉体関係を結んだ。

そのとき、新川は「クロスの薔薇」で、自分が百合の客であることを教えた。それは真優に、ある種の安心感を与えたのかも知れない。

いや、累の言う通り、真優がどんな場所でも売春で稼ぐことを躊躇《ちゅうちょ》しなかったとしたら、新川と肉体関係を結んだことは、ごく自然な流れだったのだろう。そして、新川は起業を口実に、自分の家に真優を短期間住まわせ、最終的には殺害したのだ。

「あんな馬鹿な女は珍しいぜ。俺が殺すと言っているのに、殺される直前まで、自分が殺されることを信じていないんだから。俺もいらついて、思わず、あの女の首にいきなり手斧《ておの》を振り下ろしたんだ。驚いたぜ。体が小さかったせいもあるが、当たり所もよかったんだろうな。スパッと切れて、首が空中を飛んだんだ。何しろ、この家の座敷での出来事だったから、それが罰《ばち》当たりにも仏壇のご先祖様の位牌《いはい》の上に落ちたんだ。新鮮な首だったぜ。胴体を離れたあとでも、瞬《まばた》きを繰り返していたからな。私、どうしちゃったんだろうって。そんな新鮮な首はみんなにお披露目しなくちゃいけない」

想した。

新川の顔が、薄闇に浮かんでいる。百合は透明の球体の中で交尾する、蛇の顔を連想した。

突き上げる慟哭《どうこく》の衝動に耐えるために、百合は目を閉じた。それでも、涙があふれ出た。真優があまりにも哀れだった。ほとんど病と言っていいほどのお人好《ひとよ》しの真優は、確かに殺される直前まで、殺されることに気づいていなかったに違いない。

百合は嗚咽《おえつ》し始めた。憎悪《ぞうお》と怒りが煮えたぎっていた。だが、もはや新川に反撃する術《すべ》はなく、それらの感情を表現するには、ただ泣くしかなかった。百合自身が嬲《なぶ》り殺しにされる運命にあることは、すでに自覚していた。

「累も同じように殺したんですか？」

百合はそれでも振り絞るような怒りの声で訊いた。どうせ死ぬにしても、真相はすべて知りたいのだ。潔癖な百合は真相を知らないまま死んでいくのは、我慢できなかった。

「そうだ。『いけふくろう』で会ったあと、俺の自宅に誘い込んで殺した。真優から預かっていた預金通帳と印鑑で、預金を着服したことは分かっていたから、俺の捜査に協力しなければ、窃盗《せっとう》罪で逮捕すると脅してやったんだ。ほら、覚えているだろ。お前のアパートの外通路に見えた人影に驚いて、お前が悲鳴を上げたときのことだよ。俺が外に飛び出して追いかけたのは、累だったんだ。俺がそうするように命じておいたわけだよ。部屋に戻ってきたとき、お前が怯《おび》えているのを見て、おかしくてたまらなかったぜ。笑いをかみ殺すのに苦労したよ」

新川は、今になってそのおかしさを思い出したように、乾いた声で笑った。空疎《くうそ》な悪魔の笑いだ。

「ついでに教えてやろうか。蓑井も俺が殺した。あいつは何だか俺を『クロスの薔薇』のオーナーと信じ込んでいて、店から尾行した上に路上で俺を呼び止め、店長の竹山を通して投資した一千万を返せと迫ってきたんだ。そんなこと、俺の知ったことか」

しかし、蓑井は新川が否定しても信じなかったらしい。それどころか、新川の秘密を警察や百合にばらしてやると言い出したという。蓑井が何のことを言っているのか、正確には分からなかったが、累から何かを聞き出していた可能性を新川も否定できなかった。

「俺は咄嗟《とっさ》に、一転して俺が『クロスの薔薇』のオーナーであるふりをして、金も約束の利子を付けて一週間以内に返すと約束した。そして、金を返すと言って呼び出し、隙《すき》をついて三鷹駅のプラットホームから突き落としたんだ。累には蓑井と寝たのは真優のほうだと警察に嘘《うそ》を吐《つ》かせていたから、蓑井が死ねば、真実は藪《やぶ》の中さ。ややこしいヤツは死んでもらうに限る」

蓑井がそういう経緯で殺されたとしたら、いかにも蓑井らしいと思った。自分自身で、死を呼び込んだとも言えるだろう。そんな冷静な思考が、一瞬だけ、百合の脳裏を巡った。

「おい、シャロン、お前が今、どんな顔をしているのか、知っているのか。これを見てみろ」

新川が、不意に小さな手鏡を差し出しながら言った。文脈が理解できない。

それでも、百合はほとんどロボットのような反応で、その手鏡を覗《のぞ》き込んだ。

百合の全然知らない少年のような顔がそこに映っていた。だまし絵を見ているようだった。だが、次の瞬間、百合は悲鳴というよりはうめき声を上げた。あの鼻歌の意味が分かったのだ。

そこに映っているのは、やはり間違いなく百合の顔だったのだ。ただ、丸坊主だったのだ。

百合の脳裏に、軒下に吊《つる》されるテルテル坊主のシルエットが浮かんだ。新川は、そのシルエットと同じように、このガレージ内にこしらえた絞首台に百合を吊そうとしているのだ。意識と無意識の狭間《はざま》で聞こえていた機械音らしきものを思い出した。

「お前が気絶している間に、俺がバリカンで剃《そ》り上げてやったんだ。それにしても、脱毛は脇毛《わきげ》以外もしておけよ。下の毛を剃るのには苦労したぜ。バリカンで大ざっぱに刈ったあと、カミソリまで使って、一本残らず丁寧にそり落としてやった。お前には、体毛一つもない惨めな姿で、あの世に行ってもらうつもりだからな。下の毛まで剃られた若い丸坊主の女の死体が、ここでテルテル坊主のようにぶら下がっているのが発見されれば、プールに浮かぶ胴体のない首より、センセーショナルだろ」

思わず下半身に視線を投げた。黒い叢《くさむら》が消え、マネキンの皮膚のような無機質な光沢を頭上の蛍光灯が微かに映し出している。だが、ここでも怒りと絶望が羞恥心を凌《りょう》駕《が》していた。百合は叫ぶように問いかけた。

「どうして私をそんなにいじめたいの⁉」

「俺が世間の悪意の代表だからさ。弱者は死ね！ そういうことだ」

その言葉を聞いた瞬間、百合の全身で何かが爆発した。この男を殺したいと、心底思ったのだ。

「お前こそ死ね！ キチガイ！ 変態！」

百合はありったけの声量をぶち込むように叫んだ。声優養成所の台詞《せりふ》訓練の風景が、走馬《そうま》燈《とう》のように百合の脳裏を巡った。

「最高の褒め言葉だよ」

せせら笑いながら、そう言うと、新川は百合にゆっくりと近づいてきた。

「さあ、立つんだ。そろそろ死んでもらおうか」

新川が腰のロープを解き、足の結束バンドを外した。百合が条件反射のようによろよろと立ち上がる。抵抗しようとする意識と体の反応がばらばらだ。

立ち上がる瞬間、無残な下半身がもう一度残酷画のように百合の目に映じた。幼女のようになって、死んでいくのだと百合は遠のく意識の中で思った。

新川が無言のまま、梁から百合の肩口に垂れていたロープを首に巻き付けていく。百合はもはやその動作から目を逸らせていた。諦念が全身を覆《おお》い、すべての感情が消え始めたように思えた。恐怖すらも。

「さあ、準備ができた。この椅子に上がるんだ」

新川はいつの間にか持ち出したスチール椅子を百合の目の前に置いた。

その瞬間、百合の耳に滝の音のような轟音《ごうおん》が聞こえ始めた。同時に細い光の帯が、塵《ちり》と埃《ほこり》の粒子を伴いながら、ガレージの中に差し込んできた。何が起こっているのか、百合にはまったく分からなかった。それは現実ではなく、死の直前に人間が見る白日夢としか思えなかった。

複数の靴音に続いて、激しい罵声《ばせい》と怒声が響き渡った。ハレーションを起こしたように、光の帯が広がり、ガレージ内はあっという間に明るい日差しに満ちあふれた。百合の体は毛布状のもので覆われ、強い力で壁際まで、引きずられた。首に巻き付けられていたロープが見る見る解かれていく。

「大丈夫ですか？　しっかりして！」

ジーンズに黒いパーカー姿の若い女がかがみ込んで、百合の肩を揺すっていた。その端整な顔に微《かす》かな記憶があった。春日だ。奇妙な懐かしさを感じた。電話では話していたものの、その顔を実際に見たのは、三ヶ月近く前のことだった。

新川の周りを三人の私服警官と思われる屈強な男たちが取り囲んでいた。その後方には、二人の制服警官が警棒を構えて立っている。

「新川、ガレージのスペアリモコンを外に置いとくのは、不用心だぞ」

新川の正面に至近距離で対峙《たいじ》していた、がっちりした体型の男の声が、皮肉に響き渡った。

滝の音のように聞こえたのは、シャッターの上がる音だったのだ。その言葉を合図とするように、他の二人の私服警官が、左右から新川の肩を押さえ込んだ。新川は抵抗する様子もなく、呆然と立ち尽くしている。百合はようやくこれが現実であることを意識した。

外では、続々と到着するパトカーのサイレンが鳴り響いていた。助かったと思う一方で、もう一つの声が百合の耳奥で聞こえている。まだ、生きなくちゃいけないの。喜びの感情は、まったく湧《わ》き起こってこなかった。

13

病室の出窓の天板《てんばん》に置かれた花瓶の中に収まった、赤と白の薔薇《ばら》は美しかった。中野に住む百合の母親が持ってきたものだ。

母親はほぼ毎日、病室に顔を出し、地方公務員の父親も三日に一度はやって来る。すでに結婚している五つ年上の優しい姉は、小さな娘がいるため、マスコミの騒乱に巻き込まれるのを警戒して、今すぐに百合を病院に見舞うのは控えているようだった。家を出て以来、母親とは電話では何度か話していたが、両親と直接顔を合わせるのは、二年ぶりくらいだろう。

別に不仲だったわけではない。二人とも、過去の空白の時間を埋めるために、自活の道を選んだ百合の意思を尊重して、優しく見守ってくれていたのだ。だが、この無残な結末に、百合は本当に申し訳ない気持ちで一杯だった。

入院から三日目、体力的にはほとんど回復しており、血液検査などの総合的な健康診断の結果でも、特に悪い点はないという。問題は、丸坊主にされた髪の毛だ。それが元の長さに戻るにはかなりの歳月が掛かるだろうが、少なくとも人前に出られる程度の長さになるだけでも、最低一ヵ月は必要だった。

百合が入院している病院の個室は、警視庁が用意し、費用も負担してくれるという。百合に接触しようとしているマスコミ対策もあるが、警視庁は非公式に百合を命の危険にさらした捜査ミスを認めており、その償いのためにそういう措置を取ったようだった。

その日の午後三時過ぎ、警視庁を代表して謝罪にやって来たのは、捜査一課の刑事ではなく、春日だった。総務課というのは、そういう役割も担《にな》わされているらしい。豪華な個室の病室には、応接セットが備わっており、百合と春日はそこで対座して話した。

春日は見舞い品として、クレマチスとスイートピーがセットになった花束を持参し、その花束は付き添いで病室内にいた母親に渡された。母親はそれを活《い》けるための花瓶をもう一つ買うという口実で外に出たが、百合と春日の話が終わるまでは、病室に戻ってくることはないだろう。

百合は薄ピンクのパジャマ姿だった。髪の毛は、特段隠してはいない。レイヤーの百合は、ウィッグなどそれこそいくつも持っていたが、あえてウィッグを被《かぶ》って、その特異な髪型を隠そうとする気も起こらなかった。起こったことをしっかりと心に刻みつけるためには、むしろ、しばらくは、その髪型のままでいたほうがいいとさえ思われたのだ。

「あなたに怖い思いをさせてしまって、本当に申し訳ありませんでした。あなたの保護のために、二十四時間の行動確認を掛けていたのですが、張り込み役の刑事が交代するごとに、伝言ゲームのような現象が起こって、行確の趣旨がうまく伝達されなくなってしまったのです」

春日は真摯《しんし》な態度で、謝罪してくれた。やはり、百合が誰かにあとを尾《つ》けられていると感じていたのは錯覚ではなく、行動確認に基づく刑事たちの尾行だったのだ。

「新川は空手の手刀であなたの後頭部を殴りつけて、あなたを気絶させ、そのあと無理矢理に大量の睡眠薬を飲ませて、あなたを深い眠りにつかせたのです」

新川はこのあと百合の衣服をはぎ取って全裸にして、大型のキャリーバッグに百合の体を折り曲げて押し込み、外に持ち出した。その際、室内の明かりを点灯したままにして、百合が室内にいるかのように装った。

しかも、新川はアパートの下で張り込み中の刑事二名に警察手帳を見せて話しかけ、捜査本部の指示で百合から事情を訊いていたと説明したのだ。新川は二人の刑事の目の前で、堂々とキャリーバッグを路上駐車させてあった自分の車に運び込み、その場を走り去ったという。

「私も打ち合わせで手間取り、十五分くらい遅れて到着してしまったので、新川が出て行くのに間に合いませんでした。新川があなたを自宅に連れ込むことは予想していたのですが、彼が警視庁に届けていた住所は、彼がときおり捜査の便宜上使っていた、大久保にある1Kのマンションで、経堂の自宅を探し出すのに思わぬほど時間が掛かってしまったんです」

こういう状況だったとすると、その張り込んでいた二人の刑事の責任がいかにも重大に聞こえてしまうのだが、これはある意味では、やむを得ないことでもあった。新川が真犯人と判明した場合、谷藤に続いてまたもや現職の警察官が途方もなく凶悪な罪を犯したことになり、警視庁にとって、その影響の深刻さは計り知れないだろう。従って、捜査は極秘裏に、慎重の上にも慎重に進められなければならなかったのだ。

捜査本部の中でも、捜査の具体的な進捗《しんちょく》状況を正確に知っている者は、宗田などの捜査本部の中枢部にいる捜査員に限られていた。末端の捜査員には新川の疑惑について、十分な説明がなされていなかったことを、春日は率直に認めた。

それでも、春日は自分の言うことが言い訳がましく聞こえることを恐れるように、何度も首を横に振り、いかにも苦しそうに見えた。立場上仕方がないとは言え、百合はこんな役割を負わされている春日が気の毒になった。

「私には、警察の捜査が適切だったか、不適切だったかなんて分かりません。でも、結局、命を助けていただいたんだから、心から感謝しているんです。ただ、事件については本当のことを知りたいです。未だに分からないことがいくつかありますから、やっぱりそういう疑問は解消しておきたいですね」

百合は春日の目をじっと見つめて、説得するように言った。春日も百合を見つめ返し、しっかりとうなずいた。

「あの段ボール箱の中身はやっぱり――」

百合は途中まで言って、言葉を切った。春日の顔が曇っている。それがそもそも、百合が思い描いていることが正解であることを告げているように思えた。

「大丈夫です。本当のことを教えてください。私、新聞とか見ていないので、何も知らないんです」

それも本当のことだ。新聞・テレビなどがさぞかし騒ぎ立てていることは容易に察しが付く。しかし、百合を診察する医師も、看護師も一切何も言わず、百合の両親もマスコミの動向についてはまったく触れず、百合も訊かなかった。スマホも母親に預けたまま、開いていない。

だが、相手が春日となれば、話は別だ。むしろ、マスコミに汚染されていない正しい情報を春日から直接聞きたかった。

「ええ、残念ながら館林累さんでした。このことはすでにマスコミでも報道されています」

春日が「館林累さんの首」と言わなかったのは、やはり百合に対する配慮だろう。あの段ボールの大きさから考えると、全身であることは不可能だった。

胴体がどこで発見されたのかは、訊かなかった。それを訊き出すことが、それほど意味があることには思えなかった。もっと別のことを訊きたかった。

「私、あの段ボールの中身、見てないんです。新川はあれを私に見せて、恐怖で怯えさせたかったんでしょ。それなのに、あのガレージで私の意識が戻ったあとでも、結局、私の前にそれを持ち出すことはありませんでした」

その点についての春日の説明は、拍子抜けするほど単純なものだった。百合を気絶させて、キャリーバッグに押し込めて外に持ち出すとき、あの段ボールも一緒に入れようとしたが、スペースの余裕がなく、段ボールをそのままそこに残さざるを得なかったというのだ。

「大手宅配業者の貼付票に送り主の住所や氏名などが書かれていましたが、実際にその宅配業者は利用されていません。おそらく彼自身がキャリーバッグで運び込んできたものだったのでしょう。キャリーバッグには『館林累』というネームタッグがつけられていましたから、累さんの物です。結局、あの段ボールは、あなたが新川に拉致《らち》された直後に、私が捜査本部に要請した、緊急の家宅捜索であなたのアパートから発見されたのです」

百合はサービスルームから消えていた、グリーンの大型キャリーバッグを思い浮かべた。

あるいは、谷藤の死を知らなかった新川は、そうすることによって、谷藤に対する百合の恐怖心を一層かき立て、谷藤の関与を印象づけるつもりだったのかも知れない。

「それと、これは宗田さんという刑事さんにも話したことですが、あのテディベアはどうなったのでしょうか？」

実は救出直後、百合は春日の立ち会いの下に、搬送された病院のベッドの上で、ガレージの中で新川と至近距離で対峙していたあの宗田という刑事から、短い事情聴取を受けていたのだ。そのとき、累のデスクの上のTという頭文字のことと、サービスルームのテディベアが消えていることを伝えていた。

「はい、テディベアは、新川の自宅の寝室から発見されました。そして、新川が何故《なぜ》そのテディベアを持ち去ったかも分かりました。あののど元の縫合した部分に、開かれた痕跡《こんせき》があったため、中を調べてみたら、館林累さんが、あなたに宛《あ》てて残したと思われるメモが出てきたんです」

「何て書いてあったんですか？　そのメモには」

百合は思わず、身を乗り出すようにして訊《き》いた。

「百合、真優を殺したのは、田辺だよ。私が殺されたら、このメモを持って警察に行って。──だったと思います。新川はそれに気づいて、テディベアを持ち去った。ただ、そんなメモの証拠品を処分せずに残していたことは、彼の油断の現れかも知れません」

しかし、百合は新川が油断したというのは、少し違うと思った。そもそも新川は、拉致した百合を自宅のガレージに連れ込んだ時点で、犯罪の隠蔽《いんぺい》をすでに放棄しているように見えた。

あるいは、新川は捜査本部の疑惑が自分に向かって来るのは時間の問題と覚悟していたのかも知れない。だから、新川は、いわば無理心中を百合に仕掛けていたようにも思われるのだ。百合を殺したあと、自分も死のうと考えていた可能性はある。

累の行動については、すべてが氷解したように思えた。累は、百合へのメッセージとして、二重の保険を掛けていたのかも知れない。テディベアの細工は見破られたが、あのデスク上の落書きのような雑然とした状況はカムフラージュとしては絶妙だった。

まさかあそこに自分にとって致命傷となるような重要情報が書かれているとは、新川も想像できなかったのだろう。累はやはり真優が言っていたように頭がいい。ただ、そんな重要なことは直接話してくれればよかったのに、そういう複雑な方法を取ったことは、いかにも累らしいひねくれ方だとも思った。

百合は累に対するかつての反発心と嫌悪感も忘れて、共同生活を始めたばかりの頃の、仲のよかった三人の姿を思い出していた。その累も真優ももういない。百合は不意にこみ上げて来た哀しみの感情を必死で抑えた。

「やっぱり、動機が納得できないんです。あの人にとって、私のような過去の犯罪被害者は虫けらだった。でも、どうして私や真優のことがそんなに憎かったんでしょうか？」

春日を困らせるつもりで、こう言ったわけではない。しかし、こんな質問には、春日ならずとも、誰も答えられるはずがないことは、百合は百も承知だった。

予想通り、春日は困惑の表情を作って、またもや首を何度か横に振った。

「それは、本当に精神病理学者の解説を待つしかありませんね。病気という一言で片付けるのは、あまりに軽薄に聞こえますが、かと言って、それ以上の解釈は誰も思いつかない。彼の家庭的な背景に目を向けても、彼は普通の意味では大変恵まれた環境に育っています。姉が一人いますが、有名大学を卒業して、すでに平和な家庭を築いています。新川自身も、けっして難度の低くない国立大学を卒業しています。父親は、もう退職していますが、国立大学の経済学の教授で、母親は未成年者の人権問題に詳しい弁護士です。二人とも、周囲の人間からはとても評判のよい人格者です。特に、母親は恵まれない子供たちを救済する活動に熱心で、弱者に対する思い入れは、ことのほか強かったようです。それが新川にはかえって偽善的に映り、弱者をどこまでも徹底的に痛めつけるという、異常心理を醸成したのかも知れませんが——」

そこまで言って、春日は不意に自分の言葉の不適切さに気づいたように、慌《あわ》てて付け加えた。

「ごめんなさい。これ、別に吉井さんが弱者って意味じゃなくて、取調室で彼がそんな異常な哲学を得意げに語ってるっていうものですから——」

「いいんです。私は、やっぱり彼の言う通り、不幸な弱者かも知れません」

百合は春日が自分の言葉に責任を感じ、深刻になり過ぎないように配慮するつもりで、微笑《ほほえ》みながら言った。

確かに、新川にも、他人が気づかないトラウマがあったのかも知れない。しかし、百合はそんなトラウマには興味がなかった。いや、むしろ、そんなトラウマを世間の識者と呼ばれる人々が分析することによって、新川や谷藤のような異常な人間たちを一層増長させるのだとさえ思っていた。

「ところで、質問ついでに谷藤のことも訊いていいですか？　谷藤が自宅から私の携帯に電話していたのは、やっぱり間違いないんですか？」

百合は話題を変えた。このほうが春日にとって、具体的な分、答えやすい質問だろう。

「ええ、それは本当です。でも、その件についても、新川が関わっているんです。谷藤の母親の供述によりますと、仮釈放されて三日後、新川が自宅に訪ねてきたというんです。二人は、昔、地域課と生活安全課で部署は違うとは言え、同じ中野署にいたわけで、知り合いと言えば、知り合いだったわけです。新川は親身な態度を装《よそお》って、あなたに直接会うのは仮釈放の条件を破ることになるからダメだと言ったけれど、一度くらいなら電話で話すのはいいだろうと言って、あなたの携帯番号を教えたらしい

計画的に私に近づいていたわけですね」

んです」

「そうですか。確かにその頃は、まだ新川のことをお店のお客さんだと思っていて、営業のために私の携帯番号を教えていました。じゃあ、その頃から新川は、すでに計画的に私に近づいていたわけですね」

「だと思います。新川も取り調べで黙秘することも多く、その辺りの捜査はまだ十分には進んでいないようですが、『クロスの薔薇』の売春疑惑自体、根拠がなく、彼自身が適当にでっち上げたガセネタだったようです。彼が『クロスの薔薇』に通い始めたのも、やっぱり犯罪被害者であるあなたの近況をネットで紹介する目的だったみたいです。だから、あなたに電話するように谷藤をたきつけたのも、いざとなったら彼に罪をなすりつけようという計画だったと思われます。でも、ここに新川にとって落とし穴があったと言えるのかも知れません」

　母親の話では、新川がやってきたとき、谷藤の病状はそれほど悪くなく、普通に応接室で会話を交わしたらしい。だから、新川は数日後に谷藤がまさか病死するとは考えていなかったのだろう。その上、母親による隠蔽行為が重なり、新川は谷藤が生きていると思い込んで、彼に疑惑を向ける行為を続けたのかも知れない。

「谷藤の母親は、『そんなことをしたら、再収監されるから絶対ダメ』と言って、止めていたらしいですが、『死ぬ前に、一度だけでいいから百合の声を聞きたい』という谷藤の哀訴に負けて、あなたに電話を掛けるのを許してしまったと言っています。でも、谷藤は実際に電話してあなたの声を聞いたとたん、胸が詰まって、涙がこみ上げ、何も言えなくなって、電話を切ってしまったそうです。彼が死亡したのは、その翌日でした」

百合は、その無言電話の受話器の向こうで、男とも女ともつかぬ気味の悪い泣き声がしたことを思い出していた。思わず、苦笑した。あれが百合の声を聞いて、感極まって泣き出した谷藤の声だったとしたら、その情景はまた別の意味を帯びてくるように思われたのだ。

それで、谷藤に対する憎悪が軽減されるわけではない。ただ、それは新川と比べた場合の、相対評価の問題だった。

「じゃあ、新川に比べれば、谷藤のほうが少しはましだったということでしょうか?」

百合の自嘲《じちょう》的な言葉に、春日はその日の中で、もっとも当惑した表情を浮かべた。何と答えたらいいのか分からないというより、そんな言葉を発した百合に、心から同情しているように見えた。

「それはあなたの感じ方の問題ですから、私としては何とも言えないのですが――」

春日はいったん口ごもった。それから、臆病《おくびょう》な自分を叱咤するように、力を込めて言い放った。

「でも、二人とも、女の、いや、人間の敵です」

百合は春日の目を見て微笑み、小さくうなずいた。春日の正義感を信じることはできる。それでも、百合は付け加えるように言った。

「ただ、私、谷藤に対して少しはいいことをしたと思いたいんです。彼、死ぬ前に私の声を聞いたんだから、それなりに満足したんじゃないでしょうか」

そう言った瞬間、百合の目に涙が滲んだ。百合自身にもその涙の意味は分からなかった。

「そうかも知れませんが、谷藤のしたことは絶対に許せませんよ。でも、あなたの気持ち、分かります」

春日は、百合の言葉の裏に隠れた輻輳《ふくそう》した感情に込められた哀《かな》しみを、本能的に感じ取ったかのように、優しい笑みを浮かべた。

百合は窓のほうに視線を逸《そ》らした。傾き加減の西日がブラインドの隙間を衝《つ》くように差し込み、花瓶の薔薇の微妙な陰影を床に描き出している。秋が深まり、すでに真冬の匂《にお》いさえ孕《はら》んでいるように見える、窓の外の風景に、百合は寂しく思いを馳《は》せた。

エピローグ

陰気な灰色の冬が始まっていた。地味なベージュのコートを着た百合は、ＪＲ池袋駅東口改札を出て、中央通路を渡り、グリーン大通り方面に歩いていた。平日の午後二時過ぎで比較的人の移動の少ない時間帯だったが、さすがに師走《しわす》の後半に入って、人々の雑踏の喧噪《けんそう》は高まり、慌《あわ》ただしさを増していた。

しかし、今にも降り出しそうな空模様で、低く重く垂れ込める天空の雲によって、光は完全に遮断され、すでに夕暮れどきのような暗い都会の街並みが広がっている。行き交う人々も、予想される降水を恐れるかのように、妙に急ぎ足だった。やや強めの北風が百合のコートの襟を微《かす》かに揺らしている。

百合は新川がただの店の客だと思い込んでいた頃、この近辺を一緒に歩き、「アシストウィッグ」などの女性オタクが好む店で買い物をしたことを思い出していた。あの日はまだ七月の始めだったにも拘《かか》わらず、恐ろしく暑い一日だった。今見る風景とはまるで異なる、光に満ちた光景が広がっていた。

しかし、考えてみれば、あれからまだ五ヶ月程度しか、経過していないのだ。季節も、一年の中で夏の始めから冬の始めに変わったというに過ぎない。それでも、百合の頭の中では、途方もなく長い時間が経過したように思われるのだった。谷藤に監禁されていた五年間という歳月が、極度に凝縮された時間にしか映らないのとは真逆だった。

新川の顔でさえ、百合の頭の中では曖昧《あいまい》になり掛かっていた。トラウマが記憶機能に損傷を与えているかのように、故意に思い出そうとしても、それは砂漠の逃げ水のように消え、百合の網膜にその明確な像を結ぶことはない。新川と肉体関係を持ったことも、その痕跡《こんせき》は全身から完全に抜け落ち、夢の中の出来事のように思われるのだった。

マスコミの騒乱もようやく落ち着き始めたようだった。ただ、新川の逮捕から今に至るまで、百合は事件に関するほとんどすべてのマスコミ情報を遮断していたので、裁判員裁判前の新川がどんな状況に置かれているのかも分からない。ただ、誰もが死刑の予想をしていることは、それとなく百合の耳にも伝わっていた。

父親が思わず口を滑らせた言葉で、現職警察官の前代未聞《みもん》の凶悪犯罪のために、警視総監が辞任に追い込まれたことも知っていた。谷藤の事件では、警視総監の辞任はなかったので、今回はその分まで被《かぶ》ったのだという説もあるらしい。

馬鹿《ばか》げていると百合は思わないではいられなかった。狂気の人間の狂気の行動を誰も止めることなどできるはずがないのだ。組織の長の形式責任を問うには、新川の犯罪はあまりにも理不尽で、狂気の定義さえ超えていた。

当初は、百合の人権などお構いなしに、百合にインタビューしようとするマスコミも少なからずあった。百合はすべて無視した。両親や親戚《しんせき》、レイヤー仲間たち、ときには春日などの警察関係者までが身を挺《てい》して、マスコミを遠ざけてくれたこともある。そういう人々に、十分な感謝の気持ちが伝えられないのが、心苦しかった。

ただ、百合は三日前、念願を果たしていた。今でも百合を気遣ってときおり連絡してくれる春日から、真優の母親の住所を教えてもらい、弔問することができたのだ。いや、正確に言えば、個人情報の守秘義務を負う春日は、まず自分で真優の母親に連絡して、同意を取ってくれた上で、訪問の日時までとりまとめてくれたのである。春日は外見とは違って、思った以上に優しい人間だった。

百合は三鷹市にある真優の母親の住むアパートの一室を訪問した。真優の母親は、真優が話していた通り、いや、それ以上に若く美しく見えた。すでに四十に達しているはずなのに、三十代の前半、いや二十代の後半にさえ見えるのだ。

やけに目立つ濃いルージュ以外は、たいして化粧もしていないようだったから、もともと顔立ちがいいのだろう。服装も薄紫のワンピースで、特別な印象を与えるものではない。

もっとも、真優の話では、若い男に会いに出かけるときは、入念な化粧とド派手な、露出の多い服装をするらしいから、そのメリハリも半端《はんぱ》ではないのかも知れない。真優と同様、やはりかなり小柄な女性だった。

「本当に親より、早く死んでしまうなんて、どういうつもりなんでしょうね。これからいろいろと助けてもらおうと思っていたのに。真優が私に残してくれた貯金が一千万くらいあるらしいんだけど、それを相続するにはいろいろと面倒な手続きがいるんですって。今、私のカレシに、弁護士さんを探してもらっているんです」

百合の顔を見た第一声が、これだった。娘の死を嘆くより、真優の貯金のほうが心配だと言わんばかりの口吻《くちぶり》である。それに、真優が母親のために貯金をしていたわけではないことを百合はよく知っていた。ただ、容姿だけでなく性格も、真優が話していた通りの人物だったから、呆《あき》れたものの、特に怒りの感情も湧《わ》かなかった。

しかし、百合が不祝儀《ぶしゅうぎ》袋を差し出し、真優の位牌《いはい》を拝むことを申し出ると、母親もさすがに丁重に頭を下げた。

遺影は、真優がまだ十代の頃の写真のようだった。少なくとも、その写真を百合は見たことがなかった。白いTシャツ姿で、髪も染めていない。口を半開きに開けて、曖昧な笑みを浮かべている。百合が知っている真優よりもおとなしそうで内気に見えた。それがそこはかとない不幸の影のようなものを感じさせた。

百合は正座して、遺影に向かって、にっこりとほほえみ掛けた。それから、線香を手向《たむ》け、鈴《りん》を鳴らし、手を合わせた。真優、私はまだ生きてるよ。仲直りは、もう少し待って。もう仲直りしてるじゃん。ゆっくりしてから、こっちに来ていいよ。百合の心の中で、こんな会話が真優との間で交わされたように思えた。

「この子、死んだから言うんじゃないけど、本当にいい子だったのよ」

焼香を済ませて帰ろうとする百合を玄関まで送ってきた母親が、涙声でぽつりと言った。百合は奇妙な安堵《あんど》を覚えた。やはり、母親は母親なりに真優を愛していたのだ。百合は大きくうなずきながら、深々と一礼した。

アパートの室内はあらかた片付いていた。累の部屋にあった私物は、警察の捜索が何度か行われ、証拠物件が押収《おうしゅう》されたあと、すでに遺族の同意を取って、不動産会社によって処分されていた。

百合と真優が共有していた部屋、ダイニング・キッチン、浴室・トイレについては、百合が入院中、両親が片付けと掃除をしてくれた。ただ、サービスルームの中だけは、百合が何を必要とするか分からないので、その日、必要なものだけを持ち帰ることになっていたのだ。

真優の私物については、母親が警察を通じて、すべて処分してもらって構わないと不動産会社に連絡しているらしい。真優の預金通帳・印鑑・キャッシュカードがどこにあるのか、あるいは発見されたかどうかさえ百合は知らなかった。

何はともあれ、百合がこのアパートの室内を見るのは、これで最後になるはずだった。わずかな楽しい思い出と、忌《い》まわしい思い出がふんだんに詰まった共同墓地のような場所だ。だが、やはりここを去るのには未練があった。新川が忌み嫌った不幸を絵に描いたような三人が、ともかくも共同生活を始めた聖地のような場所に思えたのだ。

百合はこのあと、しばらくは両親と暮らす約束をしていた。年が明けてから、スポーツクラブの受付の仕事に復帰し、さらにはブティックの販売員の仕事も始める予定だった。ただ、一人暮らしにこだわるつもりは、もはやなかった。

サービスルームに入る。ここでの作業は、長くは掛からないはずだ。三人の私物の中から、百合が必要とする自分のものだけを選べばいい。あとは、不動産会社が処分してくれることになっていた。

すぐにコーチのハンドバッグを手に取った。一番高価な物だったというだけでなく、やはり、二十歳になった記念に自腹で買った最初の思い出の品であることが大きい。開いてみる。中は空っぽだ。しかし、内側にファスナー付きポケットがあり、そこが妙に膨らんでいるのに気がついた。百合が手で触れると、ひどくかさばった感触がある。ファスナーを開き、手を入れて、中の物を取り出した。

仰天した。一万円札の束だったのだ。何枚あるかすぐには分からなかったが、少なくとも二十枚そこそこの枚数に思えた。その束をいったん近くの段ボールの上に置き、さらにポケットの中を探る。二つ折りにした、小さなメモ用紙が出てきた。開いて、読んだ。

今日は変なこと言って、百合を怒らせてしまい、ごめんなさい。これはお詫《わ》びの印です。来月の誕生日に、好きな物でも買ってください。今でも、百合のことが大好きです。だから、私が死んでも、百合のせいだと思わないで。長い間、お世話になりました。　真優そのメモは、明らかに、真優がアパートを出て行った日に書いたものだった。真優特有の小さな字の、手書きのメモだ。紙幣を数えると、二十四枚ある。翌月に、百合が二十四歳の誕生日を迎えることを、真優は覚えていたのだ。

あのときの状況が思い出された。百合はレイヤー仲間と打ち合わせをするために、サービスルームに入ったままの真優を残して、外出したのだ。おそらく、そのあと真優はこのメモを書いたのだろう。

真優が常時、こんな高額な現金を財布に入れていたとは思えないから、わざわざ銀行に行って、二十四枚の一万円札を下ろしたのかも知れない。いかにも真優らしいと思った。自分の気持ちを具体的な物でしか表現できないのだ。

こんな置き手紙をしたからには、確かにいつものように、二、三日で戻ってくることもできなかったのだろう。その間抜けさもやはり真優らしい。百合は思わず苦笑した。

だが、次の瞬間、百合自身が予想しなかったような激しい感情が体内から噴き上がった。百合は、突然、大声を上げて泣き始めた。

可哀想《かわいそう》な真優。真優は百合と仲直りがしたかったのだ。それに、百合に罪の意識を感じさせないために、自殺を思い留まってくれたように思えた。

それなのに、新川に首を刎《は》ねられて、殺害されるという真優にとって予想外な悲劇の結末が待ち受けていたのだ。「長い間、お世話になりました」という文言が、結果的に状況に適合していることが、百合の胸を刺した。あれだけ、母親と借金に苦しめられながらも、ソープで稼ぎ、将来の起業を夢見ていた真優に用意されていた結末がこれだったとは、あまりにも残酷だった。

百合はさめざめと泣き続けた。涙の貯蔵庫を枯渇《こかつ》させ、今後の人生で二度と泣くことができないと思われるほど、泣いたように思えた。もう一度、真優に会いたい。その不可能な願望を可能にするためには、百合自身が死を選ぶしかないのかも知れない。しかし、それでは、あのメモを残した真優の気持ちを無にすることになる。結局、百合は全身から力が抜け落ち、ただひたすら真優との思い出に浸る気持ちに落ち着いていた。

百合がコーチのバッグだけ持って、アパートの外に出たとき、日はとっぷりと暮れていた。どれくらいの長さ、サービスルームの中に入っていたのか、記憶は完全に消えていた。

何もしないで、ただ泣いていた記憶だけが残っている。他の物はすべて、残してきた。このバッグだけで十分だと百合は思った。

あとは、駅前の不動産会社に鍵《かぎ》を返却すれば、すべてが終了する。百合はJR池袋駅方面に向かって歩き始めた。歩きながら、ふと気がついた。真優の身元が確認されたあとの家宅捜索で、このバッグの中の現金とメモが発見されなかったのは不思議だった。

あのときの家宅捜索の目的が、百合の想像通り、殺害の痕跡を調べることのほうにあって、物証を集めることにはあまり力点が置かれていなかったため、このバッグが見落とされてしまったのかも知れない。あるいは、現金とメモは内側のポケットに入っていたので、バッグ自体を見たとしても、中身まで気がつかなかった可能性もあるだろう。しかし、いずれにせよ、それが今になって百合の手に届いたことは、神の配剤に思えた。

百合は実家に着いたら、すぐに春日に電話して、この事実を告げるつもりだった。この現金が法的に誰の物になるのかなど、問題ではなかった。真優がそれを残してくれた優しさだけが、永遠に百合の心に残るのだ。

その優しさこそ、人間の異常な残虐《ざんぎゃく》性に対抗し得る、唯一《ゆいいつ》の武器に思えた。

真優、私、もう少し生きるからね。百合は心の中で、つぶやいた。その一瞬、真優の寂しげに微笑《ほほえ》む顔が、遠くの虚空《こくう》に蜃気楼《しんきろう》のように浮かんだように思えた。

解説

長江俊和

私が最初に読んだ前川裕の著作は『死屍累々《ししるいるい》の夜』である。

ふらりと書店に立ち寄ったときに、新刊の平台に置かれたその禍々《まがまが》しい題の小説に目が惹《ひ》きつけられた。浅学にも、そのときはまだ前川裕の名前も『クリーピー』も知らない。とにかくなにか目に見えない力に動かされるように、その本を手にしたのだ。自宅に戻り、早速読み始めた。そして激しく後悔したのである。正直に言うと、三分の一ほどのところで読むのをやめてしまった。理由は……あまりにも怖かったからだ。もちろんそれがフィクションであることは知っていた。しかし、そのリアルなタッチが恐ろしくて、言い知れぬ不安にかられ、頁《ページ》を閉じてしまったのだ。小説を読んで、このような感覚になるのはそうあることではない。

念のため『死屍累々の夜』の概要をここに記しておく。二十九年前に起きた「木裏《きうら》事件」を取材する一人のジャーナリスト。「木裏事件」とは、元大学の助教授である木裏健三《けんぞう》が、本駒込《ほんこまごめ》の老舗《しにせ》旅館「はぎのや」を乗っ取り、十人の男女を殺害、六人の女とともに集団自殺を遂げた残虐《ざんぎゃく》事件である。一体なぜ、木裏は殺人を繰り返したのか。その謎《なぞ》に満ちた事件の真相を知るのは、集団自殺の直前に解放された一人の女だった——。

この小説はルポルタージュの体裁で書かれたフィクションである。よって「木裏事件」とは実在の事件ではない。だがその殺戮《さつりく》の描写が凄《すさ》まじく、あたかも現実に起こった事件であるかのように生々しいのだ。そのような理由から、一旦《いったん》は読むのをやめたのだが、やはり続きが気になって仕方なかった。ある日、なにかに突き動かされるように、再び本を手に取った。そして恐怖に震えながらも、なんとか通読したというわけである。前川裕作品には「読み進めるのが恐ろしいほど怖い」のだけれど、「読まずにはいられない」という不思議な力が潜んでいる。

その白眉《はくび》たるものがデビュー作の『クリーピー』であろう。警視庁捜査一課の刑事から一家失踪《しっそう》事件の分析を依頼された、犯罪心理学者の高倉《たかくら》。彼の周囲で次々と起こる異変。女子中学生暴行未遂事件。刑事の失踪。近所の家で起きた火災と謎の焼死体。跋扈《ばっこ》する不気味な隣人。そしてある日、隣家の娘が助けを求めて、家に駆け込んできた。「あの人、お父さんじゃありません」。

『クリーピー』は、綾辻行人《あやつじゆきと》が「展開を予測できない気味の悪い（クリーピーな）物語」と絶賛し、第十五回日本ミステリー文学大賞新人賞を受賞した。のちに『クリーピー 偽りの隣人』（監督・黒沢清《くろさわきよし》）として映画化もされている。この一作で、前川裕は人気作家の地位を得て、以降次々と（クリーピーな）小説を増殖し続けている。

前川裕の作品が、多くの読者を魅了している理由は、先を読ませないストーリーテリングの見事さと、緻密《ちみつ》な取材による描写のリアルさであろう。いずれの作品も、その背景には、数多くの現実に起きた事件の存在が見え隠れしている。ここでそれらの事件をつぶさに紹介するつもりはないが、一つだけ例を挙げさせてもらいたい。昭和三十年代に起きた西口彰《にしぐちあきら》事件である。

昭和三十八年十月、福岡県で二人の男性が殺害され、二十七万円が強奪された。福岡県警は目撃証言などから、前科四犯の西口彰の犯行と断定、全国に指名手配する。だが西口は捜査の目をかいくぐり逃亡、静岡や東京など日本全国を転々とし、その間にもさらに三人を殺害するなどの殺人行脚《あんぎゃ》を繰り広げた。昭和三十九年一月、熊本で逮捕され、その後死刑に処されている。

『死屍累々の夜』を読んで、真っ先にこの西口彰事件を想起した。西口は逃亡先の浜《はま》松《まつ》で、ステッキガールと呼ばれる売春婦を斡旋《あっせん》する旅館の女将《おかみ》とその母親を殺害している。『死屍累々の夜』の木裏は、浜松の売春宿で生まれたという設定だ。また日本各地で無軌道に殺人を繰り返す西口と、老舗旅館を乗っ取り、無慈悲に殺戮を行う木裏のキャラクターに相通じるものを感じた。二人ともインテリジェンスがあり、犯行の動機が謎めいている点もよく似ているのだ（これは私事ではあるが、拙著『出版禁止 死刑囚の歌』は、作家の佐木隆三《さきりゅうぞう》が西口彰事件を取材した『復讐《ふくしゅう》するは我にあり』にインスパイアされて書いた。よって『死屍累々の夜』と『出版禁止 死刑囚の歌』は、同じ事件をもとにした兄弟のような関係ではないかと勝手に思っていた。だから『出版禁止 死刑囚の歌』が文庫化され、前川氏に解説を書いていただけると聞いたときは、運命のようなものを感じたという次第なのだ）。

そして『号泣』も、前川作品らしい薄気味悪い魅力に満ち溢《あふ》れた作品である。本作は珍しく若い女性が主人公であり、彼女の視線を通して、現代社会に潜む恐怖が語られていく。それにしても、吉井百合《よしいゆり》が体験する出来事は壮絶の一言に尽きる。小学生のころに男にさらわれ、五年間も監禁されていた百合。事件発生から十三年後、成人した彼女に奇怪な出来事が相次ぐ。無言電話に、アパートの部屋に忍び寄る何者かの足音。首を切られたテディベアの贈り物。仮出所したという監禁犯である谷藤力《たにふじちから》の仕業なのか。恐怖に怯《おび》える百合。そして最悪の事態が起こった……。

『号泣』でも、前川節は健在である。恐ろしくて読み進められない。でも読まずにはいられない。特に本作は、現代の東京を舞台にしているので、百合を苛《さいな》む恐怖の数々は、これまで以上に鮮烈なリアリティに彩《いろど》られている。幼女監禁。警察官の犯罪。ストーカー事件。貧困女子。親の借金。売春。ホスト狂い。猟奇殺人……。これらは決して絵空事ではなく、我々が暮らすこの社会で現実に起きている事象なのだ。

百合を取り巻く環境も、閉塞感《へいそくかん》溢れる現代社会の実像が体現されていて身につまされる。二人のルームメイトと、池袋駅近くの安アパートの部屋で暮らす百合。同居人の一人、芦川真優《あしかわまゆ》は西川口のソープランドで働いている。容姿も整っており、その店では超売れっ子の稼ぎ頭だというが、彼女がソープで働く理由は、母親の借金を返すためだという。もう一人の同居人、館林塁《たてばやしるい》は国立大学の出身で、一時は金融会社に勤めていた。だがホストに入れあげた挙げ句、会社を辞め、水商売を転々とし、今ではピンクサロンで日銭を稼いでいる。百合も、幼いころのトラウマに苦しみながらも、「クロスの薔薇《バラ》」という男装ホストクラブで働き、声優を目指している。彼女らの境遇は、決して非現実なものではない。これは現代の都会で生活する、若者たちの実状を浮かび上がらせたものにほかならない。ちなみに、この小説は特に女性に「読み進めるのが恐ろしくてたまらない」という人が多いと聞く。男性よりも、女性の方が強く恐ろしさを感じているようだ。それもこの作品が、現代社会のリアルな現実を、赤裸々にとらえているからなのではないかと思う。

さらに本作も、『クリーピー』や『死屍累々の夜』と同様に、緻密なストーリーテリングに唸《うな》らされる。現在の百合のパートと、十三年前の幼女誘拐・監禁犯である谷藤目線のパートが巧妙に配置され、リーダビリティの高い、手に汗を握る展開となっているからだ。不動産業を営む裕福な家庭に育った谷藤。彼が一体なぜ、小学四年生だった百合を監禁するに至ったのか。塾講師時代に起こした猥褻《わいせつ》事件から始まった異常性愛。百合の拉致《らち》と五年に及んだ監禁生活の実態……。克明に描写される、谷藤の狂気が熟成されていく過程は正視に耐えないものである。社会の歪《ゆが》みのなかで、恐ろしい怪物へと変貌《へんぼう》していった彼は本作のもう一人の主人公と言えよう。

そして十三年後、百合の周囲で凄惨《せいさん》な殺人事件が連続するのだが、ここだけの話、私は読んでいて二度も犯人を外してしまった。最初は「○○が犯人に違いない、絶対にそうだ」と思い読み進めたのだが、途中で明らかにそれは違うことに気がついた。それでさらに読み進めるうちに、「なるほど、そういうことか。犯人は××だ。間違いない」と確信する。これにはかなり自信があったのだが、最後まで読むとまるで見当違いの推理をしていたことを思い知った。まんまと作者の手のひらで踊らされていたというわけなのだ。

犯人を外してしまった理由。それは、先の読めない巧みなストーリーテリングの成せる業なのか、それとも、読み進めるのが躊躇《ためら》われるほどのリアルな恐怖に翻弄《ほんろう》されたのかは不明である。ただし、質の高いミステリーを読んだときに感じる高揚感を得られたのは言うまでもない。

（二〇二三年二月、小説家・映像作家）

この作品は完全なフィクションであり、ここで描かれている事件は、実際に起きた過去・現在の事件とは一切関係ありません。また、登場人物もすべて架空で、実在するいかなる人物とも関係がありません。

この作品は令和二年八月新潮社より刊行された。

号《ごう》泣《きゅう》

新潮文庫 ま-56-3

令和五年五月一日発行
令和五年六月三十日三刷

著者 前《まえ》川《かわ》裕《ゆたか》

発行者 佐藤隆信

発行所 株式会社新潮社

郵便番号 一六二―八七一一
東京都新宿区矢来町七一
電話 編集部(〇三)三二六六―五四四〇
読者係(〇三)三二六六―五一一一
https://www.shinchosha.co.jp

価格はカバーに表示してあります。

乱丁・落丁本は、ご面倒ですが小社読者係宛ご送付ください。送料小社負担にてお取替えいたします。

印刷・株式会社光邦 製本・株式会社大進堂

ISBN978-4-10-101463-0 C0193